U0534252

大学
三部曲

桃花
Tao Hua

张 者 / 著

人民文学出版社

图书在版编目（CIP）数据

桃花/张者著. —北京：人民文学出版社，2018
（大学三部曲）
ISBN 978-7-02-014139-5

Ⅰ.①桃… Ⅱ.①张… Ⅲ.①长篇小说—中国—当代 Ⅳ.①I247.5

中国版本图书馆 CIP 数据核字（2018）第 079911 号

责任编辑	付如初　脚　印
装帧设计	黄云香
责任印制	徐　冉

出版发行	人民文学出版社
社　　址	北京市朝内大街 166 号
邮政编码	100705
网　　址	http://www.rw-cn.com
印　　刷	三河市鑫金马印装有限公司
经　　销	全国新华书店等
字　　数	223 千字
开　　本	640 毫米×960 毫米　1/16
印　　张	18　插页 3
版　　次	2018 年 7 月北京第 1 版
印　　次	2018 年 7 月第 1 次印刷
书　　号	978-7-02-014139-5
定　　价	39.00 元

如有印装质量问题，请与本社图书销售中心调换。电话：010-65233595

1

第二天师兄回来了。

师兄从桃花山回来的时候太阳都快落山了。我们问师兄桃花山的桃花开没有?师兄不理我们,显得极失落。

师兄最近情绪不好,比较郁闷。师兄的郁闷基本上没有原因,莫名其妙,说不出来,是无名的烦恼。当然,能说出原因的坏情绪就不叫郁闷了。郁闷不就是有苦说不出嘛!面对师兄的郁闷,我们提议让他去桃花山走走,说不定桃花山的桃花已经开了,说不定会有桃花运。这当然是个馊主意,桃花哪有这么早开的。没想到师兄真就去了,上午去下午就回来了,回来后一肚子的气。我们都不去惹他,免得成了出气筒。让他闷着吧,让他积郁成疾,成为一个有病的人。这时的师兄会站在黄昏的阳台之上看校园的风景,师兄看着看着就发出一声感慨:真美,美得像一种想象。

这时,我们几个就会抬起头来向阳台张望,然后互相笑笑。特别是师弟笑起来不知道有多坏。师弟笑过了,一不留神说出了心里话:有病!

师兄听到了。师兄从阳台奔进了宿舍。师兄问师弟:"你骂谁呢?"师弟望望我们,一脸的无辜,说:"我骂人了吗?我没骂人呀!"

师兄将长时间积郁起来的郁闷都化作了对师弟的一声大

吼：滚！

我们被师兄吓了一跳，师兄是想小事闹大，大事变无穷大，说穿了就是找事。惨了，师弟要成为出气筒了。可是，师弟眯着小眼睛笑了，这笑显得那么坏，显得那么自信，那么宽宏大量。师弟看看大家做稳操胜券状，说："滚就滚！"

师弟说着"滚"了出去，我们几个暗笑，望望师兄也借故都"滚"了出去，"滚"到图书馆看书去了。按理说师弟是没有骂人的，师弟只不过说出了一个事实。一个名校的研究生不愁吃不愁穿的你郁闷个啥，这不是有病嘛！师兄只要想想中国还有七八千万的农民没有脱贫，有上千万的下岗工人还要养家糊口，有上百万的贫困男生为了求学还要打工，有好多贫困女生为了求学成了坐台小姐，师兄就不应该郁闷了，所以我们说师兄的郁闷或者苦闷是奢侈的，属于饱暖思淫欲型。的确，师兄早已经到了思淫欲的年龄，都"奔三"了还没女朋友，这有点过时。师兄还没谈过女朋友，是我们宿舍的唯一的处男。这样看来，我们是挡不住师兄的郁闷和性苦闷的。师兄在苦闷期不上课，不上图书馆，天天上网，忙聊天。

晚上，我们上完自习回来，师兄就不怎么郁闷了，很明快地喊我们快看显示屏，看来师兄在网上找到了出气筒。

师兄在网上聊天室里碰到一个网名叫"大二女生"的女生。师兄正和那女生聊得激动时，那女生突然对师兄说，我们聊得不错，看来有缘分，我们见见吧，你是我"兼职"的第一个客户。师兄问兼什么职？大二女生说连兼职都不知道，老土。兼职就是除了本职之外还有另外一个职业，比方我的本职是大学生，我兼职在网上做小姐，出卖自己的肉体挣钱。

"啊！"师兄大吃一惊。大二女生问师兄："女大学生初夜权，收费一万要不要？"师兄涨红了脸，惊讶地冲我们喊道："天呀，明码实价。"大二女生说，出卖第一次，是为了勤工助学。当师兄对她的身份表示怀疑时，对方居然声称，如果有疑问，见面后可出示学生证。

我们正性（兴）致勃勃地看，师兄"啪"地一下就把电脑关了，连程序也没退。师兄的郁闷变成了愤怒，骂："他妈的，这世界都怎么了？"由于师兄的愤怒，接下来的整个晚上，宿舍里的气氛比较凝重，这让我们也郁闷了起来，晚自习都过了我们没法再"滚"了。为了缓解宿舍里的压抑的气氛，我们躺在床上开始谈论女人这让人兴奋的话题。我们的探讨比较深入，探讨起了处女以及贞操的古话。

师弟说，前不久他看到一个网站对当代女大学生进行了处女率的调查。说对300名女大学生进行匿名调查，结果处女率不足10%。不知道师弟说的网上调查是真是假，但我们当时却对这个调查深信不疑。

看看本校的情况就知道了，大一大二的学生就已经开始在校外租房同居了，没有同居的也已经和男朋友在宾馆开过房了，所以大学校园四周的宾馆每到周末房间就比较紧张。同居也好上床也罢，只要是和相爱的人在一起也是能理解的嘛！只是有的完全和爱情无关，只想体验一下下，只是为了好奇就把自己交待了；还有的认为自己是处女是件丢人的事，是没有魅力的证明……

大家谈论着这个话题，最后在黑暗中只能一声叹息。大家都感叹现在世风日下，妇女已经不把贞操当回事了，这要是在古代……大家不由都怀念起古代的女子来了。那时候"贞操"就像孙悟空用金箍棒给女人划下的圆圈，是那么圆满地保护着限制着女人。那时的女性必须以处女之身出嫁，从一而终，老公先去世了还要守寡到死，然后争取修贞节牌坊……呸、呸、呸，这都是可耻的封建思想，咱唾弃。可是，咱把封建思想反了，现在弄得处女比熊猫还宝贵了，妇女解放是社会的进步却伴随着道德的沦丧和崩溃。

这时，师兄突然忿忿不平地说："妈的，找不到处女不结婚！"

这要是在平常，师兄说这话肯定会被大家抨击得体无完肤。什么封建意识、腐朽思想，唾沫可以把他淹死。可是，由于师兄说这话时的语境特殊，就有了一种崇高感。

当然，在我们宿舍恐怕也只有师兄有资格说这句话，因为师兄是我们宿舍唯一的处男。本来处男师兄一直是我们进行性教育的对象，也是我们嘲笑的对象。可在当时师兄的这句豪言壮语就有了化腐朽为神奇的力量，让我们变得渺小，变得猥琐，只有师兄以及师兄的观念才是正确的崇高的不容反驳的。

言外之意是：扭转这种不良的社会风气应该从我做起，从现在做起。而你们这些已经失了身的男生就没有资格承担这样的历史使命了。是呀，有一句话等着你呢："你不是处男你凭什么要求人家是处女？"

我们当时都给师兄鼓劲，还用脚后跟踢床板，希望师兄找不到处女真的不结婚。这从大处讲师兄承担了扭转社会风气的历史使命，从小处说也教训一下那些不知廉耻的不把贞操当回事还得意洋洋的女生们。

师兄的确有资格有能力也有条件承担这个历史使命。从外形上看，师兄算得上是帅哥，一米八的个子，不但孔武而且儒雅；就内涵来说，师兄是名校高才生，正在读研，成绩优良，如果愿意，研究生毕业读博士没问题；从家庭条件来说，师兄虽然家在山西一个叫姚家湾的地方，但母亲是山村女教师这算知识分子，父亲开着煤矿，经营多年，在当地已是小有名气的煤矿主，这应该算是企业家。也就是说师兄既有经济又有文化。总之，有一个声音在黑暗中说：有师兄这样的条件，就应该承担一些社会责任！

历史简直就是选择了师兄呀！即便是在师兄没有宣布自己的

豪言壮语前，师兄其实已经这样做了。师兄一直没找女朋友，不是没有漂亮女生追师兄，而是师兄都没有看上，为什么没看上呢？这一直是个谜，没想到谜底在那个晚上被师兄一语道破了。

当时，我们在黑暗中给师兄分析。要想找个处女结婚，这第一步首先要找个处女做女朋友。然后是守着女朋友，要等到新婚之夜再上床；如果你还没结婚就上床了，万一再分手了，又把一个非处女推向社会，这就太不负责太不厚道了，这不但有悖初衷，而且还很虚伪，还承担什么历史使命！

要找首先在研究生中寻觅，虽然概率小点，但如果碰到了，这有利于下一步"守"。因为师兄在读研期间如果快守不住了，研究生可以立刻结婚，这样守的时间毕竟短些。研究生中没有只有在本科生中找了，大四的没有找大三的，大三的没有找大二的，大二的没有找大一的，只是年龄越小，师兄守的时间越长，本科生结婚毕竟是新生事物，不太好意思的；可是长时间的坚守会要了师兄的命，如果在大一也没找到，师兄只有在附中里培育了，就不信天下就没有处女了，不过这对师兄比较残酷。

找难，守更难。师兄身体健康，精力充沛，在两个人单独相处中，要守住自己谈何容易。师兄的性冲动将是他最直接的敌人。为了不给这个敌人有可乘之机，师兄要尽量避免单独和未来的女朋友在同一个房间里相处，特别是在有床的房间里相处；另外，还要防守他人，师兄守住了自己内心的冲动，还要守住第三者的侵入。既然你要守住女朋友不去碰她，生米没煮成熟饭，女朋友也就不是你事实上的女人，这年头即便是结婚了还有可能第三者插足呢，况且你们只是纯洁的男女关系，这不但没有道德的束缚也没有法律的保护；如果守到最后女朋友又被人家挖走了，那师兄就傻B了，成了人家的护花使者了，这是谁也不愿意看到的事。

大家讨论着这些让人感兴趣的话题，准备进入梦乡了，不料师兄突然从床上一跃而起，说："不行，我要认识一下那个号称出卖初夜权的大二女生！"

"啊……"我们不由把头都伸出了蚊帐外。师兄师兄你不会吧？这……危险，危险呀！可是，师兄还是奋不顾身地起床打开了电脑……

师弟说师兄这是在走捷径。

师兄起床时很严肃地把自己穿戴整齐就像一个要出门的人。师兄虽然没出门，但打开电脑后，通过神秘的互联网师兄却把自己交给了整个世界。由于那位号称要出卖初夜权的大二女生的存在，这让我们为师兄捏了一把汗。师兄正襟危坐在电脑旁，我们三个却把头一直伸在蚊帐外。师兄望望我们说："你们别想歪了，我的意思是……我的意思是……"师兄有些失语。我们忍不住问："你到底是什么意思？"

师兄说："第一，我要搞清楚这位大二女生是真是假，如果是假，我要臭骂她一顿，不要拿女大学生的招牌卖淫，这叫挂凤头卖鸡肉。女大学生都是我们的学妹，学妹就是我们的亲妹妹！我不允许这个鸡来糟蹋我们的亲妹妹。"

"噢——"我们在床上点头。

"如果她真是个大学生，她出此下策肯定是有原因的。"师兄说，"我不相信她单纯为了钱来出卖自己。如果她真有困难，我愿意帮助她。不就是一万块钱嘛！"

"是、是、是……"我们在床上又点头。不过，这让我们更为师兄担心了。这年月骗子骗的就是师兄这样的厚道人，有一句格言叫"不要和陌生人说话！"师兄这样做岂不是在犯忌！师兄这不仅仅是在和陌生人说话，师兄还要和陌生人交往。

师兄在聊天室再一次找到了那位大二女生。当师兄冲着电脑喊找到了、找到了的时候，这次该轮到我们三个奋不顾身地跳下床了。我们围在师兄身后，心存保护，好像怕人从背后偷袭他似的。

师兄用的还是刚才的网名，这样师兄很快就和那位大二女生接上了头。师兄说我刚才掉线了，所以不辞而别。大二女生回答，我说呢，怎么一点礼貌都没有，连个招呼都不打就下了，买卖不成仁义在嘛！

师兄问："你真是大二女生？"

大二女生："你为什么不问我是否漂亮？是不是真处女？处女膜是不是修复的？这才是你们臭男人应该关心的，老是纠缠着问我是不是大二女生，看来你没有诚意呀！"

师兄："我有诚意呀！"

大二女生："如果你真有诚意，我希望彼此以诚相待，遵循诚实、信用的原则，公平、公正、公开地交易。"

师兄回头望望我们，说："看看，一套一套的。公平、公正、公开。"

"在网上明码实价可不就是公开嘛！"师弟说，"此女子不好惹呀！问问她，如何做到诚实、信用、公平、公正、公开？"

大二女生回道："首先我保证身份真实是大二女生，身体真实是处女，这是我的标的物。这个标的物应该值一万元吧！"

师弟说："问她，为什么还没卖掉？"

大二女生："没有卖掉是我不想卖，我不能卖给那些看着就让人恶心的臭男人。我不能太委屈自己，我的第一次不能给我爱的人，最起码给我看着顺眼的人。"

师兄："什么样的人让你看着顺眼？"

大二女生："通过Email交换照片，如果我看你不顺眼肯定不会卖给你。"

师兄停了下来，又有些生气了。师兄说："现在的女生怎么都这样了。我基本相信她是大二女生了，你看她说话的口气有点像法律系的。"

师弟说:"对付这样的女生我有一整套方法,我来。"师兄警惕地望望师弟,说:"你想干什么?"师弟说:"既然你已经相信她是大二女生了,那么下一步就要了解她有什么困难,然后想办法帮助她呀!所以你要放开来和她聊天,想办法见面。"师兄起身,对师弟说:"那你来和她聊吧,我实在是受不了她。"

师弟一上去,气氛立刻就活跃起来了。

师弟:"我是帅哥,我怕谁,我怕你看了我的照片,免费都愿意给我。"我们"哈"地一声笑了,师弟和师兄的风格就是不一样。

大二女生:"你是帅哥我也不会白送给你,代价太大。我现在还不是消费帅哥的时候。不过你是帅哥我会高兴地卖,'卖'是我的前提。"

师弟:"那你的照片发来吧,看看你的长相,大二女生是处女的多了,恐龙我是不要的。"

大二女生:"你这样说我就放心了,这才是嫖客的口气。"

哈哈……我们都笑起来。师兄说:"师弟真是三句话就露真身呀!"师弟说:"师兄你说话别带刺,我是嫖客也是替你嫖的。"

"去你的!"师兄推了师弟一下。

大二女生:"我身高1米69,体重110斤,身材婀娜,体态丰满,相貌美丽。"

师弟:"那你把照片发过来,先。"

大二女生:"照片你发,先。"

师弟:"你把买卖关系颠倒了。"

大二女生:"你发不发?不发我走了。"

师弟:"发,发,把Email告诉,先。"

大二女生:"OK。"

师兄说:"师弟,就你这形象还是帅哥,比青蛙好不了多少。我看你怎么办？"

师弟望望师兄说："我不是帅哥，你是帅哥呀！我又没说我是帅哥，我是在替你聊天，我说的就是你呀！"

"你什么时候又学会拍马屁了？"师兄让师弟说得不好意思了。

师弟说："我是实事求是，我师兄是帅哥，这是本校公认的。现在把你的照片发过去吧。"师兄担忧地望望站在一旁的我和二师弟，说："真发呀！"二师弟说："发吧、发吧，没事。这不说明问题，万一有什么问题，你可以不承认，就说有人开玩笑发的。"师兄还在犹豫，师弟说："你不是要帮助这位大二女生吗？你不发照片人家就要走了，人一下网，那就消失得无影无踪了。"师兄说："发就发，这没什么怕的，不过不能用我的邮箱发，用师弟的邮箱发，这样有问题了我就不承认。"师弟同意了师兄的方案。师弟将师兄的照片发过去后，大二女生马上就回话了，说："果然不错，就卖给你了。"

师弟："你愿意卖，还要看我是否愿意买，你的照片也发来！"当我们看到大二女生发来的照片时，我们不由惊呼："哇——美女耶！"我们都睁大了眼睛。

2

师兄居然决定要和大二女生见面,这使我们对他刮目相看。师兄是这样对我们说的,师兄说:"见面就见面,不见面怎么知道她遇到了什么事,不知道她遇到的事怎么帮她。"

最后我们商定,师兄真要和这位大二女生见面也可以,我们必须为其保驾护航,大家分工,由师弟贴身保护,我和二师弟在外围。师弟虽然年龄比师兄小,但毕竟是情场老手,阅人无数,经历的美女比师兄见的还多。师兄可是处男,不知女人的深浅,一不留神栽进去,那可是灭顶之灾,死无葬身之地!

师弟笑着说:"你看她的照片,肯定不是骗子,哪有这么纯情漂亮的骗子呀!就是骗子,被这样的骗子骗一回也值了,不就是一万块钱嘛!师兄,我要有你的家庭条件,我的老爸要是大款,一万我肯定干。既慰劳了自己也帮助了他人,两全其美呀!"

师兄骂师弟无耻,说:"你把我当什么人了,我可不是嫖客。"

师弟说:"什么嫖客不嫖客的,你不是要找个处女结婚嘛,你把她搞定,一了百了。比一般的嫖客高尚多了,既实现了理想也帮助了他人。"

"放屁,我会找一个在网上公开出卖自己的女生做妻子?这是对我的侮辱,也是对我未来妻子的侮辱,说穿了是对你未来嫂子的侮辱……"

"打住！"师弟最怕师兄上纲上线，师弟指指电脑显示屏说，"人家要和你约定见面地点？"

大二女生："虽然看了照片，但双方应该先见见面找找感觉，有了感觉再交易。为了安全起见，第一次见面应该在集体场合。这叫害人之心不可有，防人之心不可无。"

"哈……瞎了吧！"师兄开始嘲笑我们，"你们的方案一套一套的，人家在集体场合见面。这叫狼怕狗，狗也怕狼。"

"谁是狼？"师弟问。

师兄说："你们不就是色狼嘛！"

师弟说师兄不知好歹，大家讨论了半天还不都是为了你，你却说我们是色狼。师兄呀，你平常挺厚道的，在这个问题上薄了去了。师兄说，我可没有嘲笑你们的意思，我是觉得她有智慧。这大学生就是不一样，干什么都出人意料。

师弟问大二女生在什么地方见面？

大二女生："在我们学校。"

师弟："你是哪个学校的？"

大二女生："B大。"

"什么？"

这下我们四个都惊呆了。她……她居然和我们在同一所学校！面对这位同校的大二女生，我们都有些气急败坏。我们也说不清楚什么心情，这就像看一场戏，把人家的妹妹拿来说事怎么着都可以，如果把自己的妹妹拿来说事那是无论如何也接受不了的。我们望着显示屏半天都回不过神来，特别是师兄，沮丧得像一只落水狗，嘴里只会"我操、我操"地吆喝。我们在那里发呆，大二女生却一个劲地在问，你们知道B大吗，你们知道B大吗？师弟没好气地回答，谁不知道B大，天下人都知道！大二女生说，那你怎么不回答我？师弟说，刚才上卫生间了，有点恶心，想吐又吐不出来。大二女生说，你没什么病吧，我可要卖给一个健康人。师弟说，我没病，你才有病呢！刚才一只苍蝇飞进了我的嘴里。

哈哈……大二女生说，肯定不是苍蝇，是蜜蜂，你的嘴甜。大二女生说："你来过B大吗？"

师弟："我就是B大的。"师弟正要把这条信息发出去，被师兄按住了手。师兄骂："你傻B呀，你不能告诉她我们是一个学校的，这成什么了。学妹卖、学兄嫖，丢了八辈子的人了。"

"就是！"二师弟也说，"老三你怎么一点面子都不给自己留，拆穿了大家脸上都不好看。"

师弟说："不是要诚实信用嘛，我这是诚实呀！"我说："你已经把大家诚实得体无完肤了。"

大二女生有些急躁，说你怎么这么慢呀！又有苍蝇飞进嘴里了。

师弟把刚才的一句换成了："去过B大。"

大二女生："去过学术交流中心吗？"

师弟："去过。"

大二女生："那我们在学术交流中心见。"

"我操！"师弟回头望望我们说，咱们的学术交流中心成了肉体交流中心了。师兄直摇头，就像喝了一杯苦酒，有苦还说不出来。那里可是本校学术交流的地方，是知识的殿堂，被大二女生一挥手就玷污了，玷污了。

大二女生："学术交流中心今晚有方正教授的讲座，讲中国证券市场的，题目很大，也吸引人，叫《做多中国》，妈的，我听听他到底怎么'做多中国'。"

啊……

我们这下笑不出来了，因为方正教授是我们的老板，也就是我们的导师。

大二女生:"还做多中国呢?中国股市就像一个婊子,一个无底洞,它榨干了中国股民的血。"

"他妈的,一塌糊涂。我没法聊了。"师弟一下就跳了起来。连师弟都受不了了,这是史无前例的。我们歪在床上叹气,二师弟又上去了。我们不忍心再看了,受不了。二师弟上去不大一会儿也跳了起来。我们连忙过来问怎么了,二师弟指着显示屏让我们看。

大二女生:"为了不认错人,我们还是应该有个接头暗号。"

二师弟:"好!"

大二女生:"我们去听方正教授的讲座,接头暗号要和讲座内容相符,这才和当时的语境相符。"

二师弟:"用什么接头暗号?"

大二女生:"到时候我就问:'今天讲什么内容?'你就回答:'做多中国。'怎么样?"

嗷嗷……我们在那里叫唤,不知是笑还是哭,就是觉得心口痛。师兄狠狠地瞪了我们一眼,说你们嗷嗷什么,还能笑得出来?我说我们不是在笑,的确让人笑不出来了。我们只有痛苦地憋在那里,心中堵得慌,在那里感慨。

我操,大二女生把方正先生讲座的内容当嫖客和妓女接头的暗号了,这简直是太那个了,大不敬、大不敬呀!

"睡觉!"师兄下命令了,"明天晚上咱就根据她的暗号接头,我要逮着她,好好教训她。她不仅打了我们的脸,还在我们老板脸上吐了口水,太可恶了。谁对我们老板不敬,我们就和她没完。"

师兄是一个护短的人,平常我们开什么玩笑都可以开,就是不能拿老板开玩笑。师兄说一日为师终身为父,哪有拿自己父亲开玩笑之理。我们平常谈到老板的口气稍微那个点,必遭师兄的斥责，好像老板是他一个人的。

　　老板就像师兄个人的奶酪，谁也不能动，谁动了和谁急。大二女生不但动了师兄的奶酪，而且还在奶酪上吐了口水，这叫师兄怎么能受得了。在师兄看来他的老板是世界上最好的导师。这是师兄辛辛苦苦考察了一年的结果。在师兄考研的时候，法律系有一个叫邵景文的教授被杀，死在他情人的大床之上，据说其状极惨。此事在本校轰动一时，影响深远。一个法学教授，被情人所杀，这是一件太暧昧的事，的确是一个桃色新闻，其中的桃色故事让人有太多的想象空间。当时的小报记者忙活了好一阵，媒体一阵猛炒。他的弟子一个个像霜打的，脸上无光呀。关键是导师被杀对弟子今后的发展前途直接有影响，包括将来找工作。这件事给我们的震动很大，在复习期间，大家除了玩命地看书背外语，还有就是睁大眼睛为自己将来选一个好老板。导师选弟子，弟子也要选导师，这就叫双向选择。大家可不愿意再碰上一个邵景文式的导师，因为考研之后说不定就直接读博，那时候再另投师门可就说不过去了，这里面有一个师承关系问题。那个叫邵景文的教授他也太不为弟子争气了，泡妞就泡妞吧，哪怕是泡成了老公，做弟子的都不会说他傻，大不了当面喊那个小妞小师母，背后喊其小妖精。可是，把自己泡死了，这让弟子们咋说，连一点回旋余地都没有。如果老板保住了性命，和弟子探讨一下对付女生的方式和方法，弟子们也好给他出出点子。如果他不好意思拿自己说事，可以把这件事当成学术问题进行探讨。他也知道只要能上升到理论高度以探讨学术的方式出现，什么事情都好说了。龌龊的可以变得干净，不能见人的可以公布于众，即便是丧尽天良的事也可以说得冠冕堂皇。

　　也许他的弟子们在学术上不如他，可对付一个女生的办法还是比他多，至少比他的办法新。现在泡妞和他当年不同，他那时是20世纪80年代，重点是研究怎么把一个女生泡到手；现在不同了,现在的研究重点是怎么把一个女生抛弃。这里面学问很大,既要抛弃还要安全,尽量少花代价;实在要花钱了,也应该学会讨价还价。比方:对方要一套房子,他只能答应给一部车子;对方要车子,他尽量从高档车压到低档车。当然这是事情的一个方面,是善后问题。关键是要改变观念,在20世纪80年代,是男生追女生,现在是女生越来越主动,有更多的女生在追男生。特别是像他这样的钻石王老五,早就是人家女生的目标了。最厉害的是20岁左右的女生,江湖上称其为"80后"的,他还没有回过神来就把他搞定了。被搞定不可怕,怕的是不可自拔,越陷越深。可见,想办法抛弃一个小妖精也的确是一个值得研究的问题。将来还有"90后""00后""10后"……时代不同方法当然也就不同了,泡妞也要与时俱进的。他的那些老土的方法要了他的命。

我们几个在复习考研选导师的时候,大家就多长了个心眼,因为导师关系到今后事业的发展,所以选导师要慎之又慎。师兄当时为未来的导师定下了几个条件,这些条件大家基本上也都认可。

第一,要有真才实学,这是最基本的;在本专业要有知名度,应该是学术带头人,这个要求并不算高;在政府的某些部门要有点职务,比方顾问、委员会的委员什么的,这能在上面说上话。这一点极重要,这就意味着其学术水平不仅被圈内承认,也被当局承认了;还有就是最好给党和国家领导人上过课,这个要求有点高,不过现在没上过没关系,将来有可能上也可以。师兄说如果有这样的导师,那将来还不前途无量?

第二,就是要找一个导师,而不是老板。即便大家在同学们面前也会称他为老板,在心目中他一定是导师。导师和老板的概念差别大了。老板不但贪财而且好色;老板还让他的弟子拼命为他干活,而且没有报酬。在法律界老板往往有自己的律师事务所，整天给人家打官司挣钱，心不在教学上，邵景文就是一例。他学术水平再高，你也很难从他那学到东西。

第三，年龄要在55岁左右，不能太年轻，年轻了容易被"80后"勾引，也容易被女弟子看上。当然年龄问题是相对的，这主要看本人的品质和定力。品质和定力不行的，就是到了80岁也有可能被"80后"勾引或者被自己女弟子搞定。他要为老不尊，你有什么办法！当然也不能太老，太老了知识结构陈旧，我们还从他身上学什么？关键是太老了会很快要退休，对我们未来的发展没好处。

最后一个条件就是，导师要有点人文精神，也就是有中国传统知识分子的美德。这个条件有些虚，不容易看出来，要慢慢考察才行。

以上四条是师兄心目中的导师，也是我们心中的完美导师。也许每个人心中的导师各有不同，要求的条件也不一样，但我们的条件就是这样了。我们曾经把这些条件给有些不考研的师妹说了，师妹们大多都摇头，认为很难。我们问师妹们最难的是第几条？

师妹们都嘿嘿笑，说最难的是第三条。男人哪有不被勾引的，这和年龄没关系。师妹们虽然这样说，但是我们绝不气馁，我们把目标锁定了三个教授。一个是法学院院长苏葆帧，民法权威；一个是经济法权威方正先生；一个是搞知识产权的陈仲舟教授。

对于经济法权威方正先生，我们开始并不看好，因为他主要研究方向是证券法。我们一直对证券、期货之类的东西敬而远之，认为那都是投机倒把的勾当。可是，听了方正先生的一次演讲后，师兄就决定了，方正先生就是我们要找的完美导师。

那是一个什么会？对，叫"中国律师的法律地位"的学术讨论会，来了全国各地的法学家、名律师，还来了不少媒体的记者。既然是学术研讨会本校学生有兴趣的可以去听。我们和师兄都去了。在那个会上方正教授有一个精彩的即兴演讲。

方正先生谈到律师，引用了《律师法》的第二条。《律师法》的第二条规定："本法所称的律师，是指依法取得律师执业证书，为社会提供法律服务的执业人员。"方正先生特别强调的是"服务"。方正先生说："这个服务是有偿的，并且是需要律师和当事人签订合同的一种服务行为。可见律师为当事人服务是律师的天职。如果律师和当事人签了合同却没有为当事人服务，或者受到社会舆论的影响没有尽力为当事人服务，那么这个律师首先就违约了，违背了合同法。由于律师是为一方当事人服务，也就不可能做到公平、正义。如果律师能够做到公平、正义的话，对方当事人就不需要聘请律师了。"

方正先生认为，律师在任何一个国家的律师史上都不是公平和正义的化身，这是律师自身的本质所决定的。在律师产生之初就没有让他肩负公平和正义的职责，所以把律师当成公平和正义的化身是社会的误解。如果我们要求律师要"仗义执言，刚正不阿"是可笑的。每一个律师就是要尽全力帮助自己的当事人打赢官司，如果律师知道了自己的当事人犯了其他法院所不掌握的罪行，他仍然不能去揭发，如果他去揭发了，显然与律师的职业道德相背谬。

方正先生最后开了几句玩笑，把律师幽默了一下。他说在美国民众中流传着律师死后不能进天堂的谶语。美国前总统卡特曾公开指责过律师。这时，方正先生讲了一个美国的笑话，两起车祸，遇难的是一个律师和一只兔子。在轧死兔子的路面上留下了长长的刹车印，在轧死律师的路面上却找不到刹车的痕迹。最后，方正先生引用莎士比亚的一段话结束了发言："莎士比亚说：'如果我们必须解决一个迫在眉睫的事情，那就是让我们首先干掉所有的律师吧！'"

可以想象当时会场的情景，都开了锅了。这时方正先生话题一转说，这个大戏剧家想完成的大悲剧并没有发生。律师不但没有消灭反而越来越多了。在最恨律师的美国大约有80多万律师，平均每300人就有一个律师。美国参议院100名议员中，曾有65名出身律师；众议院430名议员中，曾有205名出身律师。美国历届43任总统中有21任出身于律师。前总统克林顿和他的夫人希拉里都是律师。在中国已有了十几万律师，早在上个世纪小平同志就告诉大家，中国至少需要30万律师。可见中国律师的前途是光明的……

方正先生成了那次会议的明星，当他走出会议室时，一下被记者围住了。有记者问："你刚才说'如果律师知道了自己的当事人犯了其他法院所不掌握的罪行，他仍然不能去揭发，如果他去揭发了，显然与律师的职业道德相背谬。'我们想问，这种观点是不是与'违法必究'相违背？"

方正回答："侦破案子是公安局的事，进一步调查取证提起诉讼是检察院的事，我们的整个司法系统各个部门的职责不同，应该各尽其职。"

又有记者问："既然律师不能承担起公平和正义的责任，那么我们这个社会如何实现公平和正义？"

方正回答："在法律上，公平和正义应该由法官来实现。为什么我们法院的徽标上有一个天平，这个天平就是公平的象征。"

我们和师兄站在不远处，后来我们也没有听清记者问的是什么内容了，因为我们和师兄发生了争论。师兄远远地望着方正先生对我们说："我决定了。"

我们问："你决定什么了？"

师兄说："我找到完美导师了。"

师弟望望方正先生说："他有什么好，哗众取宠。"

师兄语重心长地告诉我们，他从方正先生的演讲中得到了多种信息。首先，方正先生的演讲观点新颖，角度独特。正不正确不要紧，关键是思想比较活跃。导师的思想不能太死板，即便是正确的，也可能是僵化的，思想活跃在学术上才能出更多的成果。导师出的研究成果越多，弟子学的东西也就越多。这符合我们要求的第一条，有真才实学。

再者，方正先生对律师的本质看得很清楚，律师和一个公司的业务员没什么两样。他对律师在文化层面上是否定的。或者说他是嘴里说律师重要，但在骨子里看不上律师。这样他肯定不会去当律师，也不会去开律师事务所，就不会成为老板。他不当律师，就没有谁会找他打官司，就不会重蹈邵景文的覆辙。这符合师兄对导师的第二条要求。

第三，方正先生在演讲中还谈到莎士比亚，这让人高兴。莎士比亚谁都知道，但是有谁知道莎士比亚对律师还有这样的观点。可见，方正先生是有文化内涵和文学修养的。有文学修养的人多少也应该有一些人文精神的。

我们基本被师兄说服了。

最后，师兄也指出了方正先生的美中不足。那就是年龄。他比我们要求的年龄55岁整整小了5岁。一个男人有这5岁没这5岁大不一样。怎么办呢，只有把年龄这个尺度放松一点。既然80岁的男人都会被勾引，多5岁少5岁也就没关系了。后来通过了解发现他有一个年龄比他小18岁的夫人，叫吴笛。据说吴笛是他当年的研究生，可见他是被"70后"勾引过的。"70后"的夫人能不能守住阵地，打退"80后"小妖精的猖狂进攻这是一个未知数。没办法，不能十全十美。大不了将来我们做弟子的和小师母一起保卫导师，共同对付"80后"小妖精的进攻。实在不行了，我们把自己也豁出去。

考上方正先生的研究生之后，随着大家对方正先生的进一步了解，终于放心了。因为方正先生和小师母吴笛很恩爱。两个人是在方正前夫人病逝的三年之后才认识的。也就是说方正先生为前夫人守了三年的空房。这在现代社会是多么难能可贵呀！别说三年，就是三个月你试试。现在生活条件这么好，一个四十多岁的男人如果身边没有女人，那不出事才怪了。方正先生守了三年，这说明他有定力。小师母吴笛也不错。方正先生有一个儿子在上小学，小师母吴笛无微不至地照顾着，就像亲生的一样。至今吴笛和方正先生也没生孩子，这对小师母吴笛来说也是难得的。吴笛说了，方正先生的儿子就是她的儿子，不再生了。这样看来，我们的这位导师基本上达到了完美程度。

3

我们平常去听老板的讲座主要是来捧场，维持秩序，把第一排的位置留下给本校老师或者社会贤达。这一次不同了，这一次我们还有一个特别的目的，那就是和大二女生接头。老板的讲座我们听过多回了，无论他的观点你是否同意，无论他的理论你是否赞成，就其演讲的水平来说那肯定是第一流的，这不像有些教授肚子里有货却倒不出来。老板属于本校不多的那种口才极好的教授之一，否则当初我们不会选方正先生为我们的导师。

我们四个提前来到了学术交流中心。学术交流中心上座率已经有八成了。方正先生的每一次讲座都会人满为患，只要海报贴出去，学术交流中心的位置会迅速被占完。来听讲座的不仅仅是本校的，外校的学生乃至社会上的人通过互联网得知消息后也会前来，这其中还有无孔不入的记者。

这次在老板讲座的学术交流中心和大二女生接头，我们进行了认真的准备，并且进行了分工。我的位置在前门，师弟在后门，二师弟四处游荡，师兄在第一排站着往后看。师兄是帅哥，目标大，女生都会多看他几眼。一般情况下大二女生一进门就能看到师兄这个目标的，如果大二女生不敢主动接头，我们也会从投向师兄的目光中发现她，这样我们完全可以主动上去接头。

为此，我们都找到了"打望"的理由，只要是漂亮女生我们就可以肆无忌惮地看，一直看到对方不好意思了瞪我们为止。瞪我们一眼我们也不怕，那时我们会睁着明亮的大眼睛做无辜的纯情状，眼神里仿佛没有一丝的私心杂念，因为我们是在帮师兄打望。这种毫不利己专门利人的精神力量支撑着我们，使我们大饱眼福。

可是，师兄就不行了，师兄的压力很大，他要替我们的不恭和无礼负责，为此师兄临阵怯场了。本来按计划师兄应该站在前排往后张望，做等人状。师兄却往那里一坐就不起来了。师兄坐在那里弓着背，两手紧握夹在两腿间，手心里都是汗。我们曾经走过去提醒他，还被他骂了一顿。眼看方正先生就要到了，我们不得不主动出击了，我和师弟决定见到每一个漂亮女生都上去搭话，管她是不是我们要找的大二女生呢。

于是，我们就和一个迎面而来的漂亮女生打招呼，虽然和照片上的有些出入。

我问："今天的讲座内容是什么？"

女生答："做多中国。"

女生的回答让我和师弟百感交集，没想到接头暗号一下就对上了。

我问："你就是大二女生吧？"

女生笑笑答："大二女生？我曾经是，不过现在是大四。"

我和师弟转身就走，刚一转身就听到身边也有人问："今天的讲座内容是什么？"答："做多中国！"我和师弟从后排走到前排的一路上都是关于讲座内容的问答。"做多中国！""做多中国！"回答声不绝于耳，我们听到整个学术交流中心都是这个问答。

这是什么接头暗号呀，地球人都知道。这时，我们才发现我们忙着和大二女生接头去了，本职工作没有干，我们忘了为导师的讲座写黑板报了，怪不得大家都在问讲座内容呢。我们走到前排气急败坏地把师兄拉了起来，说，我们帮你约会，你怎么不写导师讲座的黑板报呀!

师兄抬头望望空空的黑板,连忙起身。师兄在黑板上写下了大大的四个字:做多中国。我们望着那四个字不由发笑,师兄写的分明是大二女生的暗语。

老板的讲座开始了。无论是多么高深的理论在老板的嘴里总是能讲得通俗易懂,无论是多么严肃的话题在老板嘴里都会变得风趣幽默。老板今天穿的是唐装,这显得老板很有传统气息;老板讲的是证券市场,这是极现代的话题,老板的穿戴给这个现代话题披上了中国外衣。所以,老板讲座一开场就把今天的讲座定了调,老板说:"股市是西方市场经济的产物,股市在中国就有了中国特色。股市在中国的特色是什么?政策市。"

在谈政策市之前,老板先谈了中国上市公司在海外上市后的表现,老板在谈到中国的H股在海外的表现时说,几乎每个投资者都希望自己买进股票之后,它就一路上涨,最好是只涨不跌。这好像是一个神话,香港的H股行情就演绎了这样一个财富神话。只要是买进股票的投资者,似乎是人人获利,买得越早的获利越丰厚。股神巴菲特正是投资中国企业的领头人,外资是H股行情的主要发动者。当中国网络股在美国纳斯达克市场上的涨幅领先时,巴菲特就曾预言,美国股票被高估,丧失了投资意义,中国是为数不多的亮点之一,投资中国内地企业将是一个不错的选择。

老板谈到巴菲特用了一个词,叫老谋深算。老板说,老谋深算的巴菲特盯上了中国最大的油品制造商——中石油,他旗下的基金不断在香港市场上买进中石油,并以22.48亿股、13.35%的股份一举成为其大股东。香港的H股指数已经翻了一番多,屡屡创下新高。香港的H股指数在中石油带领下创6年多新高,最近收市报4664点,该指数在年初时仅为2000点左右。 H股上市公司中,股价翻2倍甚至3倍的股票满目皆是,例如江西铜业从年初的不到1港元涨到4.4港元,一年涨幅超过了4倍。青岛啤酒、海螺水泥等股票的价格接近或超过了A股的价格。只要是投资H股的投资者个个都赚得盆满钵满。

H股这么火爆,为什么中国内地的股市却跌跌不休呢?老板进行了分析。老板认为每一次历史性的大底的构造都是漫长和痛苦的;但是,每一次痛苦迎来的都是辉煌和快乐;实证分析和研究的结果告诉我们:牛市的来临,通常需具备三个条件,即政策面见底、市场见底、技术见底,三者缺一不可。按照经典的波浪理论和箱型理论来预测中国股市,中国股市无疑已经初现历史性大底的特征和征兆。

昨天的香港股市是明天的中国股市,最为经典的案例就是香港恒生指数在1982年12月所展开的三浪三,其显著特点是成交量放大,上升缺口出现。从目前来看,中国股市有了营造中期底部或者结束中期熊市的条件。从时间周期来看,中国股市已经见底,由1339点开始的三浪三升幅无限可量,将远远高出2245点。

方正先生认为,中国经济可以在今后更长时间保持GDP7%—8%的增长率,而美国的GDP增长率才在3%强,从1992年以来,美国股市的融资能力每年平均为美国GDP的1.6%,而中国股市融资才平均为GDP的0.86%,不到美国一半。美国从1992年以来经济增长的幅度不到一倍,但股市从2000多点上升到10000多点,而中国的经济从1992年以来增长的幅度比美国大得多,股市却没有增长。

股市是国民经济的晴雨表,股指的增长一般是GDP增长率的两倍甚至更多,即使按市值占GDP的50%的计算,到2010年上证指数也应该在6000点,深证指数应该在18000点。如果按正常情况中国股市的上证指数应该在10000点。

所有的行情都离不开基本面的变化,而市场的根本变化在于政治的态度，从5·19行情开始，股市从试验变成了国家基本的资源依赖。以前国家只把股市当成应该融资的渠道，后来又希望用股市的钱解决国企脱困问题，大批劣质的没有投资价值的国企被推入股市。现在很明确了，证券市场解决国有企业的问题更应该从产业调整和优化资产结构的角度着手，它对提升整个国民经济的科技含量将发挥更大的作用。所以，国家将出台大量有利于证券市场发展的政策，政府迫切希望做多。

最后老板总结道：中国最大的政府利益，最大的市场利益，最大的机构利益，轻易达到了根本性的一致，那就是做多中国。

毫无疑问，老板的讲座是有煽动性的。老板的讲座过后连贫困生都跃跃欲试想入市了，要不提出的问题就不会是"股民怎么在证券市场上赚钱"之类的现实问题。这不是大学课堂上大学生提的问题，这是小股民的问题，这种问题当然会引来哄堂大笑。

这时，我们听到身后一排有人在悄声议论。

女的说："黄总，现在大学生的提问够实在的。"

男的说："大学生务实是好事呀，都是书呆子怎么用？"

听口音后排的两个人不是本校的。师弟回头看看，然后有些害羞地在我耳边说，我靠，是美女耶！师弟这么一说，我也不由回了下头。我一回头正碰上那女孩的目光，这使我有点无地自容。师弟问我，怎么样？我说没看清楚，被她的目光顶回来了。师弟乐了，说女人的目光能把男人的目光顶回去，那表示该男人已经败下阵来。如果此男和此女将来有了瓜葛，那么该男人必然受控于该女之手，反之亦然。师弟一说到男女关系就总是一套一套的，这一点我们自愧不如。

这时，老板正在回答那个关于"股民怎么在证券市场上赚钱"的问题。方正先生说，对于一般股民来说，证券市场深浅莫测，应冷静从事，风险是要自负的。证券市场是一个无规律的市场。在美国曾有一个试验，分两个组，一组是股市专家，一组是养猩猩的。养猩猩的就把上市公司的名字写成纸条贴在墙上，让猩猩去揭标，揭到哪一家就买哪一家。三年以后，两边赚得一样多。专家就解释了，看样子做中长期投资多半会赚钱，连猩猩都会赚钱！

哈哈——

老板的回答让人捧腹。

接着方正先生对股市本身的游戏规则进行了分析，说股市和赛马不同，也和打麻将不同。打麻将是零和游戏。三家赢一家输，三家人赢的加起来等于一家输的，输赢加起来等于零。股票不是零和游戏，一定时间大家都赚了，不知谁赔了，有时候恰恰相反。这有点像击鼓传花的游戏，鼓在敲表示股市在涨，我卖了你也卖了，大家都赚。突然鼓停了，跌了，股票正在你手里，套住了。嘿嘿——那就倒霉了！要是挪用公款的就露馅了，要是借高利贷炒股的，那只有跳楼。一般股民靠自己手里的余钱炒股的，没事。等吧！一年半载之后又涨了，所以要沉住气。

我们身后的美女笑得特别爽朗，不过，我们却没有听到那个男的的笑声。这时，我们听到女的说："黄总，你怎么这么严肃，像被套牢了一样。"

男的说："你不要只顾笑，别忘了我们这次来的目的。"

女的说："我没忘，我已经有办法了。"

"什么办法？"

这时，我们听到女的说："前排坐着几个方正先生的弟子，通过他们认识方正先生不是一个好办法嘛。"

"哦，这倒是个办法。"

这时，师弟碰了我一下，说听到没有，他们想通过我们认识老板。我笑笑，说那正合你意呀，你可以顺手牵羊认识那位美女呀！师弟得意地笑了，说这叫各取所需嘛！

哈哈……我和师弟情不自禁地笑了，我们的淫笑引起了二师弟和师兄的关注。二师弟很羡慕我们的好心情,却不知道我们为什么高兴。二师弟知道我们肯定不会因为老板讲座的内容而欢欣鼓舞,老板所讲的内容我们在上课时都听过了。师兄很郁闷地瞪了我们一眼,看来师兄还没有从大二女生留下的阴影中走出来。其实师兄没有必要着急,我想大二女生迟早还会出现的。

这时,又有同学提问了,问题是:"炒股怎么才能包赚不亏?"

这个问题有点嬉戏的成分。我们听到后排的女孩说,世界上哪有包赚不亏的事?除非你傍大款,傍大款赚的是钱,亏的是身子是感情。不傍大款那就寻找一个老公,那也不能保证包赚不亏,还有可能离婚。

我们和师弟不由又笑了。师弟说此女子有点意思。我说你们好像是天生的一对。

方正先生对这个问题的回答也很带有嬉戏的成分。方正先生说,据传有两个人赚钱最多。一个是交易所门前卖报的。因为股市火爆时,人山人海,卖报的忙着卖报来不及去炒股。等股市跌了交易所冷清了,卖报的终于有时间去买股票了。卖报的买了股票,结果股票又涨了,卖报的赚了。另一个人是和尚,和尚信佛呀!当股价大跌时,人们都避而远之。和尚上来了,说我不入地狱谁入地狱。股票猛涨时,大家又抢购,和尚说我不施舍谁施舍呀!这个笑话隐隐约约告诉了我们一点炒股的道理。

哄堂大笑之后,一个纸鹤突然飞到了我们面前。我和师弟互相望望,师弟打开了纸鹤,上面写着:

"帅哥,美女希望认识你。"

我操,这也太有杀伤力了。我和师弟都回过头来,见后排的女孩正冲着我们笑。师弟几乎被美女电晕了,有点犯傻。那女孩说,请问,你是方正先生的弟子吗?师弟连忙点头。女孩递了两张名片给我们,说我叫刘曦曦,这是我们的黄总,我们有问题想请教方正先生,你们能引见吗?师弟接过名片,轻声念了一下:"黄少杰,雄杰(集团)公司,总裁。"师弟和我交换了一下眼色,又看看刘曦曦的名片,写着总裁秘书。师弟笑笑对刘曦曦说,这应该没问题的,等讲座完了吧。刘曦曦说了声谢谢!我悄悄对师弟说,你别高兴得太早,这位肯定是黄总的小蜜。师弟打了我一下说,你别这么无耻。

师弟真是重色轻友,才一面之交就替对方说话了。

4

讲座完后，老板在师弟的引见下和刘曦曦认识了，然后黄总在咖啡厅请大家喝了杯咖啡。送走黄总和刘曦曦后，大家陪方正先生在校园里散步，师兄表达了对黄总的看法。师兄说，黄总的过分热情有些可疑，他会不会拉你下水？我们听师兄这样说都哈哈大笑。方正先生也笑着反问师兄："他拉我下水干什么呢？他的目的是什么？"师兄把当年邵景文的情况告诉了方正先生。

方正先生说，我和当年的邵景文不同。邵景文的专业是民法，研究民法的教授往往要兼职当律师，挣钱倒是其次，最重要的是在诉讼中研究案例，我相信当年邵先生搞律师事务所的目的不仅仅是为了挣钱。方正先生说，我搞的专业不需要通过诉讼去研究案例，所以我不需要也不可能为别人打官司兼职当律师。师兄说，邵景文刚开始也不太愿意给人家打官司，只是后来没有挡住金钱的诱惑。方正先生笑笑，说现在和过去不同了，过去一个教授的收入还不如一个出租车司机，知识的价值严重被低估，知识分子太穷了，有点钱就能把一个教授收买。现在一个真正有成就的教授年收入至少在十万以上，如果加上稿费有的年收入在几十万，还有科研经费，一个项目下来就是几十万上百万，这钱虽然不能揣进腰包，但是可以比较自由地支配；加上国家一次又一次地落实知识分子政策，住房问题已经解决，有些教授还买了车子，基本没有大的花钱的地方了，你说要那么多钱干什么？当然你不要和企业家比钱多，大家的价值观不同。企业家挣钱已经不是为了自己消费了，那是他事业成功的标志；一个教授成功的标志是什么？那就是有科研成果，带出好弟子。如果一个教授整天只向钱看，你干脆改行搞企业。很多著名教授搞企业都很成功呀，身价上亿的有的是。每个人的定位不同，我对自己有明确的定位，那就是搞学术，教书育人。

方正先生的一席话让我们放心了许多，不过，师兄还是提出了"保卫导师"的建议。师兄说，老祖宗说"养不教，父之过"，那么导师不保，弟子之过呀！导师出事弟子是应该负一定责任的，当年就是邵景文的弟子对邵景文关怀不够。如果邵景文的弟子们对邵景文和宋总的过分接近进行善意的提醒，如果弟子们对邵景文和孟欣的关系进行干预，或者搞些阴谋诡计设置一些障碍，邵景文也不会越陷越深，最后落到那么惨的下场。吃一堑长一智，说什么也不能让咱们的导师出事了。

听了师兄的话，大家又笑了，大家觉得师兄在开玩笑。没想到方正先生自己却当了真。方正先生很赞赏师兄的提议，认为导师接受弟子的监督，这是一件好事。大家时刻都可以提醒自己老师小心陷阱，遇事也可以出出主意，这在现代社会是必要的。

在老板的鼓励下，师兄当场就提出了保卫导师的具体实施方案。这个方案的核心就是，方正先生每次出去开会什么的，必须有一个学生陪伴，负责照顾方正先生的工作、生活，就像秘书一样；和秘书不同的是，陪伴方正先生的同学还要成为方正先生的贴身护卫，这个护卫和一般的保镖不同，主要防备的是从各个方向袭来的糖衣炮弹，特别是金钱、美女的攻击。

我们觉得师兄今天没有见到大二女生心中不甘，心情不爽，他这是在发泄，我们只能赔笑。到后来师兄居然又提出陪同导师只能由男生，女生不行。这遭到了师姐柳条的当场反对，柳条师姐当真了。师姐柳条说："保卫导师，人人有责。凭什么不让女弟子陪伴，这是重男轻女，封建。"平常师姐柳条说话还是有些权威的，因为她是方正先生的女博士。师姐柳条原来是邵景文先生的弟子，邵景文出事后她考上了方正先生的博士。

师兄告诉柳条师姐，不是封建，是实在不方便。导师出去住宾馆男弟子陪同可以住一个房间，女弟子还要另开一个房间。这太浪费。你总不能和导师住一个房间吧。

柳条说："住一个房间也没什么呀！一日为师终身为父，和自己父亲住在一起有什么呀。"

大家望望柳条都吓了一跳，心想这"70后"还贼心不死呀。柳条不这样说我们还不警惕，她这样一说，我们更不能用她了。她居然有和导师同宿一室的想法，这不是把导师放在热锅里煎熬嘛。

在我们看来这本来是一个玩笑，是师兄的发泄，没想到事后传到了师母吴笛的耳朵里，师兄的意见得到了师母由衷的赞成。师母说："如果你们男生陪不过来，我还可以陪。坚决反对柳条陪方正出差。"师母这样，大家连笑的力气都没有了。一个玩笑如果任由其演变下去，不知道会是什么结果。

回到宿舍师兄认真批评了一下师弟，说师弟介绍了一些不三不四的人认识方正先生。师弟当然不服气，说师兄是因为没有见到大二女生，心中不顺，才搞出这么多的事。师兄对师弟的反驳不屑一顾，说能不能见到大二女生对他并不重要，重要的是保护好自己的导师。

师兄的担心第二天就被化解了。

黄总和刘曦曦给方正先生送来了请柬，原来是想请方正先生为他公司的员工搞讲座。

当时，方正先生就和师兄交换了一下眼色，仿佛在说你多虑了吧！师兄把眼睛望在别处，有些不好意思。方正先生当场就答应了黄总，还夸黄总有远见。

方正先生问刘曦曦给员工讲什么？刘曦曦说，你想讲什么就讲什么。你现在是法学家，研究公司法、证券法，我在网上看了你的简历，你本科时学的是经济学，硕士研究生时的专业是公司法，读博士时的专业是证券法。你可以讲经济学的内容，也可以讲法学的内容，不过讲得别太深，太深了员工听不懂。

方正先生说，你们真是有心人呀。方正先生说，其实政治、经济、法律是无法分开的，特别是经济和法律、经济学和经济法学、证券和证券法，这些学科都是互相交叉的。

知道了黄总的目的，师兄算是解除了警报。大家再看黄总，觉得人还是挺好的，热情、大方、挺儒雅的。师兄望望刘曦曦，虽然觉得她和黄总之间的关系暧昧，但这已经不是师兄能关心的了。现在大款都有小蜜，没有小蜜的反而不正常了。

方正先生给"雄杰（集团）公司"的讲座是在一个星期天，第一个陪方正先生去讲座的是师弟，因为这事毕竟是师弟促成的。方正先生的讲座可谓是通俗易懂，受到了员工的欢迎。也是呀，这些员工能听到方正先生的讲座的确不容易。刘曦曦听得十分认真，时不时在她那粉红色的笔记本上记录。师弟当时坐在刘曦曦身边，被她身上的香水味熏得迷三倒四的。这香水的牌子师弟知道，叫毒药。刘曦曦本来就很有杀伤力，再加上这毒药，靠近了就完蛋。师弟基本上忘了那次讲座的内容，只隐隐约约记得在讲座结束后员工的自由提问挺有意思。

很久以后，师兄看了刘曦曦的笔记，师兄笑了好一会儿。

在方正先生的讲座之后，刘曦曦把师弟叫到一边，从包里拿出个信封递给师弟。师弟接过信封和刘曦曦开了一句玩笑。师弟说，给我写的情书？

刘曦曦白了师弟一眼，说你做梦！然后刘曦曦笑了，说是给方正先生的。

师弟把信封递给刘曦曦说，让我当信使，打死也不干。

刘曦曦不笑了，说这可不是信，这是方正先生的讲课费。师弟掂了掂信封，说不少呀！是多少？刘曦曦说，不知道是多是少，我们也就看着给了，一万。师弟厚着脸皮问有没有咱的？刘曦曦说没有，到时候我请你吃饭。

师弟幸福地笑了，说我怎么比方正先生的待遇还高呀！

去！刘曦曦转身自己走了。师弟望着刘曦曦的背影浮想联翩。刘曦曦是一个成熟、性感的女人，可惜是黄总的小蜜。

师弟和方正先生回到学校，师弟把钱交给方正先生，方正先生却不要。方正先生说怎么能要人家的钱呢！让师弟把钱送回去。师弟打电话给刘曦曦，让她来拿钱，刘曦曦却担心地问是不是方正先生嫌少？师弟说不少了，方正先生给我们上一天课肯定拿不了这么多讲课费。为了显示方正先生的价值，师弟又补充了一句。师弟说，方正先生给经济学院的MBA上一次课，拿得倒是比这多。

刘曦曦说，这次就算了，下次讲座给两万。师弟说还有下次呀！刘曦曦说，方正先生讲得特别好，员工都要求听。黄总说本公司要不定期地请方正先生来讲座。师弟说，方正先生可没有那么多时间。刘曦曦说，本公司要选方正先生有时间的时候。师弟说谁知道方正先生有没有时间？刘曦曦说，他的弟子呀！

师弟不吭声了。

刘曦曦说，你们是方正先生的高徒，你们肯定能掌握方正先生的时间。放心，也不白让你们陪方正先生，你们每陪一次，我们会给两千块钱的劳务费。

师弟说，你们公司很厉害呀，不惜成本呀！又是金钱，又是美女的。刘曦曦，金钱有，美女没有。说完笑着挂了电话。师弟虽然对他们用两千块钱收买自己有些不悦，但两千块钱对一个学生来说还是有诱惑力的。师弟拿着钱又去找方正先生，师弟说你还是收了吧，人家还要请你讲座。这对一个企业来说，很难得呀！方正先生说，他们给的太多，这不符合规矩。

师弟说什么不符合规矩，上次你给经济学院MBA上课也拿过两千美金一天呀。当时你还不满意，你说他们在美国西北大学凯洛格商学院，请了一个教授，一天要支付四千五百美元，这还不算来往机票、住宿。虽然凯洛格商学院是世界一流的，在营销方面他们排第一，哈佛排第二；可中国的教授出国讲学和他们拿的是一样的，在国内却差别这么大。

方正先生说，这和MBA上课不同，MBA上课要准备好多天，给他们员工讲座根本不需要准备。师弟说这不能怪你，只要他们员工满意，只有他们觉得值。方正先生望望师弟，怀疑地问，你现在怎么又替他们说话了？师弟说因为他们让我陪你一次给两千块。方正先生笑了，说你倒是挺坦率。这样吧，你把我的讲座费收下后存下来，我可不能独吞，算是咱们的小金库，做咱们师生的活动经费吧。将来你们论文答辩、找工作，花钱的地方多着呢。方正先生这样说，师弟很感动。

师弟回到宿舍对我们说了这事，感叹着：唉——到哪去找这么好的导师哦。师弟一边说一边打开电脑，东点点西点点的，又说，大家都是师兄弟，好事不能我一个人占了，陪老板去讲座大家轮流去，去一次可拿两千元呢！我们便学着师弟的口气说：唉——到哪里去找这么好的师弟哟！

师弟突然"哇"地大叫一声，我们说不至于吧，我们也就是表扬你一下，你反应也忒夸张了。师弟说，不是不是，有情况了，有情况了。师弟张着嘴看电脑。师弟喊，师兄、师兄快来看，大二女生，大二女生！我们都围了过来，大二女生再次现身了，她没有再出现在聊天室里，却往师弟的邮箱里发了电子邮件。大二女生说她家里突然出了事，第二天就请假赶回家了，今天才回来，实在对不起。如果我们的约定还算数，我们明天可以见面，请回信。

师弟把信打印出来给我们传阅了一下。师兄看着信说，她家里出什么事了，能出什么事呢？师弟说，你先别管她家出了什么事，见面一问不就得了。你先答复人家约会还算不算数，如果算数，那我就回 Email。

师兄问我们，你们说算不算数？我们觉得师兄可笑，师兄其实很想见。大二女生的失约让师兄意犹未尽，他心里一直没有放下，惦记着。在老板讲座后一会儿批评师弟介绍了不三不四的人认识方正先生，一会儿提出保卫导师的八卦建议，其实，这都是在发泄，是内心的呐喊。师兄是一个爱面子的人，师兄不好直说罢了。

在师兄见不见的问题上我们想让师兄自己表态。我们又把大二女生亵渎老板讲座的内容复习了一遍，这样也许师兄就会怒发冲冠，号称要修理大二女生，这也算找到了冠冕堂皇的理由。没想到师兄却说，现在的本科生和我们过去不一样了，在他们心中没有忌讳的，再说她又不知道方正先生是我们导师，我见她主要是想知道她到底遇到了什么困难。

哦，这其实也是冠冕堂皇的理由之一。既然这样我们开始为师兄和大二女生的见面讨论方案。

我们为师兄设想见面的第一地点应该是在宾馆，这事总不可能在大街上吧！到时候我和师弟在宾馆大门把守，二师弟在房间门口把守，大家都开着手机。如果发现那所谓的大二女生身后跟随有不三不四的男人，我们就通知师兄撤退；如果师兄撤退不及被堵住了，我们就一起上，救不回师兄绝不罢休。不到万不得已不要报警，根据《社会治安管理处罚法》卖淫嫖娼要罚款还要拘留，谁都跑不了，这叫投鼠忌器，杀敌一千自损八百。外面的事情我们负责，房间内的事情只能由师兄见机行事了。我们称这个方案为一号方案。

约会地点也可能在大二女生的住处，现在各个高校都扩招，校园里住不下或者八个人住一个宿舍太挤，有的学生就在校外租房子住。如果是这样师兄要特别小心房间里有埋伏，进门一看情况不对，就立刻撤退，给我们发短信告警。手机短信要先写好，在待发状态，如果没问题就在和大二女生见面的过程中发短信报平安。这是二号方案。

除了这两套方案外，我们还特别提醒师兄两个注意事项。首先要小心对方下蒙汗药，饮料和茶水都不要沾，到时候把师兄麻翻了，钱被拿了，连人家的边都没挨上，那就亏了。当然，蒙汗药并不是最可怕的，最多丢点钱，就算破财免灾吧。更可怕的是春药，我们语重心长地说，师兄你可是个处男，如果吃了春药，你糊里糊涂把自己的身子破了，结果对方是个老鸡婆，你可就人财两空了。到时候你就哭吧，什么承担历史之重任，什么找不到处女不结婚，你就没这资格了。女人可以修复处女膜，你处男如何修复？

去、去、去，师兄推了我们一把，他听出来了我们又在忽悠他，说："我去也不带现金，办一张卡，如果她的确值得我们帮助，我就把卡和密码给她，如果她是骗子我什么都不会给她，包括身体。"

哈哈……我们被师兄幽默了一把。

师弟问："不是骗子你是不是准备把钱和身子都给她呀？"

师兄答："身体先不给，等结婚进了洞房再说，咱不是要坚守嘛，不过可以把'心'给她。"

我们几个噢噢地在一边吐，师兄恶心起人来有一整套。我们说，师兄你真是我们的"偶像"呀，简直是太"可爱"了，是"天才"，是"神童"。

师兄挥了一下手说，你们骂够了没有。别以为我好话歹话都听不出来。"偶像"不就是让人作呕的对象嘛；"天才"的言外之意是天生的蠢材；"神童"是有神经病的童男子；"可爱"属于可怜没人爱。

哈哈，我们都笑。看不出师兄还蛮前卫，这些新词他都有过研究了。

师兄的转变真快，当时他还说绝不会找一个在网上公开出卖自己的女生做妻子，为此还训斥了师弟，现在又这样说，看来师兄真需要一个女朋友了。这大二女生让师兄心动了，虽然她在网上有一个所谓的高声叫卖，但毕竟是事出有因，这个"因"是什么虽然不知道，但这个"因"却能激发师兄的爱心，引起师兄的同情。"爱心"和"同情"加在一起不就简称为"爱情"嘛！只要大二女生还没有真正卖过，师兄在心中还是能够接受的。

第三天，师兄和大二女生是在宾馆见的面。我们是按第一种方案执行的。师兄在房间里等着，我们三个分别在宾馆门口、大堂、楼道里巡视。大二女生基本上是准时到的，她在宾馆门前独自下的出租车，一下车我们就认出她了，比照片上的还要漂亮，有一种孤傲的气质。她下车后目不斜视，对师弟的秋波不屑一顾。她直接往电梯里走，就像一个要回家的人。我们眼睁睁地看着一个美丽的姑娘从面前匆匆而过，奔向师兄，这让我们嫉妒得要死。

师弟跟着大二女生走进大堂，师弟来到我面前，然后又目送着大二女生走进电梯，一双贼溜溜的眼睛从来就没有离开过人家的身体。师弟对我说，妈的，师兄好福气呀！我说师弟你别想歪了，师兄不是那种人，他主要是想帮助这位女生。师弟说，我才不相信师兄的鬼话呢。我们打赌，今天师兄要是不失身我跟你的姓。我说如果要赌也别赌这个，你跟我姓对我来说没有任何好处，和我一个姓的人多了，有的还是我的敌人。

这时，二师弟下楼来了。二师弟神秘地说，进去了，是我亲眼看到进房间的。师弟说，我怎么有一种羊入狼窝的感觉。我说，还不知道谁是狼谁是羊呢！我笑笑问二师弟，你看谁是狼？

二师弟笑笑没表态。我说，师弟要和我打赌，我说那大二女生可能是狼，师弟说咱师兄可能是狼，究竟谁是狼呢我们为此一赌，你支持哪方？二师弟说，你们先谈谈自己的理论根据，进行一下辩论，我通过判断后再决定支持哪方。二师兄是正方，三师兄为反方，现在开始。

师弟说，我什么时候成了反方了？二师弟说，我们干嘛来了，我们来这里不就是为了保卫师兄嘛！我们对大二女生不信任，害怕她使诈，把她当色狼，还怕有狼群，所以才来。现在三师兄不相信师兄了，认为师兄是色狼了，你当然应该是反方。

我说我相信师兄是有根据的，我可以想象师兄现在正和大二女生聊天。大二女生正在痛说革命家史，无论大二女生的故事多么平庸，师兄都会感动的。因为师兄愿意被感动，已经做好了被感动的准备。其实，所有的男人都愿意被一个美丽的姑娘感动。但是，感动又是建立在"信任"的基础之上的，信任产生在上半身，越感动越相信离下半身就越远。所以，师兄出不了格。

师弟说我其实很想相信师兄，可是我们都是过来人，都有第一次的性经验。男人的第一次绝对是奋不顾身的，就像飞蛾扑火。平常对女人的渴望通过道德和法律的力量被压抑和控制住了，突然有一天不需要控制了，那会产生什么后果？此时，只要大二女生玉指一弹，那就是火花四溅，无论师兄是什么幺蛾子都会被燃烧成灰烬。

二师弟说，你们都有道理，你们打赌我做裁判，不过你们的赌注也别太大了。师弟说，我希望输，只要师兄不让我幻灭，只要师兄不碰那大二女生，我宁肯输。我笑了，看不出师弟挺高尚的呀！我说，只要师兄能守住自己，能坐怀不乱，在大二女生的猖狂进攻下不为所动，我也宁愿输。二师弟哈哈大笑，说无论你们赌什么我都是大赢家。你们两个打的什么赌呀，其结果是一回事。你们把一切都是建立在"不信"的基础之上，区别只是老三不信任大师兄，老二不信任大二女生。

我们正在为"信"与"不信"的问题论争，师兄突然来了条短信。师兄问外边的情况如何？师弟苦笑了一下，说你们快看看，师兄肯定要下手了，怕中埋伏，不放心才发短信问的。师弟说给他回短信，就说：一切正常。师弟说，看来我要赢了。

师兄的短信让我暗下担忧，难道师兄真守不住了？

师弟说，既然师兄的内部防线已经垮了，我们还在这外围守着干什么呢？我们撤吧，当一次崇高的约会变成了平常的泡妞，我们为一个嫖客和一个妓女站岗，我们在这里便沦落成无聊的小丑了。

二师弟嘿嘿坏笑了一下，说没关系，我看你对大二女生十分有好感，我也可以为你站岗，继续担任值勤任务，反正你们都是我的师兄，我一视同仁。不过，这样你和大师兄就更近一层了，成为"亲兄弟"了。

操，你他妈的，师弟骂。你把我当成什么人了，我宁愿当师弟，不愿当"兄弟"。

我说，咱们给师兄发一个短信问问情况，然后再决定去留。师弟说要发你发，反正我是不发了。我把刚才师兄发过来的短信转发给了师兄，问："情况如何？"

师兄立刻就回了短信，他把我们刚才的回答也转发给了我们："一切正常。"

师弟跳起来骂，什么一切正常，什么叫一切正常呀？这是指什么？是指在床上正常的搞，还是在地毯上搞？妈的，走先。我说，师弟你先别急呀，这"一切正常"说明师兄第一没有被蒙汗药麻翻，第二也没有被春药迷惑，说不定师兄正在"一切正常"地和大二女生谈心呢！师弟说，一个男人和一个女人在网上约好并谈好了价钱，然后他们开了房间，你说这"一切正常"是什么意思？如果是"一切正常"的话那就意味着已经上了床，不上床才"一切不正常"呢!

师弟的这番话太有说服力了,二师弟也站了起来,我也不得不走了。不过,走时我还是给师兄发了短信,我告诉他既然一切正常,我们就先走了。师兄的回信让我们争先恐后地离开了宾馆。师兄回信:"要是你们还有事,那你们就先走吧,我们还呆一会儿。"

唉——完了,完了……

5

师兄到天黑才回来,这让我们坐立不安,都到吃饭时间了我们也没有胃口。在这段时间里,最烦躁的是师弟,他看什么都不顺眼,无论是国际、国内大事,还是最新的股市行情,他都会发表一番愤世嫉俗的精辟见解,而且最后的总结是:这个世界什么都不可信!师兄的迟迟不归,使师弟有一种幻灭感,师弟变成了一个"愤青"。

我和二师弟曾经议论过师弟的变化,二师弟感慨地说:谁动了三师兄的奶酪?师兄和大二女生约会关三师兄什么事,奇怪!

师兄开门进来时,我和二师弟不由都围了上去。师弟却坐在那里不动,视而不见的样子,不知道和谁生闷气。其实,我们知道最着急的是师弟,师弟的等待太久了,已经在心中长出了荒草。这个最急切地想知道结果的人,在师兄进门后却装着若无其事的样子,我觉得师弟真可笑。

二师弟迎着师兄,急切地问:"怎么样?"

师兄回答:"我把卡和密码都给她了。"

我不由回头望望师弟,见他痛苦地闭了下眼睛。二师弟说:"你那卡上有一万零五十呢,你都给她了?"

当时,是二师弟陪师兄办的卡,所以二师弟连卡上的零头也知道。二师弟问:"钱都给了,是处女吗?"

"不知道!"师兄答。

"什么?"我们愣在那里。二师弟急败坏地说:"你是怎么搞的,真笨!连货都没验清楚就付钱了,天呀!"

师兄说:"我又不好问人家这个问题。"

这时,师弟冷笑着悠了过来。师弟说:"这个问题还用问吗?一试就知道了。"

师兄问:"怎么试?"

师弟说:"我们平常是怎么对你进行'性教育'的?你应该知道怎么试呀!"

师兄很严肃地对师弟说,你别想歪了,我可连手都没有碰过人家。

我们"哈"的一声都笑了,我们谁也不会相信师兄的话。师弟说,那你们一整天在宾馆里干什么呢,难道是谈人生?哈哈……

师兄说,人生倒是谈了,没有细谈,我们主要是谈了一下比较专业的理论问题。

我操,还理论问题。师弟说,关于男女的理论问题是很多,比方,身体构成,生理结构,情感方式等等。不过,你们一下午在一个舒适的实验室里,不可能只是理论探讨而不进行试验吧,我们想知道试验的结果。

师兄说,我们主要谈论的是中国证券市场的理论问题,她很想了解这方面的问题,因为她父亲是个小股民。

算了吧,算了吧,我们现在对证券问题不感兴趣,虽然这是我们的专业。我们现在只对那位大二女生是不是处女感兴趣。

师兄有些急了,说我真没有碰她,我发誓。

师弟说,你发誓,我们也不相信。

师兄说你们不相信算了,师兄说着打开了电脑,从网上搜寻了当天的证券行情,还调出了"上证走势图"在那里研究。师兄不理我们了,我们无可奈何,大家僵在那里。为了打破僵局我拿起饭碗，喊师兄吃饭。师兄说吃过了，是和钟情一起吃的。我们问钟情是谁？师兄说大二女生名字就叫钟情。

操！师弟摔门而去。在前往食堂的路上，师弟还在忿忿不平。师弟说，钟情，师兄喊得多么有情有义呀；钟情确实是个好名字，我喜欢，只是师兄对我们太无情了，典型的重色轻友。师兄把我们当成什么了，他泡妞我们为他站岗放哨，最后连一句真话都没有。二师弟说，咱们必须知道真相，审问之。师弟说，怎么审问，又不能严刑拷打，搞刑讯逼供，这样得到的口供可惜不真实呀。师弟在说这话时都是咬牙切齿的，师弟恨不能搞刑讯逼供。我说，咱们虽然不能搞刑讯逼供，但我们可以摆鸿门宴呀。

"怎么讲？"师弟十分感兴趣地凑了过来。

我说，咱们可以请师兄吃饭，把他灌醉，然后再问他和钟情在宾馆里的故事。无论他们干了什么勾当，根据酒后吐真言的原理，这时候师兄说的话应该是可信的。

师弟哈哈大笑，说："根据酒后吐真言的原理，看来历史就是酒疯子的醉话。"

"哇，经典。"二师弟向师弟伸出大拇指，说，"历史是个嘛，都是说醉话。"

我们打饭回来，师兄还在研究股市行情，并且有了深入研究的苗头。师兄背对着我们，面向电脑，好像把一切都抛在了脑后。我们吃着饭有时候瞄一眼师兄的显示屏，发现师兄正在看上证指数的K线图。对于师兄的煞有介事我们十分反感，这是哪跟哪呀，你和大二女生约会回来对我们没有任何交待，突然研究起股市行情来了。为了表达我们的不满，我们大声吃饭，吧唧嘴，哦哈连天地喝汤，期间伴随着放屁、吐痰。总之要弄出点声音来，让你烦，让你分心，让你研究不下去。

可是，我们的一切努力都是徒劳的，师兄对我们的一切响动没有任何反应。师兄不知道受了什么刺激，开始没日没夜地研究股市行情，像一个中了邪的人。在后来的几天里，师兄在股市开盘后，通过"网上行情分析系统"，对当日的沪深走势进行跟踪；晚上，师兄通过月K线、周K线、日K线、30分钟K线对大势进行研究。后来师兄的书桌上出现了许多图表和自绘的K线图。

种种迹象表明，师兄的研究已经脱离了学术研究的轨道，师兄对股市的研究越来越具体，已经到操作层面了。最后，师兄对一些具体股票产生了兴趣。如果我们再不阻止师兄，他可能堕落成一个小股民。即便钟情的父亲是个小股民，师兄为了和钟情套近乎，也不至于非要成为小股民呀。师兄成为小股民不是我们愿意看到的，因为中国缺的不是小股民，中国缺的是对证券市场真正有研究的专家和学者。

为此，晚上我们摆起了所谓的鸿门宴。我们三个轮番上阵，在第一个回合就把师兄灌得迷三倒四的了。正如我们预料的一样，师兄打开了话匣子。只是让我们困惑的是师兄的谈话内容还是股市行情。师弟几次要打断师兄，都被我制止了。我对师弟悄声说，先让他谈谈股市行情吧，人家最近有研究成果。股市行情他总会谈完的，我们都足够的时间和耐心等待。

就在我们快要失去耐心的时候，在师弟上了三次卫生间之后，师兄进行了总结性发言。师兄说，我还是赞同我们老板的观点，那就是做多中国。现在很多小股民亏损是因为他们的操作没有跟上节奏，比方：钟情的父亲。

我和师弟交换了一下眼神，终于谈到钟情的父亲了。师弟说，冬天都来了，春天还会远吗？师弟的言外之意是：已经谈到钟情的父亲了，离钟情还会远吗。二师弟抿着嘴在那儿痛苦地笑，不知道是同情我们还是同情师兄，脸上露出怜悯之情。

师兄谈到钟情的父亲情绪是比较激动的，师兄说，钟情的父亲是在2001年5月17号入市的，入市时上证指数是2175.50点。

钟情的父亲在这个时候入市，是因为他幻想着有另一个5·19行情。1999年的所谓5·19行情给中国股民太多的想象空间。钟情的父亲对股市一点也不了解，也从来没进行过研究，在媒体的煽动下，钟情的父亲和成千上万的小股民一样，在2001年的5月17号，在迎接新的5·19行情的口号鼓舞下，入市了。全民炒股，当时成了一个新的群众运动。2175.50点，这个点位截至目前，基本上是中国股市的最高点，虽然后来股指还上冲了一些，但在这个点位上入市事实证明是灾难性的。后来股市一路狂跌，钟情的父亲当然被彻底套牢了。

中国人有吃苦耐劳的精神，股票套牢了会死咬着不放，可谓是不到黄河心不死。但是，中国的股民都是无产阶级的股民，他们手中没有多余的钱。他们拿出来炒股的钱其实就是一点点的家庭存款，这点存款可能是养老的钱，可能是供孩子上学的钱。这点钱放在银行没有什么利息，就拿来炒股，他们不知道股市到底有多大风险。当他们需要用钱时，只有割肉。根据钟情给我提供的资金账户和密码，我登录到她父亲开户的证券公司的"网上交易系统"，查看了钟情父亲的历史成交，根据"成交资料详细清单"，钟情父亲第一次割肉是在2002年10月15日，当时的上证指数是1516.52点，这时候上证指数已经跌了600多点。钟情父亲已经被深度套牢了，可是，为了供钟情上大学只有割肉。

截止到2003年11月13日，上证指数为1308.72点。那天对于钟情来说是一个特别的日子，那天钟情和我们约好了见面，她要出卖自己，因为她必须要交学费了。按照学校的规定，钟情一开学就应该交学费，可是钟情父亲已经血本无归了，就是割肉也无法凑够钟情的学费了。在钟情再三向家中要学费无果的情况下，钟情和父亲在电话中发生了争吵。钟情愤怒地对父亲说，你不割肉，我割肉，我去卖自己。这样钟情和我们约定在第二天见面，她的父亲在当天夜里跳楼自杀。这天的晚上，我们的方正先生正在大讲"做多中国"。

"真是惨无人道！"师弟愤怒地喊道。

我们不知道什么时候被师兄的叙述吸引的，在师兄不厌其烦地罗列那些往日的时间和上证的点位时，我们心中便有一种不祥之感。我们知道师兄现在绝对没有喝醉，师兄这样讲述钟情父亲的炒股过程，其间肯定埋藏着什么。我们现在才明白钟情为什么对我们老板讲座的内容出言不逊。后来，我们看了一下我们和钟情在网上的聊天内容，这些内容都被师弟细心地存盘了。就在我们几个轮流和钟情聊天时，钟情当时有这么一段话被我们忽视了：

"中国股市就是一个婊子，是个无底洞，我老爸就是被股市套牢的，血本无归，害得连学费和生活费都寄不出了，我让老爸割肉，否则只有退学了。老爸说，没有肉可以割了。我说，老爸你不割肉只有我割肉了。"

师弟忧戚着脸说，看看，中国股市已经到了逼良为娼的时候了，我们这些研究证券法的却无能为力。我们的老板还在大讲"做多中国"。

师兄说："小股民是非理性投资者，亏是正常的。只要做长线，肯定包赚不赔，中国的宏观经济这么好，股市是经济的晴雨表，大牛市已经离我们不远了。"

屁！师弟不屑一顾。

师兄非常自信地说，我要用事实证明。我将在最近入市，我要把钟情父亲的亏损捞回来。我要让钟情看看股市的本来面目，我要告诉钟情她父亲炒股亏损不是股市本身的错，不是资本市场的错，不是改革开放的错，是她父亲自己的错误。师兄说，你们知道吗，当我在宾馆把钱给钟情时，她的那个眼神真让我受不了。她居然说，你拯救了我的肉体，你拯救不了我的灵魂。我对这个世界彻底绝望了。

她开始根本不相信我是真心帮助她,她甚至当着我的面要脱衣服。在这种情况下我如果真把她怎么样了,我还是个人吗?这种趁人之危的事情我肯定不会干。你们也不相信我,我不知道这个世界上谁还会相信我。

师弟在师兄肩上重重地拍了一下说,哥,我信您。师弟的眼睛有点红。

不过,我们还是劝师兄不要炒股,师兄却听不进去。后来,师兄真的入市了,他把他父亲给他的钱全部投了进去。据师兄自己说,父亲在他读研时,一次性给了他一笔钱,说是让他自己管理。师兄父亲说,都是研究生了,也应该学会管理一笔钱了,这本身是一种锻炼。师兄父亲给他的那笔钱具体是多少,我们谁也说不清,我们猜除了师兄给钟情的那一万外,应该有近十万元。在2003年11月21日,师兄把父亲给他的学费十多万元全部投进了股市,入市时的上证指数是1355.17点。我们眼睁睁地看着师兄成了一位小股民。大二女生钟情一下就改变了师兄后来的生活,这一改变,都是因为师兄和钟情在网上偶然的相识。可见,人生的轨迹就像在大海中航行的小舢板,最偶然的相遇都会改变其方向。

我们谁也没想到,师兄后来在股市上大赚了一把,在不到五个月的时间里,师兄在股市上获利50%左右。也就是说师兄当时十万元学费变成了十五万元。师兄是当着方正先生公开宣布这个消息的,我们当时正在讨论方正先生的那笔讲座费怎么处理的问题,因为方正先生后来又给黄总的员工搞了多次讲座,每次刘曦曦都给两个信封,一个是方正先生的,有两万;一个是给陪同弟子的,是两千。在半年多的时间内,方正先生总共讲座12次,第一次是1万元,后来11次都是2万元,讲座费达到了23万元。我们陪同的弟子除第一没有外,后来每次都有2千元的陪同费,也拿到了2万2千元。因为我们是轮流陪同方正先生去讲座的，所以我们都得到过刘曦曦的信封。也就是说我们平均每人拿的陪同费有五千多元了。

我们拿着存折找到方正先生，方正先生一看吃了一惊，总计25万2千元。方正先生问怎么这么多，20多万了，还有零头？我们说大家把每次给的陪同费也存在一起了。方正先生望望我们笑笑，问，你们怎么不花？我们呵呵笑，说你都不花，我们也就不好意思花。方正先生问，这笔钱怎么处理？师兄说，我有一个建议。方正先生问，姚从新同学有什么好建议？师兄说，这笔钱交给我投资股票，一年后我保证能获得50%的利润。师弟瞪了师兄一眼，说，你就吹吧，你要是亏了怎么办？师兄说，亏了算我的，盈利了算大家的。方正先生问，你这种自信有什么根据？师兄笑眯眯地当场打开了电脑，师兄输入了自己股东代码，输入密码，登录后打开了自己的历史成交清单。师兄指着电脑上的表格说，我是在2003年11月21日入市的，入市时的上证指数是1355.17点。今天是2004年4月7号，上证指数是1773.23点，也就是说在我入市后的不到五个月的时间里，上证指数涨了418.06点，我所买的股票涨了50%。师兄指着那个表格说，看吧，我入市时是10万块钱，现在是15万多。我们几个都围着电脑看，在事实面前不得不由衷地赞叹师兄的能耐。

方正先生笑着问，你当时是根据什么入市的？师兄回答，你还记得你做的那个讲座吗？方正先生摇摇头，说我搞的讲座太多，不知道你说的是哪个讲座？师兄说，就是那个叫《做多中国》的讲座。方正先生点了点头。师兄说，当时先生对中国证券市场的分析和判断简直是太英明了，在先生的那个讲座不久我就入市了。

我和师弟交换了一下眼色，感叹师兄这马屁拍得真是时候。果然，方正先生高兴了，环视了一下大家说，我看姚从新同学的建议可以考虑呀！进入证券市场进行操作对一个研究证券法的同学来说是一件非常好的事，能不能赚钱倒是其次，关键是在直接的操作中能感受到我国证券市场跳动的脉搏，这无论是对证券市场的研究还是对证券立法的研究都是必要的。

方正先生这样一说我们还能说什么呢，既能赚钱又能搞学术真可谓是一箭双雕呀！不过，二师弟却提出了另外一个问题。二师弟说，雄杰（集团）公司的这笔讲课费让人不踏实。方正先生十分警觉地望望二师弟问，梁冰同学你说说咱们这笔讲课费拿着怎么不踏实？二师弟说，由于数额太大，我们大家都有些担忧，本来我们把陪同费都花了，后来我们还是决定把陪同费也存了起来，不敢花了，我们感觉不对头了，黄总这样干有点过了。他再重视员工的素质也不会这样不惜成本呀！他到底想干什么？方正先生说，我也搞不清楚他们想干什么，既然拿着不踏实，那就把钱给人家送回去吧。我们一听一百个不愿意，一万个不愿意。我们说凭什么送回去，这是你辛辛苦苦讲座赚回来的。方正先生说，你们不是觉得这钱拿着不踏实嘛。我们说，拿着不踏实，为什么不想办法让这些钱拿着踏实起来。

"哦，你们有什么办法？"方正先生有些神秘地望着我们笑，就好像一切都胸有成竹，就看你们当弟子的会不会办事。我们对方正先生说，你别管了，一切有我们呢！方正先生说，这些事我本来就不该管，我哪有这个时间。方正先生有些严肃地说，你们口口声声说要保护导师，保护的是什么？有一个重要的项目就是保护导师的时间，为导师分忧解难，不要让乱七八糟的事打扰我。方正先生这话已经说得很重了，这是在批评我们。

6

回到宿舍我们几个商量了一下，决定起草三份文件，大家分工在电脑上一阵狂敲，不一会儿三份文件就打了出来。一份是方正先生的"授权书"；一份是方正先生和雄杰（集团）公司的"合同书"；还有一份是给雄杰（集团）公司的"收款条"。授权书需要请方正先生签个字，其他的事他就不用管了，一切由我们签字代理。万一有什么事由我们顶着，我们是方正先生的防火墙。保卫导师要舍己为师，就是要敢负责任。

我们把三份文件打出来后，让方正先生在"授权书"上签字，我们很担心方正先生不签这个字，没想到方正先生连看都没看就签上了自己的大名。从这件事上可见方正先生有多么信任我们。方正先生是法学教授，他也知道授权书的分量，这就意味着我们可以全权代表他去处理他和黄总之间的事，特别是经济往来。

有了方正先生的授权书，就等于有了尚方宝剑。我们让师弟带着三份文件去找了刘曦曦。刘曦曦看了三份文件说，这些东西我要给黄总看看。师弟说可以，如果一些合同条款你们觉得不合适，还可以修改。其实所谓可以协商的条款只有第五条。合同的第五条是：

甲方（雄杰[集团]公司）可以不定期地邀请乙方（方正先生）为其员工讲座，以提高员工的素质。每次讲座后甲方将支付乙方人民币两万元（税后），支付乙方陪同人员人民币两千元（税后），为乙方的报酬。

"税后"两个字在这里是关键。

要想使方正先生的这笔讲座费合法化，双方首先要补签一份合同。双方执行合同后，根据《中华人民共和国个人所得税法》这笔收入还要依法交纳个人所得税，否则就构成偷税、漏税。方正先生的这笔收入应该是劳务报酬所得。根据《中华人民共和国个人所得税法》第三条第四款规定："劳务报酬所得，适用比例税率，税率为20%。对劳务报酬所得一次收入畸高的，可以实行加成征收，具体办法由国务院规定。"

根据《中华人民共和国个人所得税法》第六条第四款规定："劳务报酬所得、稿费所得、特许权使用费所得、财产租赁所得，每次收入不超过四千元的，减去费用八百元；四千元以上的，减去20%的费用，其余额为应纳税所得额。"

也就是说方正先生的讲座收入和我们的所谓的陪同费合在一起算共计二十五万二千元；扣除20%的费用五万零四百元，还有二十万一千零六百元；这二十万一千零六百元要交纳个人所得税四万零三百二十元；方正先生这笔收入如果交了个人所得税，剩下只有二十一万一千零六百八十元。关键是交了这笔个人所得税也不能说百分之百合法，因为根据《中华人民共和国个人所得税法》第三条第四款规定，方正先生的这笔收入可以算作"畸高"，这种所谓畸高的收入，个人所得税到底怎么交，由国务院说了算。国务院的有关规定我们没有查到，所以这税到底要交多少说不清楚。既然搞不清楚，那就不去搞清楚了，有一个最简单的方法，个人所得税可以和雄杰（集团）公司在合同中约定，让其代交。你交不交，交多少，什么时候交那就是你黄总的事了，我们在合同上约定是"税后"，万一有事让税务部门找你去。

"税后"二字不但为方正先生节省了四万多的个人所得税，

而且让这笔钱真正地合法了。

后来,那合同一个字也没改。刘曦曦把已经签了字盖过章的合同送了过来,刘曦曦把合同递给师弟时对我们说,一切都按你们的意思办。师弟说你们公司真痛快,你们黄总对方正先生怎么这样好呀,到底有什么险恶用心?刘曦曦说,你说话不要这么难听好不好,我们黄总说了,一切都是为了企业今后的发展。

师兄说,和你们黄总交往心里怎么就不踏实呢!刘曦曦突然向师兄抛了一个媚眼说,你和我交往踏实吗?师兄一下就闹了个大红脸。师兄败下阵来,师弟却反唇相讥,说和你交往也不踏实,但不害怕,大不了被你勾引了,怎么着也没有生命危险。

哈哈……刘曦曦和我们一起都爽朗地笑了。刘曦曦说你口口声声说人家勾引你,还不知谁勾引谁呢!你们几个中看来就你最坏,你应该学学师兄,看人家多稳重呀。刘曦曦收回了笑容又向师兄抛媚眼,说:"我不喜欢坏人,我喜欢稳重的。"

师兄见刘曦曦的眼神不对,就把目光投向远方,作眺望状。师弟见状说,你对我们师兄感兴趣也没用,师兄是不会被你拉下水的,我们师兄有一位大二女生。刘曦曦哈哈又笑了,说,有女朋友算什么?有老婆我都不怕。

你疯了,今天怎么拿我开涮了。师兄有些气急败坏地望望刘曦曦。刘曦曦斜眼望望师兄说,你怕了?

师兄说,我怕什么,为了保卫导师我什么都不怕。师兄说和你们交往总体上是让人害怕的,你们就像一个漩涡,时刻都想把我们的导师吸进去,我们感觉到了危险,可是却不知道有什么危险在等待着,这危险就更让我们害怕了。其实我们知道你们只对我们的导师感兴趣,我们只不过是拦在你们面前的一道墙。你们要把我们导师搞定,首先要翻过我们这道墙,你们就不怕人财两空?我们要誓死保卫导师。

刘曦曦笑笑,说方正先生有你这样的弟子真好。不过,也没你说的那么可怕，黄总又不是美国情报局的，让你的方正先生贩卖国家机密。说白了你的方正先生就是一个法学家、一个经济学家、一个教授，又不是市长省长，手里有权，不是银行行长，手里有钱。黄总是一个搞企业的，野心大一些罢了，最多让方正先生帮帮忙，利用一下他的知名度、影响力，也都是为了企业的发展，不是什么敌我矛盾。

师兄问："那么黄总到底想让方正先生干什么，你能给大家透个底吗？"刘曦曦笑笑不答。

其实，我们都认为刘曦曦说得在理，方正先生一没有权，二没有钱，也不会给黄总当律师打官司。那黄总到底让方正先生干什么呢？利用方正先生的影响，方正先生在法学界在经济学界是有些影响，但这种影响对黄总有什么用，也不至于让黄总不惜成本呀！

刘曦曦走后，我们商定，大家都要提高警惕，倒要看看黄总葫芦里卖的是啥药。你是糖衣炮弹，咱哥们儿就把糖吃了把炮弹还给你；你是黄鼠狼给鸡拜年，咱就把礼收了，把你黄鼠狼关在鸡窝外。这年月谁怕谁呀，我们要用集体的智慧。

二师弟说，把黄鼠狼关在鸡窝外容易，就怕窝里斗。现在是刘曦曦对大师兄明送秋波，三师兄又在向刘曦曦大献殷勤，你们两个会不会争风吃醋出问题。师兄说不可能，这是哪跟哪呀！师弟说，刘曦曦是挺性感，也漂亮。我对她动真情不可能，玩玩还是可以的。我的心早就起了厚厚的老茧，不容易对一个女人动真情的，更别说爱情了。青春期是爱情的保鲜膜，过了青春期爱情的保鲜膜没了，爱情也就不是什么新鲜的东西了。爱情是心中最柔软的部分，在漫长的校园生活中那最柔软的部分一次又一次地被磨损，通过多次的受伤、疗伤、抚平这个过程我已经刀枪不入了。

我们听了师弟的话都呵呵笑，看来师弟没少吃女人的苦头。

我们把方正先生和黄总签的合同以及存折给了方正先生，说这下钱真的是你的了。方正先生看看笑了，说这件事办得还是不错。方正先生教育我们说："君子爱财，取之有道。"我们说，先生你放心吧我们会依法办事的。方正先生说，是呀，连法学研究生都不会依法办事，这个社会还有什么希望。方正先生这是在表扬我们，让人有些不好意思。方正先生把存折递给了师兄，说这笔钱是我们大家挣来的，大家都有份，这就算是我们的助学基金吧。这笔钱现在用不上，就让姚从新同学拿去投资股市吧。我们都望着师兄，目光中都是疑虑。师兄接过存折望望我们说，大家都放心吧，亏了算我的，盈利大家分。我们都表示希望师兄能100%的获利。

这样，师兄在2004年的4月12日把钱都投进了股市，入市时的上证指数是1756.11点。师兄入市后，带着女朋友钟情出去游山玩水去了，说是去桃花山看桃花了。我们想象不出四月的桃花是什么样子的，该是满山落英吧。

钟情成为师兄的女朋友，这是一个合情合理的结果。只是这个过程在我们看来实在是忒缓慢了。从师兄和钟情在宾馆见面到他们真正好上差不多有半年时间，现在时髦的是一见钟情或者是一夜情，师兄的这种速度被师弟戏称为搞科研。师弟还酸溜溜地赞叹说，师兄和钟情一个是纯情的女生一个是纯情的男生，这可真是一对金童玉女呀！师弟这样一说我们都哈哈大笑。师弟说，从此咱就不叫师兄为师兄了，咱叫他金童，钟情咱也不叫她大二女生了，就叫她玉女。

金童和玉女去看桃花，我们几个的心态是复杂的。因为我们知道金童玉女去桃花山当天肯定是不回来的，也就是说金童和玉女要在那个叫"桃花山庄"的地方住一夜或者两夜。在金童走之前，二师弟兴奋地对金童说，这是个机会呀，该办就办了，还拖什么呀。可是，师弟却不怀好意地旧话重提，他提醒金童，别忘了肩上承担着历史使命,别忘了自己的诺言,第一次的亲密接触应该在新婚之夜呀,所以最好不要在外头过夜,你这一过夜很多事情就难说了。

师弟的旧话重提让金童有些难为情。金童说他本来不想去桃花山的,花都基本谢了,当天又回不来,看什么桃花呀,可是钟情要去他也没办法。这样看来玉女要去看桃花其中的象征意义是不言而喻的。这是玉女在提醒金童呀,意思是说:我等得花儿都谢了。

金童和玉女到了桃花山,在宾馆开房间时金童开了两个房间。玉女问金童为什么开两个房间,多贵呀!金童说钱不是问题。玉女说你的钱没有问题,我人有问题,我一个人睡觉害怕,你即便开了两个房间,我也到你的房间睡。金童耸耸肩作幽默状,说孤男寡女同处一室,你就不怕出事?玉女回答得很干脆,说不怕,早该出事了,我早就准备好出事了。金童在玉女的进攻下显得尴尬。玉女望望金童问,你怕了?金童还嘴硬,说谁怕谁呀!

晚上,玉女毫不犹豫地在金童面前打开了自己,金童连忙用被子将玉女裹上,说不结婚是不能这样的。玉女哈哈大笑,说你真可爱,那咱回校就领结婚证,今天就是我们的新婚之夜。金童说不可,等领了结婚证咱再新婚之夜。

玉女急了,说你不爱我。

金童说:"谁说我不爱你,我好不容易才遇到你,怎么会不爱。"

玉女说:"那你有病?"

金童说:"你才有病呢,我身体健康!"

玉女说:"你爱我又没病,你面对我怎么会没有冲动?"

金童说:"我想等到我们真正的新婚之夜。"

玉女说:"神经病!"

金童说:"我是在师弟面前发过誓的,找不到处女不结婚,第一次一定要在新婚之夜。如果我和你没结婚就这样了,我苦苦坚守的一切岂不是前功尽弃了,还有我的诺言。我希望你能理解。"

玉女哈哈冷笑了一声,起身穿衣服。玉女还骂了句粗话:"真他妈的,谁在乎你的坚守,谁在乎你的诺言!"

金童争辩道:"我不需要谁在乎,我自己在乎就行了。我只为了我的心之所安。"

玉女愤怒了,说你就洗洗安心睡吧,我不奉陪。玉女摔门而去。

第二天,玉女就回到了学校。师兄一个人在桃花山住了一个多星期,他坐在一棵桃树旁给我们打电话。那是一棵野外的桃树,花期正盛,开得灿烂。师兄像一个果农走进了自己的果园,靠在树上望着眼前枯黄的芦苇在风中摇曳,望着头顶的桃花飘英吐红。师兄给我们几个师兄弟轮番打电话,诉说心中的苦闷。师兄说为什么钟情不能理解他?为什么这年月坚守一个信念这么难?为什么我的坚守成了人家嘲笑的对象?为什么?

也许是我们害了师兄,特别是师弟不该旧话重提。师兄可是个老实人呀。可是我们又无法安慰师兄。我们对师兄说,师兄不是你的错,你就是有点前卫罢了。师兄在电话中大笑。前卫,钟情说我老土,你们却说我前卫?我们对师兄说,你回来吧,回来绕着田径场跑一圈你就明白我们的意思了。你跑得太慢,人家一圈过后已经跟在你的身后了,这时的你岂不就显得前卫了。

师兄的问题还很多,我们在电话中听到师兄的叹息和一些蜜蜂嗡嗡的声音,有些问题无法回答。我们三个躺在床上,二师弟突然问师弟,你说色情片和情色片到底有什么区别啊?师弟回答,这个嘛——情色片偏重艺术。二师弟又问,那色情片呢?师弟回答,色情片偏重技术!我不明白两个师弟怎么突然有兴趣谈论这个话题了，我问师弟，那纯情呢？师弟说，纯情最难，偏重骗术。要把纯情进行到底没有点骗术是不行的，师兄要玩纯情的，骗术又不到家，怎么将纯情进行到底。

我说师兄住在桃花山不回来，这也不是个事呀！二师弟说，他受刺激了，让他在那里清闲几天没什么不好。师弟说，让他回来是一件很容易的事，打个电话就说股市大跌，他马上就回来了。我说师弟你是个乌鸦嘴，股市跌了对大家都没好处。师弟说，师兄不是说亏了算他的嘛！二师弟说师弟不厚道，真亏了也不能让师兄一个人赔呀！

7

师兄一回来就被老板叫去了。老板问师兄,黄总最近怎么不找我给他搞讲座了?方正先生说这话极为天真,像个孩子。师兄哈哈大笑,说黄总可能心疼钱了。在我们和黄总签过讲座的合同后,黄总反而不请方正先生为他的员工搞讲座了,这很奇怪。

师兄主动打了个电话给刘曦曦,师兄说你最近怎么样?刘曦曦说,我正准备去找你呢。师兄问啥事?刘曦曦说见面再说。刘曦曦来到了我们宿舍,她笑着从包里拿出了一份"聘用合同"让我们看。刘曦曦说你不是一直问我们对方正先生有何目的吗?我们今天就告诉你们,本公司请方正先生讲座只是为了增加了解,建立友好关系,我们主要目的是想聘方正先生为我们的投资顾问。

刘曦曦说着望望我们的反应,见我们脸上没什么反应,刘曦曦又说:"聘用你们为投资顾问助理。"刘曦曦说着把合同递给了师兄。师兄愣了一下连忙看合同,刘曦曦指指合同的第五条让师兄注意,意思是说,放心吧,所有的收入都是税后。

合同第五条规定:甲方(雄杰[集团]公司)聘用乙方(方正先生)为公司投资顾问,甲方支付给乙方月薪两万元人民币(税后);甲方同时聘用乙方弟子为顾问助理,甲方支付顾问助理月薪两千元人民币(税后)。

我们看了之后,一时无法判断这件事的性质。师兄说,这事来得太突然，我们要和方正先生商量商量。刘曦曦说，那当然。你们商量吧，过几天给一个答复。刘曦曦说着就走了，说不用送。

刘曦曦走后，师弟拿着合同说，甲方聘用乙方弟子为顾问助理，也没有说明是谁，这是什么意思？我说这很清楚，顾问助理费是2千元，四个弟子轮流助理呗。他们要指明聘用我们四个为顾问助理，岂不是每人每月都要发2千元。师弟说，他们也够狡猾的，2千元把我们方正先生的四大弟子都买了。二师弟说，你就别心理不平衡了，我们都是沾方正先生的光。

我们找到方正先生把聘用合同给他看，没想到方正先生看过合同，脸一下就沉了下来，说你们怎么回事？这不是给我添乱嘛，我怎么会接受他们的聘用呢。

我们说这合同是他们搞的，在这之前也没有和我们商量过，这种事我们当然不敢代你做决定，所以拿给你看看。方正先生看看合同的尾部，见是没有签字的，脸色这才缓了过来。方正先生说，你们要记住，我这样身份的人不可能也不允许接受任何一个企业的聘任。

方正先生这样说，我们一下就糊涂了。我们望着方正先生云里雾里的。方正先生是什么身份？不就是法学家、经济学家、教授、博导嘛！法律没有规定他不能给企业当顾问呀！他怕没时间？这投资顾问又不是总经理，只不过是一个虚职，你没时间可以顾而不问呀！怕丢面子？不会呀，人家当教授的给企业当顾问的无论在中国还是在外国都有的是，这没有什么丢人的。嫌黄总的公司小？黄总的公司已经很大了，在全国有不少分公司、子公司，来听讲座的员工有上百人，据刘曦曦说，来听讲座的并不是员工的全部。我们弄不明白方正先生为什么对当人家的投资顾问这么敏感。

方正先生见我们愣愣地望着他，自己笑了。方正先生说，你们不明白是吧？我现在也没法给你们说明白，反正我现在不会给任何公司当顾问，将来会不会给公司当顾问那将来再说。方正先生说，投资顾问和法律顾问没有什么区别，你们不想想你们当年的邵老师是怎么陷进去的。

投资顾问和法律顾问当然是不一样的了。法律顾问比投资顾问要具体得多，麻烦得多。法律顾问要帮人家打官司，一个诉讼下来要耗费很多时间，当年邵景文给宋总打官司一耗就是几年。即便没有诉讼，公司那些法律文书也够你受的，法律顾问简直就是一个秘书。投资顾问肯定要比法律顾问轻松得多呀。

看来，我们的导师也很神秘呀！我们对方正先生还是不了解，我们自以为是导师的心腹，可是方正先生好像有什么瞒着我们，不能或者不愿意告诉我们，这好像并不是相信不相信的问题。既然方正先生没法给我们说明白，那就有他不说明白的道理。我们也懒得搞明白了，难得糊涂。

回到宿舍我们让师兄打电话给刘曦曦，就说方正先生不同意接受贵公司的聘任。刘曦曦的反应很平淡。刘曦曦越反应平淡我们心里越打鼓，也就是说聘任方正先生当他们的投资顾问并不是他们的目的。如果他们花那么多钱搞讲座，就是为了拉拢方正先生，聘用他为企业的投资顾问，现在被方正先生拒绝，他们的反应肯定是强烈的。也就是说聘任方正先生当投资顾问也不是目的。既然刘曦曦对方正先生拒绝聘任反应平淡，我们也就不说什么了。方正先生后来问起他们的反应，还担心把黄总得罪了。师兄说他们没说什么，恐怕是醉翁之意不在酒。方正先生问师兄说这话什么意思？师兄说没什么意思。方正先生说，我虽然不能接受他们的正式聘任给他们当投资顾问，但他们遇到投资问题我还是可以给他们出出点子的。

师兄把方正先生的意思打电话告诉了刘曦曦，没想到刘曦曦在那边"哇"地一声欢呼起来。师兄对刘曦曦的过分反应费解。

刘曦曦说，其实黄总也是这个意思，希望方正先生为公司出出点子。最近正忙一个项目，这个项目正需要方正先生出出点子。师兄问什么项目说来听听。刘曦曦说，黄总会当面请教方正先生的，这个项目是和你们学校合作的。

当我们听说黄总和我们学校有合作项目，我们终于明白了。这才是黄总的真正目的，他是想利用方正先生在本校的影响促成他们和学校的合作。是呀，一个项目合作下来说不定可以给他们公司赚很多钱，这样他们花在方正先生身上的钱也就值了。只要黄总的公司和学校的合作项目合理合法，而且又是双赢，方正先生是会帮这个忙的，这也算是给学校招商引资呀。

过了几天刘曦曦来到了我们宿舍，说黄总想请方正先生吃个便饭，不知道方正先生有没有时间。师兄当场给方正先生打电话，方正先生同意了。师弟问请方正先生吃饭有没有我们的份？刘曦曦说，当然有了，不过不能全都参加。这种吃饭的事将来多得很，你们还是轮流陪方正先生吧。这次你们谁去？刘曦曦说着用目光将师兄罩住了，很显然刘曦曦是希望师兄去的，这一点师弟也看到了。师弟就说这次就让师兄去吧，我晚上还有点事。刘曦曦愉快地答应了，然后开着车和师兄接方正先生去了。

刘曦曦所说的便饭其实是一个大宴会。让师兄吃惊的是黄总不但请来了法学院院长苏葆帧，还请来了学校副校长、校办主任，真是神通广大。师兄本来以为黄总约方正先生是单独见面的，只有方正先生、师兄、黄总和刘曦曦四个人，没想到是一个宴会。

这是一个豪华酒楼的套房。外面是会客厅，里面是一个大宴会厅，配有卫生间。

方正先生和副校长坐在上首，校办主任坐副校长身边，苏葆帧坐方正先生身边。可见，黄总对方正先生比对法学院院长还重视，不过，这样坐也说得过去，因为方正先生比法学院院长年龄大一些，论资格、论学术方正先生都在法学院院长之上。黄总坐校办主任身边，师兄坐在法学院院长身边，刘曦曦左手是师兄，右手是黄总。七个人。

在上菜时师兄把刘曦曦叫了出去。师兄问刘曦曦这是咋回事，怎么这么多人？刘曦曦说，这个项目是和你们学校合作的，学校主管的领导当然要来了。师兄说方正先生从来不陪领导吃饭。刘曦曦说，不是方正先生陪学校领导吃饭，而是学校领导陪方正先生吃饭。刘曦曦这样说师兄也不好说什么了，但愿方正先生别不高兴。

回到席上师兄见方正先生正十分高兴地和大家说着什么。方正先生说："重修校园的围墙，我举双手赞成。当初我就反对把校园的围墙拆了盖商业门面。"

原来黄总和学校所谓的合作项目就是重修校园的围墙。当年学校拆围墙修商业街完全是跟风。在中国第一个拆掉围墙修商业街的是北京大学。北大拆南墙，我们学校跟风拆了北墙。师兄听到学校要和黄总合作重修围墙了，师兄不由乐了，这又是跟风，因为最近媒体有报道说北大又要修南墙了。

有家媒体对北大重修南墙是这样报道的：

"1993年北大拆南墙轰动全国：推倒南墙办商业街！校方说这是'更新观念'的结果。八年过去了，北大在出了一批股票价格坚挺的知名校办企业、并且产学研一体化初具规模的大背景下，又做出令人吃惊的决定：拆除商业街，恢复南墙。近日的北大南门外大街已不复旧日的热闹，曾经坐满朝气蓬勃的大学生的飞宇网吧和那些照相馆、眼镜店也人去屋空。在正门和西南门之间，是新砌的红砖和灰檐的高墙，空空荡荡，很是扎眼；曾经被包围在店铺中的白杨树，有的已经全部枯死或部分枯死，光秃秃的枝条像战火洗劫后孤独的旗杆。为什么会这样？因为北京大学要恢复南墙了！"

其实大家都知道,近年北京大学的南墙颇受关注。这不仅是因为堂堂的北京大学作为中国第一学府而名扬四海,而且还因为这北大南墙承载了一些特殊的意义。曾到过中关村的人都会记得,当时北大南街尽管车水马龙,但大街两侧没有什么能吸引人的目光。南墙,同全中国处处可见的围墙一样普普通通,一道陈旧的灰色屏障。

北京大学将南墙推倒,改建为商业街,在当时引起了广泛争论。可能在中国所有地方兴办这种商业街,人们都会以平静心态去对待,但这是北大。在全民经商的年代,中国推倒校墙办商业街的第一例竟出现在最具学术传统的北大!

当时在校的一位青年学生曾很激进地说:"这是一个大悲哀,从现在起,北大不会再出现一个纯正的学者。"

当时北大一个主管领导指出,推墙之举是北大正在"更新观念"的结果。

有媒体报道说:"不管愿意不愿意,象牙塔的概念在这里消失,而素以重学术、重政治著称的北大人将与市场经济结缘。"

当时的《文汇报》则大胆断言:"北大告别的不仅仅是一堵围墙,也许还是一个围墙的时代。"

应该说《文汇报》当时的预言竟言中了。北大的确开始了一个没有围墙的时代。不仅办学方式更加开放,学术上依然保持着她的先锋地位;而且校办企业也红红火火,在某一年全国校企销售收入的统计中,科技产业收入300多亿,其中北大就120亿,是清华的近两倍。

据媒体报道:"北大重修南墙一个原因是为了整治环境。当年推倒南墙办商业街,引来很多兄弟院校的效仿,一个意外的结果是搞了很多违章建筑,北京市曾下决心要整治,而海淀一带的整治重点是高校的周边环境。四环路开通后,路两侧都要后退50米作为城市绿地,南街不得不拆。重修南墙的另一个原因是从北大自身的发展规划来考虑的。当初推倒南墙时，一些小店铺是需要的，因为风险不大，投入不多，北大更多是在扮演房屋业主的角色，初级阶段只能如此。但是近些年北大的校办企业发展很快，从某种意义上说，北大产学研一体化的发展已经走向了一个更为成熟的阶段，小打小闹不仅没有太大意义而且浪费资源，所以北大对南墙地带有了新的规划。"

我们曾经在电视上看到北京大学校长许智宏与美国耶鲁大学校长理查德·莱温的谈话。

许校长说："拆除南墙时学校经费很少，所以要造一点楼，给人家做生意赚钱，现在北大有这么多的高科技产业，做得非常好。北大南门从北京的规划来讲，造新房子不太有利，而且对我们的宿舍区并不是非常有利，所以我们同意北京市政府的规划，把那地方重新移掉，把校园弄得更美丽。这样，在校园外面发展产业，学校里更应重视教育、科研。"

北大校长许智宏的言外之意好像是：拆围墙是"更新观念"，重修南墙是"观念回归"。

许智宏在和理查德·莱温的谈话中还说："大学的主要任务还是教学科研，为国家培养人才，而不是简单地多办几个公司。随着我们国家经营机制更好地建立后，我们会采取更多的方式，如转移我们的技术、经营我们的专利等等，以得到回报。但是目前我们必须办一些企业。"

南墙商业街的小店铺已经腾空，很快这里就会是另外的景象。新的北大南墙会是什么样子呢？据媒体报道："北大南街是北大科技园的一部分，这个科技园区计划作为中关村科技园规划的附件获得通过。北大科技园区的效果图很吸引人。按模型规划，北大南街到四环路北侧之间七八十米宽、八百米长的所有地方都要开发出来，与北大校园连在一起；这南街片区科技园有一个开放式的门楼，与北大学校主区之间间隔着绿地，葱郁而美丽；这片绿地正是现在的南墙位置所在。实现这个规划并不容易。需要大量资金，特别是拆迁需要很大一笔费用。知名的校办企业发展到一定规模，都转战到校外。但是，产学研一体化是总体目标，应该说为了尽快把科技成果转化为生产力，北大校园仍然应该有孵化器的功能。而且科研人员、可以借助的研究生等科研力量都集中在校内，尚不成熟的企业可以在校园区再孵化孕育一段。"有媒体评论说："拆墙造墙，本是再平常不过的事情，但在北大就不平常了。也许这从一个侧面反映出在急剧转轨过程中，社会心态从'浮躁'的泡沫喧嚣走向'扎实'的循序渐进的历史演变。"

在这里拿北大的南墙说我们学校的北墙，并不是想指责我们学校跟不跟风的问题，一个主要目的是想说我们学校虽然没有北大那么有影响，但在全国知名度也很高。从拆围墙到修围墙在当地肯定也要引起轰动。

当年在拆我们学校的围墙时，我们都是见证人，那时我们都是刚入校的本科生。对拆围墙我们也发表了不同看法。我们记得当时一个大挖土机伸着长长的铁臂有力地抓住了学校的围墙。随着一声轰鸣，围墙在铁臂下轰然倒塌。学校的围墙扒开了一个大口子。路过的行人停下驻足观望，好奇地窥看校园内的景象。有记者还在那里拍照。我们几个骑着自行车路过，不得不下来推着走。观望的人群议论纷纷。我们推着车往前走，见有一个老师站在那里张望，他就是邵景文，当时，邵景文还给本科生上课。

我们问："老师，这是干啥，不要围墙了？"邵景文脸色凝重摇着头回答："听说盖写字楼。"路过的老师和同学在那议论纷纷：

"这学校就这么缺钱？"

"人家北大都拆了，我们有什么不能拆的。"

"啥事都跟风。"

"学校现在也得变着法子挣钱呀。"

"不挣钱行吗?教授也要吃饭。"

"唉,最后一块净土也没了。"

"其实学校早就不是净土了。"

"走吧,只要咱们心中有一块净土就行。"

"但愿我们心中都留下一片净土。"

当年关于净土不净土的议论我们至今还记忆犹新,如今黄总要方正先生帮忙促成和学校合作,重修围墙。师兄说他在饭桌上听到这个消息时心里十分高兴。因为师兄真心希望把那些小门面全部拆了重修围墙。师兄讨厌一出校门就看到那些开小馆子的小业主拉客;更愤怒那些贩卖假文凭的不法分子在光天化日之下像苍蝇一样围着行人乱转。其实,校园外的商业街唯一能给我们留下好印象的是那家叫OFFER的酒吧。在那里我们曾经打发过无数寂寞的夜晚。

在酒桌上大家几乎没有怎么谈论关于黄总和学校合作的事,除了方正先生表态说很赞成学校重修围墙外,师兄顺口说了句还是有围墙好,其他人包括学校的副校长以及校办主任都没有对项目之事发表看法,连黄总也基本没有谈到项目,只是不断地劝酒。可见,有些事是不必多说的,像方正先生这样在学校十分有影响的教授,只需要出个面也就够了。

刘曦曦在饭桌上时不时地给师兄夹菜,好像一心都在师兄身上,弄得师兄很不自在,特别是当着黄总的面。酒过三巡,菜过五味,副校长又端起了杯。副校长说方老,你在本校可谓是德高望重,桃李满天下,有的都走向了领导岗位,来,我敬你一杯。方正先生连忙起身说,领导敬酒我当然不能不喝,那不成了敬酒不吃吃罚酒了。方正先生说着笑笑,但是今天我喝多了,的确不能再喝了。副校长说,今天在这里没有领导,只有我们都敬重的方老。方老是海量在本校大家都知道,来再喝一杯。方正先生说，我过去酒量是有些大，白酒喝一斤没问题，现在不行了，学校搞体检医生说我心脏不好，让我少喝酒。副校长说，如果方老真不能喝了，可以找弟子替酒。副校长说着望望师兄。方正先生说，既然这样，那我就谢谢校长同志了。副校长一口喝了，方正先生端着酒杯递给了师兄。

师兄起身接过酒杯，喝了。要说喝酒师兄也能喝几个，不过师兄一直没喝，原因是师兄要保护方正先生；可是，方正先生让师兄替酒当然就不能不替了。方正先生是有些酒量的，要不是他真不能喝了，是不会让师兄替的。师兄和刘曦曦都没喝酒，刘曦曦号称不会喝，一直保持着清醒，但是师兄知道刘曦曦肯定是有黄总的指示不让喝。师兄才不相信刘曦曦不会喝酒呢。当然黄总不让刘曦曦喝也是对的，如果黄总喝醉了刘曦曦也好照应一下。比方还要买单，还要开车送黄总回去。虽然刘曦曦自己不喝，却以茶代酒地敬了大家。刘曦曦也敬了师兄，师兄说不能喝酒。刘曦曦也没劝师兄，说那你也以茶代酒吧。刘曦曦好像也明白师兄要保护方正先生，也不明说。

大家都敬方正先生，方正先生却已经无力回敬大家了。既然喝了第一杯，师兄就放开了。师兄起身说，各位老师，刚才大家都敬过我导师了，导师酒量有限，不能回敬各位老师。弟子想代导师敬一下各位老师。方正先生说，好、好，我授权。

师兄敬了一圈喝了五大杯。喝得猛，脑袋有些反应，问题不大。师兄敬过酒后，副校长望望黄总说，酒我看就差不多了，我们可以去喝喝茶，唱唱歌呀。黄总说，好，早安排好啦。马上我们上楼，已经定好了包房。

方正先生说，唱歌，我就不去了吧！副校长说，都去，都去。玩玩嘛！平常你教学科研都忙，难得出来一次，出来了就好好放松放松，劳逸结合，这也是为了更好地科研。方正先生听副校长这样说，也就不好说什么了。

师兄和老板一起上了楼，迎宾将大家带进歌舞厅的KTV包厢。歌舞厅的灯光黯淡，方正先生眼睛近视，走在后面，摸摸索索的。师兄搀着方正先生，说慢点。方正先生问这是什么地方，喝茶也看不到呀？师兄说黄总安排的，我也不知道，是唱歌的地方吧。方正先生说把灯开开。师兄找了半天找到一个开关。打开了灯也不太亮。副校长笑着说，方先生你今天不是来看书的，别带眼睛，只带耳朵就行了。唱歌灯亮了没气氛。方正先生说我成了刘姥姥进大观园了。

大家刚坐下，一位穿超短裙的美艳妇人款款而来。她笑着说黄总终于来了，我们等你好久了。黄总望望领班又望望大家，连忙起身把领班拉了出去。方正先生就问刚才那个女生是哪个系的，像没穿衣服。大家都呵呵笑。副校长说让你别带眼睛，你怎么还乱看。谁说没穿衣服，人家明明穿着衣服嘛。方正先生说，这里有什么好。法学院院长苏葆帧说，让你开开眼。方正先生笑了，说校长大人不是不让我带眼睛嘛，你怎么又让我开眼。你们领导的意见不统一呀！师兄悄悄地笑了，没想到方正先生还幽默了一回。

师兄见黄总和那艳妇出去了，师兄也跟了出去，师兄想看看黄总在玩什么把戏，师兄可不愿意黄总给方正先生找小姐。师兄见黄总和艳妇正在包厢门口说话，就在一旁听。黄总说你是领班怎么也穿这么少，你这是让我好看。领班说到歌厅玩不就是找性感嘛。黄总说我今天不要性感，要纯情、漂亮。领班说我今天可是把舞厅最漂亮的小姐都留下了。黄总说让她们都穿便装。领班说那样多土。黄总见师兄站在那里就笑笑，说今天就是要土，越土越好，你听我的没错。

"黄总，你今天没病吧？"领班顺手摸了一下黄总的前额，黄总望望师兄不好意思地笑了。黄总打掉领班的手说你才有病，按我说的安排，搞砸了别怪我不给你小费。领班露出很委屈的样子。黄总说要档次高一点的，今天来的都是教授。领班夸张地说，那太巧了，我这今天来了几个大学生。教授配大学生正好。

黄总冷笑一下，摆了摆手说，去，领来看看。领班走了。黄总望望师兄说，怎么不去包房内坐。师兄说出来透透气。黄总递给师兄一根烟，自己也点了一根。黄总说，我们今天也就是来唱唱歌，没别的意思。她穿这么少还不把老师们吓住。师兄说唱歌和唱歌是不一样的，内容不同。黄总哈哈笑了，说没想到你懂得不少。师兄说我可不傻。黄总望望师兄说，要不我单独给你安排一下，让你唱另外一个性质的歌。师兄笑了，说黄总你可别当真，我只是理论上的，基本上没有实践。黄总说要不要理论结合实践？师兄连忙摇了摇头说，不要不要。

这时，领班领着一群小姐来了。她让小姐在黄总面前站成一排，让黄总选。这群小姐都穿的是正经衣服，一点都不像小姐了。不像小姐的小姐真的是很漂亮，很可爱。要是她们走在校园内还不知迎来多少回头率。

黄总教育着大家，说今天你们都给我装一回淑女，不能乱说乱动，化腐朽为神奇，化主动为被动，要像良家女子一样。有小姐打趣，说你这是让我们为他们服务，还是他们为我们服务呀！我们可没小费给他们。

哈哈……众小姐都笑了，师兄也笑了。黄总说，小费我来给，服务好的一人一千，服务不好的一分没有。有小姐问，那怎么服务呀？黄总说，要亲密，亲密得要有分寸；要撒娇，娇撒要适可而止；要唱歌，但不能唱情歌；要聊天，但不能讲黄段子。

一个小姐说，我靠，这怎么服务呀！黄总说，要找到那种平常你们在家对你爹的感觉。哈哈……小姐都笑了，说敢情今天我们是在给爹服务。师兄在一旁笑，黄总却不笑，黄总严肃。黄总说，今天就是给爹服务。

师兄见黄总真为方正先生安排小姐了，便回到包房，师兄知道这些穿便装的小姐对于方正先生他们来说更有杀伤力。师兄知道是保卫导师的时候了,师兄决定让方正先生走。师兄就在方正先生耳边实事求是地说了黄总的安排,说我们还是走吧。方正先生说那我们先走,我就说头有些痛。方正先生给副校长一说,副校长就把黄总叫进来了,说方正先生头痛要回去,你还是放过他吧!黄总无奈,就把刘曦曦叫过来,让刘曦曦开车送方正先生回家。这样,师兄就扶着方正先生出去了。刘曦曦跟在身后,三人来到外面,师兄说,让你送一趟,不好意思。刘曦曦说这些地方都是你们男人的地方,我在这反正也不方便。方正先生问有什么不方便的?刘曦曦和师兄笑笑没有回答。

　　刘曦曦送回了方正先生然后送师兄回学校。在车上师兄问刘曦曦,你送我们了黄总怎么办?刘曦曦说黄总还有专车。师兄说黄总也喝了酒了,怎么开车?刘曦曦说,他们玩得可能比较晚,等结束了酒气也散了。你们那个副校长特喜欢唱歌,有一次我们陪他唱到天亮。师兄哦了一声,然后就靠在那里不吭声了。师兄睡着了。

8

师兄一夜未归，这件事情很严重。更严重的是师兄的女朋友钟情大清早就来到了我们宿舍，她坐在师兄的空床上做守株待兔状。二师弟说，小嫂子一个星期没来了，今天是怎么了，这么早。钟情鼻子不是鼻子眼睛不是眼睛的，没好气地回答，我不是你的小嫂子，虚衔而已。二师弟"嘿"地笑了，说你在我们心中可是名副其实的小嫂子呀！钟情说，我是小嫂子，是不是你师兄在外头还有大嫂子呀？二师弟说，你说到哪去了，我们师兄是什么人，你还不知道吗！钟情说，那我问你，你师兄昨晚被一个美女开车接走，一夜未归到哪去了？二师弟倒吸了口凉气，不敢吭声了。钟情和师兄在桃花山不欢而散后，钟情一个星期没有来过我们宿舍，她甚至都不知道师兄昨晚的活动，怎么会知道师兄一夜未归呢？

二师弟蹭到我身边说，她的情报怎么这么准？我说闹不明白，师兄一夜未归只有我们三个知道，我肯定没通风报信。二师弟说，我也没有。那是谁？只有老三了。我想不明白师弟怎么通风报信的，从昨晚到今晨，我们三个一直在一起，连个电话都没打过，更别说去见钟情了。我们望望师弟，师弟坐在电脑旁，聚精会神心无旁骛的样子，好像已经在那里坐了千年，连钟情进宿舍都没动过窝，连招呼也没打，一点也不吃惊，好像早就知道钟情要来。师弟的行为和过去可大不一样，过去钟情来宿舍师弟又是端水又是泡茶，问寒问暖的。师弟的行为恰恰说明他心中有鬼，证明了他和钟情有默契。

我们开始为师兄担心，不知道师兄怎么过这一关。这时，我们听到楼下有汽车的喇叭声，我和师弟伸头向楼下看，见师兄刚好打开车门从一辆"帕萨特"里钻了出来。二师弟说，是刘曦曦的车，师兄又过车瘾了。我说师兄上学期拿了个本，见车就没命了，不用说喇叭肯定是他按的，是给我们听的，臭美吧。

我们见师兄将车停在硕士生楼和博士生楼之间。博士生楼是北楼，硕士生楼是南楼，两栋楼门对门，中间有两个车宽的位置，师兄把车紧靠博士生的北楼停下了。师兄的喇叭引起了北楼人的注意，北楼的一扇窗户打开了，有一位博士牛皮轰轰地训了师兄一句。说你知道这是什么地方吗，按什么喇叭。那博士肯定把师兄当开帕萨特的农民企业家了。师兄把头昂着用方言回答："同志，这是博士住的地方吧，俺找人。"

"你知道这是博士住的地方还按喇叭！"那博士一听师兄的口音，就更牛了。师兄有意地提高了嗓门道："谁规定在博士住的地方就不能按一下喇叭？"那博士气壮得很，喊："法律规定的。"

师兄也喊，你别吓唬俺老百姓，你把法律拿来俺看。师兄这么一吵，博士生楼和硕士生楼的窗户纷纷打开了，师兄手里拿着钥匙在那里得意洋洋地望着北楼笑。隔壁的同学周文认出是姚从新，就趴在窗口喊，老妖（姚），你在哪搞了一辆车？姚从新扬着头问，这车怎么样？说着用脚在车轮上踢了一下。车安装了防盗系统，像驴一样叫了起来。那位和师兄吵架的博士望望说，有什么了不起，说不定在外傍了个女大款。

师兄说，就是，我傍了个女大款，有本事你也傍去。这时，刘曦曦打开车窗突然下了车，就好像导演安排好的一样。刘曦曦的出现让趴在窗口上的同学一片惊呼，口哨声不绝于耳。有同学就喊:"我也要傍,我也要傍。"

师兄就得意地笑了,脸都笑花了。师兄正得意呢,钟情不知道何时也来到了窗口。钟情把头从我们宿舍的窗口伸了出去,大喊一声:"姓姚的,你给我回来。"

噢——趴在窗户看热闹的人都兴奋起来了。那位和师兄吵架的博士极为激动,他望望钟情又望望刘曦曦说,让你烧包傍女大款,本博士管不了你,本科生总能管住你。

哈哈——有人大笑起来。刘曦曦抬头来了一句,我可不是女大款,我也是本科生。

"轰"的一下,楼上楼下的人都振奋得不行。可是,师兄却蔫了,脸都绿了。师兄抬头望望钟情低头又望望刘曦曦说,你先走吧。刘曦曦说,我不走,见见你女朋友。师兄为难地说,还是算了吧。刘曦曦说,我这么一走,你跳到黄河也洗不清了,我不走是救你。师兄想想也是,只有让刘曦曦一起上楼。

师兄和刘曦曦还没上楼呢,隔壁的师兄弟纷纷借故而来,分明是看好戏的。我和二师弟把他们往外推,二师弟还喊着,你们来干吗,都是知识分子了,怎么这么没有文化,起什么哄。隔壁的周文十分不满,说谁是知识分子,骂谁呢!不让看拉倒也不能骂人呀!老妖才是知识分子呢,我们看看他最近搞的什么学术,研究的是哪个系的女生?

周文师弟分明是在使坏,当着钟情的面说这话。我们知道要阻止战争的爆发是不可能的了,我们眼睁睁地看着刘曦曦和钟情面对面地站在一起。师兄不知道是笨还是慌了神,他竟然给刘曦曦介绍钟情说,这是我女朋友,给钟情介绍刘曦曦说,这是我朋友。称刘曦曦为朋友本来是没有什么的,可是在这特殊的时候你应该多解释一下呀,朋友这称号也忒暧昧了,虽然师兄没有在朋友前加个"女"字,可人家刘曦曦站在那里分明是女的呀。我们为师兄干着急。刘曦曦老谋深算,钟情尖酸刻薄,这下麻烦了。

师兄这样介绍，刘曦曦显得很高兴，钟情可不干了。钟情说，姓姚的，你真有本事，竟然敢让两个女朋友碰面。师兄说，你想到哪去了，我和刘曦曦只是普通朋友。钟情说，你们是普通朋友，那你一夜未归和谁在一起呀？师兄望望刘曦曦，刘曦曦十分大方地说，和我在一起。

钟情问："你们在一起呆了一夜？"

刘曦曦答："是，他在我家过的夜。"

钟情哈哈笑了，说："这普通朋友居然比我这特殊朋友的待遇还好。"

钟情此话一出，我和二师弟一下就忍不住笑了。我们看看师弟，师弟也在偷偷地笑。师兄连忙解释，说我们没干什么。钟情说，你们没干什么那到底干什么了？刘曦曦很神秘地问钟情，你是不是需要我们的细节？

钟情这下急了，破口大骂："妈的，这个女人真不要脸，比我脸皮还厚。"说着冲了上去，要开打了。师兄连忙拦着钟情，只听"啪"的一声，钟情重重地在师兄脸上扇了一巴掌，开门就冲了出去。师兄捂着自己的脸拉住了钟情，说你怎么成野蛮女友了？钟情甩开师兄的手，说你傻呀，"80后"哪个不是野蛮女友。

气走了钟情，送走了刘曦曦，师兄好像很倒霉的样子靠在床上不说话。隔壁的师兄弟来了，大家拱手向师兄表示祝贺，周文说师兄你牛逼呀，校内一个校外一个的。师兄说你们别起哄，不是你们说的那样。周文师弟说，你也没什么牛逼的，比起人家本科生的男生，我们早就落后了。我说，难道本科生们已经妻妾成群了不成？周文说，一天我和几个本科生的老乡喝酒，他们就开始和我诉苦，说没有女朋友好惨哟，现在女生在男生寝室睡觉的现象太普遍。一个同学说，我最惨！四人的寝室住了七个，就我一人落单，晚上那声音简直是"群口"相声啊；另一个说，我们宿舍住七个人，就我一个单身，我每天晚上都是听女子十二乐坊，"吹""拉""弹""吟"什么都来；第三个流泪了，说，你们知不知道每晚都听整栋楼的交响乐入眠有多难。

哈哈——大家都笑。师弟问周文是真的假的，周文说是假的，我是在网上看到的，这不是为了让老妖师兄开开心嘛。周文见把师兄逗乐了，就说，老妖现在没有外人，你可以交待一下问题了。

师兄说，你不是外人呀，非本宿舍的都是外人。周文说你也太见外了，我知道你有冤情，你就说说吧。师兄卖了个关子，说要听我的冤情晚上来，现在大白天的怎么能讲夜里的故事，周文他们只有悻悻然地走了。到了晚上周文他们又早早地来到宿舍，像听评书的书迷。师兄想躲是躲不过去了，只有老实交待。据师兄说他也不知道怎么就糊里糊涂到了刘曦曦家，喝多了在车上睡着了，等车停了下来，师兄发现不是学校，是一个小区。师兄问这是什么地方？刘曦曦说是她家。师兄说你不是送我回学校吗，怎么搞成我送你回家了，害得我还要打车回学校。刘曦曦说，你醉醺醺的回学校不好，我想给你解了酒再送你回去。师兄问，在哪解酒？刘曦曦说在她家里。师兄说半夜三更孤男寡女同处一室，你不害怕？刘曦曦轻轻笑笑，说谁怕谁呀！师兄就不好说什么了。

就这样师兄到了刘曦曦家。刘曦曦家的房子不大，小户型，整个房间是个L形，进门是个小厅，可以放一个小饭桌，靠墙是一排橱柜，也就是厨房了，拐进去是一大间，放一个大床，床边是一个双人沙发，在床和沙发面前放着电视和音响。整个房子只有卫生间是独立的，是个典型的单身住处。师兄说你怎么不买大一点的？刘曦曦说，干吗买大的，自己住正好。师兄问那你将来不娶亲呀？刘曦曦笑了，说我当然不娶亲了，我只嫁人。师兄叹了口气说，还是当女人好，女人只嫁人只需要买小房子；男人要娶亲只能买大房子了。

师兄进了门换了刘曦曦给他找的拖鞋。师兄一屁股就坐在了刘曦曦的床上，然后往后一躺，四仰八叉的。师兄长长吁了口气，躺在床上叫唤："哎哟——太舒服了，哎哟——太舒服了，全身一下就放松了。"

刘曦曦过来说，你这人真赖皮，我没同意你上床，你就上床了。师兄说这事一般男人都比较主动，否则你也太没面子了。刘曦曦说我没见过世界上还有比你厚脸皮的。师兄起身，坐在她的沙发上，说你这房间的格局就是让人一进门就上床的，客厅和卧室是在一起的，沙发就在床边上，从沙发到床上根本没有距离。没距离当然也就没有过渡和过程了。刘曦曦说，没办法，等我将来有钱了，我买那种卧室有门的，什么人都别想上床。师兄说，你还是不要买大房子了，如果是那样你不是自绝于人民了？

酒桌上刘曦曦说不会喝，回到家刘曦曦给师兄冲了杯咖啡却给自己倒了杯酒。师兄说你不是不会喝酒吗？刘曦曦端着酒杯说，我只喝红酒，今天你们喝白的，我一般都不喝。刘曦曦端着酒杯晃晃、望望。说喝酒就要喝红酒，红酒是有生命的。你看这酒里就像有一对恋人缠绕在一起在酒杯中摇曳。刘曦曦说着出神地望着酒杯。师兄向刘曦曦的酒瞟了一眼，见那红酒像琥珀一样，在刘曦曦的晃动下幻化出无数种神秘的图形。

师兄问这是什么酒？

刘曦曦抿了一口，说这酒一杯之价顶你们今晚喝的一瓶。师兄说，不行，我要尝尝。刘曦曦把酒杯递到师兄面前，说让师兄尝一下；可是师兄发现刘曦曦有意无意地将那杯沿上留有她口红的位置递到了师兄嘴边。师兄把头歪到了一边，说小气，给我来一杯吧！

刘曦曦说，你不怕喝醉了？师兄说尝尝不会醉的。

刘曦曦给师兄倒了一杯，说这可是你要喝的，喝醉了不能怪我。师兄说不怪你，不怪你。师兄和刘曦曦碰了一下杯，师兄说这酒里不会有春药吧！刘曦曦秀了师兄一眼，说你其实很希望有春药吧！师兄算是碰到对手了，又不敢吭声了。师兄轻轻地咂了一口。果然好酒，口味醇厚，气味芬芳，有一股淡淡的檀香味，说明这酒有些年头了。

师兄和刘曦曦边聊边喝，不知不觉把她那瓶酒喝完了。师兄开始有了一种想飞起来的感觉，似醉非醉的；但是头却不痛，胃也不难受。师兄曾经喝醉过，喝的是白酒，喝醉后头痛欲裂，肚子里翻江倒海，不久就会出酒，整个醉的过程就像大病一场。刘曦曦的酒却十分温柔，静静的，就像一双无形之手在你的身上、身体里、血液中、骨子里轻轻地抚摸，让你沉醉，让你幸福，让你飞翔；在飞翔中一点也不失控，你可以游刃有余地起飞降落，上天入地。

师兄对刘曦曦说，我走了！刘曦曦说，你现在走我开车会出问题的。师兄说那我打车走。刘曦曦一把拉住了师兄，说你不能走，你这样走路上会出事的。师兄说，肯定不会出事，感觉特好。

刘曦曦说，你不能走，我不放心。师兄说，你这是留我过夜，我出事也是小事，我住你这出了事可是大事！

刘曦曦说什么呀，在我这能出啥事，即便出了事也是小事，要不了人命。还有什么比要命的事更大的嘛！

那好吧，师兄有些不情愿地留下了。

刘曦曦这时却转身从衣柜里拿出一床被子来。刘曦曦把被子往地毯上一摊说，你睡地上，我睡床上，咱们井水不犯河水，这样就出不了事了。

师兄就在地下睡了。

在我们看来，刘曦曦完全是假正经，一个晚上都在勾引师兄，从把师兄带回家，到诱惑师兄喝酒，然后把自己也喝醉，一切仿佛都是精心安排好的,朝着那个既定的目标去。所有的准备工作也都完成,甚至已经明白无误地告诉你,我们是酒后行为,是不需要负责的,刘曦曦只需要师兄顺理成章地接受就行了;可是,刘曦曦错了,她不知道师兄练的是童子功。一个从来没有碰过女人的男人就像一块石头,还没有开化,还需要在火里烧,盐里腌,水中泡。师兄干脆躺倒了,躺在地铺上,在黑暗中没事偷着乐,听刘曦曦在大床上翻来覆去的睡不着。

整个晚上师兄和刘曦曦都在较劲,师兄躺在那里练气功,不断地吸气呼气,长吁短叹,但是师兄的身体可以不动。刘曦曦肯定不会气功,只有在床上打滚。

半夜的时候刘曦曦终于下床了,她从师兄身上跨了过去,原来她是去上卫生间。也许这是她最后的撒手锏,师兄在地上挺着没动。刘曦曦回来的时候又从师兄身上跨过的时候,有意狠狠踩了师兄伸在被子外面的手,只要师兄一伸手就可以抓住她的脚,终点也就到达了,也就万事OK了。什么叫唾手可得?这就叫唾手可得。可是,师兄没有伸手,咬着牙忍了。即便刘曦曦说了声对不起,师兄也没吭声,装睡着了。刘曦曦回到床上后,师兄有些生气,认为被一个女人从身上跨过去是不吉利的,是要倒霉的。后来,师兄的股票一路下跌,师兄不只一次地提到被刘曦曦从身上跨过去的那个晚上。

大家听了师兄在刘曦曦家过夜的经过,都觉得不过瘾,一夜的暧昧到了也没有走向高潮。送走了隔壁师兄弟,夜已经深了。师兄躺在床上,望着窗外的月光心里一直不踏实。师兄知道就钟情的性格来说这件事没有完,也不可能完;可是师兄又不知道钟情会采取什么方式对付师兄。其实师兄也不想和钟情玩完,虽然师兄有点怕钟情,为什么怕师兄也说不清。怕一个人就是敬畏,就是在乎,就是放不下。师兄不知道这算不算爱情,对于爱情这么奢华的东西师兄一直都在渴望,都在寻觅,你瞧师兄一谈到爱情神采奕奕的样子。晚上我们认真探讨了一下男女之间感情方面的事。师兄基本不同意师弟的观点。那就是：上床容易上心难，相爱容易相处难，结婚容易白头难。师兄认为上床是不容易的，相爱就更不容易了。师弟说师兄落伍了，要找老婆过日子钟情是不适合的，因为师兄和钟情简直是两个时代的人。师弟还说刘曦曦恐怕也不适合师兄，那谁适合师兄呢，师弟也说不明白。

师弟说如果让他选择他会选择刘曦曦。因为刘曦曦性感、年龄也合适。师兄说师弟好色。师弟说你不好色，你不好色为什么和刘曦曦过夜？别把自己说得冠冕堂皇的，什么为了保卫导师。如果刘曦曦是一个丑八怪你还愿意和她在一起我佩服你，那才是为了保卫导师牺牲自己的，那也许是崇高的。现在这种牺牲大家也愿意。师兄说我和刘曦曦没有任何事的。师弟说有没有事这只是个形式，也许你还保管着肉体，但是你的性意识已经和刘曦曦交流了，这种交流简称"性交"，这和我们通常说的做爱是不同的。我们听了师弟的怪论都笑了。师兄被师弟逼得有些愤怒了，骂师弟这么偷换概念是没安好心，我在刘曦曦那里过夜，主要是想和她聊聊，搞明白他们黄总的真正目的。

师弟说师兄不要太冠冕堂皇，大家都是男人，男人都有动物的一面，有点知识的男人往往会给自己找一些理由和理论根据，其实都是狗屁。师弟劝师兄在刘曦曦那里不要陷得太深，差不多时就撤，否则你也会不可自拔。师兄说什么不可自拔呀，我根本没有插进去我拔什么呀！我们哈哈大笑，说师兄的话太色情了。师兄说你们想歪了我也没办法。师弟说女人不让男人搞明白，男人永远搞不明白。就这样我们谈到了凌晨两点，大家刚有些睡意，突然有人敲门。师兄吓了一跳，连大气都不敢出。人家说不做亏心事，不怕鬼敲门，师兄这么怕有人敲门，难道师兄真做亏心事了？师兄颤着嗓子问谁呀？门外是一个女生的声音。

"姚从新，我是邸颖。钟情在你这吗？"邸颖是钟情同宿舍的女生。

师兄一撅就从床上跳了起来。师兄说:"出事了,出事了,天,钟情现在还没回宿舍?"师兄起来把门打开又吓了一跳,借着窗外的月光师兄见邸颖和同宿舍的另外一个女生圆圆都身穿白色的衣裙站在门口,像白衣飘飘的女鬼。师兄说你们半夜三更的出来都穿着白裙子干什么?吓死人了。邸颖说,你们男生不是都喜欢女生穿白裙子嘛!师兄说也不能半夜里穿呀。邸颖说你现在去校园里走走,校园里有很多穿白裙子的女生。师兄问为什么?现在都几点了还在校园里游走?圆圆说,今天是周末,很多女生玩疯了,在12点宿舍关门之前没能赶回宿舍,被关在了门外。

噢,是这样。那你们也被关在了门外?钟情也被关在了门外了?可是她没有来呀。邸颖说我们和钟情不一样。钟情是12点之后出来的,我们是出来找她的。师兄说你们楼长发疯了,把你们都放出来,那不是吓人吗。

邸颖说还不怪你,你怎么着钟情了?她一天都没吃饭,回到宿舍就哭,一直哭到睡着。师兄说那挺好呀,睡着了,等她天亮醒来什么事都没了。圆圆说关键是她在凌晨醒来了,她醒来了就换上白裙子走出了女生宿舍。本来按规定楼长是不能放她出来的,可是她说病了要到校医院看病,楼长也只有放她出来了。可是,她去校医院去了两个多小时了也不回宿舍。我们都睡着了,楼长又叫我们,说你们宿舍一个女生上校医院看病,现在都还没回来,你们宿舍的应该去两个人看看,是不是病很重。这样我们也出来了。

师兄说你们应该去校医院找呀,到我这干什么?

邸颖说我们去了校医院,可是值班医生说根本就没有女生来看过病。这样我们就到你这来了,也许钟情的病只有你才能治好,嘿嘿。

邸颖在这个时候还幽默了师兄一下,可见完全是幸灾乐祸。

师弟说师兄你啰嗦什么,还不赶快去找。师兄说到哪找呀?师弟说先到湖边,然后到井边,顺便抬头往树上看看,一般情况下这几处的可能性比较大。

"我操,你小子也太恶毒了吧。"我们在被窝里嘿嘿笑。师兄说师弟你起来和我一起去找。师弟说我才不去呢,怕怕。邱颖说,林小牧你太没有同情心了,你说得那么吓人,我们都不敢去找了,你必须起来陪我们去找。

师弟林小牧说我不去。圆圆走到林小牧的床边,说林小牧你去不去?你要是不去我就掀你的被窝。林小牧说你敢掀吗,我可是裸睡。圆圆说真的,那我更想掀了,我还没见过男研究生的裸体呢,是不是和本科生的不一样?林小牧说,听口音你见过不少本科生的裸体呀。圆圆说不多也不少,前不久才见过我男朋友的。林小牧说你男朋友的肯定和我的不一样,说着突然把被子掀了起来。圆圆和邱颖吓得哇哇乱叫都去捂脸。林小牧穿着秋衣秋裤站在床边哈哈大笑。

圆圆见状说,真没劲。睡觉还穿这么多,捂着热不热呀。林小牧说本来不热,你们来了我就越来越热了。走吧,我陪你们去学校走走,也凉快凉快。圆圆骂师弟不要脸,见了女生就发烧。这样师兄和邱颖一组,林小牧和圆圆一组,他们去校园里去找钟情了。我和二师弟梁冰睡上铺算是逃过了一劫。

9

  这是一个月圆之夜,月光下的校园四处都是阴影,在各种各样的阴影下躲藏着让人无法知晓的内幕。一些身着白裙子的单身女生在月光下游走,像飘荡的孤魂野鬼。师兄和师弟带领邱颖和圆圆首先去了湖边。他们在湖边的廊桥上分开,师兄和邱颖向左,林小牧和圆圆向右,这样当他们四个人再次相遇的时候,湖的四周刚好被完全搜寻了一遍,无论钟情是在湖边游走还是在湖边孤坐,都逃不过他们的眼睛。

  师兄和邱颖围着湖边走了没多远,邱颖就挽住了师兄的胳膊。师兄说邱颖我们是来找钟情的,如果钟情看到我们在湖边的月光下挽着手散步,我们肯定就找不到她了。如果她正想跳湖,思想正在斗争,当她看到我们这样,那一头就扎进去了。邱颖说你可别误会,我挽着你是有点害怕,我胆小。师兄说人家钟情一个人都敢出来,你身边还有我怕什么?邱颖说我和钟情现在不一样。钟情是被你气昏了头,死的心都有了,还怕什么?我又不想死当然就害怕了。

  师兄和邱颖一边顺着湖边走,一边说着话,师兄时刻都在向那些阴暗的角落里张望。邱颖却不一样,目光却在师兄脸上。师兄说你一直看着我干什么?邱颖说我不敢四处看,我怕怕。师兄说你忘了来湖边的目的了,我们是找人的,不是散步的,你这样挽着我不合法。邱颖说我才不管呢,反正我怕,谁让你女朋友钟情半夜三更跑出来的，她让我们睡不好觉，我还不能借用一下她男朋友的手臂。

这时，师兄突然听到了哭声。师兄一下就站住了。那哭声就在前方，开始还细若游丝，若隐若现的，后来声音渐渐大了。这当然是一个女生的哭，哭得认真，哭得专注，哭得如泣如诉。师兄问邱颖你听到哭声了吗？邱颖望望师兄摇摇头。师兄对邱颖说，这肯定是钟情的哭声，我熟悉得很。邱颖说我怎么一点都没听到呢。师兄说你没有听到是因为你没长出听一个女生哭泣的耳朵，我反正是听到了。邱颖说你说话还蛮哲学的，我是没长出听女生哭泣的耳朵，但我长了一个听男生哭泣的耳朵。师兄说你没听到算了，咱们赶快追。师兄拉着邱颖连忙向哭声奔去，师兄和邱颖围着湖边一路狂奔，可是怎么都追不上那哭声。师兄对邱颖说你这样挽着我咱们跑不快，你放手，在这等着，我追上钟情后来找你。邱颖下意识地放开了师兄，说你快点呀。

师兄让邱颖坐在湖边的一块石头上，然后向着哭声追去。那哭声好像有意和师兄过不去，就是不远不近地在师兄前方展开，这样师兄更加相信这是钟情了，因为只有她才能让师兄追不上，据说钟情还是学校的女子百米冠军呢。师兄顺着哭声闷头追着，师兄几次想喊钟情的名字都忍住了。因为湖边还有不少人在散步在游走在奔跑，师兄这样大喊钟情的名字，有损她的名誉。

师兄基本上围着湖跑了一圈，哭声终于离师兄越来越近了。师兄的脚步一下就慢了下来，好像生怕打扰了女朋友的哭泣。近了更近了，师兄看到一个白色的影子坐在湖边，哭声就是从那白影中发出的。哭声很熟悉，白影也很熟悉，师兄悄悄走近了一把抱住了哭声。那哭声戛然而止，一个泪脸转向了师兄，说你终于回来了！

师兄定眼一看，原来是邱颖。

师兄说，啊呀，邱颖你在这瞎哭什么呀。邱颖望望师兄说，人家害怕，连哭都不让呀。等你那么久都不回来，我想反正你围着湖边追哭声去了，我在这哭，你迟早会循着哭声追过来的。邸颖问师兄，你追上哭声了吗？师兄说追上了。邸颖问是钟情吗？师兄回答不是。邸颖问那是谁？师兄说是你呀！

邸颖一把抱着师兄又哭。邸颖哭着对师兄说，对不起。师兄说没关系。邸颖突然破涕为笑，问真的没关系？师兄说真的没关系。邸颖说，其实钟情正在宿舍睡觉。

啊……

邸颖说，我和圆圆玩疯了，被关在了门外，我们在校园里游荡够了觉得无聊。圆圆说怎么办呢才两点，下面的时间怎么打发。我说把姚从新和林小牧弄出来散步。圆圆说好呀，林小牧陪我，你让姚从新陪吧，姚从新是钟情的，我惹不起钟情。我说我才不怕钟情呢，现在他们又没结婚，公平竞争，圆圆说就是结婚了也不怕，还可以离婚呢。就这样我们敲响了你们宿舍的门。师兄说那钟情真在宿舍睡觉？邸颖说真在睡，她的确在宿舍哭过，还骂你是王八蛋，说要和你分手。师兄有点急了，问："她真要和我分手？"邸颖说，是呀，既然你们基本上没戏了，我来找你也就不关钟情的事了。

"简直是胡闹！"师兄气急败坏地往宿舍走，也不让邸颖挽着。

那天夜里，师兄和邸颖回来没多久，师弟和圆圆也回来了。他们当然没有找到钟情，钟情在自己宿舍睡觉呢。两个小女生只有睡我们宿舍了，我听到师弟说，邸颖你和圆圆睡我床吧，我在师兄床上挤挤。我和二师弟把头伸出蚊帐在上铺互相望望觉得好笑，师弟居然要和师兄睡一个床，这是要做噩梦的，这要有多大的勇气呀。我们其实都看出来了，师弟和师兄最近关系暧昧，两个人有点面和心不和的。根据二师弟梁冰的分析，老三已经成为老大的情敌了，老三对钟情有意思了，师兄在刘曦曦那里过夜就是老三通报的。我开始还不信，让二师弟别瞎说，师兄在刘曦曦那里过夜，我们三个都在宿舍，师弟怎么通风报信？二师弟说，你还记得当时师兄和大二女生钟情聊天的过程吗？师兄给钟情的照片是通过老三的 Email 发的，这就是老三和钟情的联系方式。如果师弟把聊天的过程通过 Email 都告诉钟情，那真正和钟情打情骂俏的是师弟而不是师兄，师兄就成了冒充者，成了骗子。

如果二师弟的说法成立，那师弟就太阴险了。二师弟说，这叫螳螂捕蝉黄雀在后，好戏还在后头。好戏就在第二天上午上演了。我和二师弟还没起床呢，钟情就来了。钟情来到我们宿舍直接拉开了师兄的蚊帐，钟情看到师兄和邱颖睡在了一起。我们被钟情的叫骂声吵醒了。钟情喊：姓姚的，你真不要脸，你还有什么好说的？

我们都向师兄床上看，见师兄迷迷糊糊地坐在床上，他看看钟情又看看睡在身边的邱颖，不知道怎么回事。邱颖醒了见是钟情，有些不好意思，说，钟情你别误会。钟情说邱颖你闭嘴，我不和你说话。钟情冷笑着望着师兄，问师兄还有什么话说？师兄说，我什么也没干，我也不知道她怎么睡在我床上的。钟情哈哈笑了，说你不觉得你的狡辩太拙劣嘛！一个女生和你睡了一夜，你却说不知道？不过，你和谁睡都和我没关系了，继续睡。钟情说着摔门而去。

钟情走了，师兄好像才从梦中醒来。师兄叫师弟，想让师弟证明自己的清白，发现师弟床上早就没人了。师兄自言自语地说，这是怎么搞的，我明明和师弟睡在一起的，怎么变成女的了。师兄问邱颖到底是怎么回事？邱颖说，她也迷迷糊糊的，睡到半夜林小牧把我叫起来，说他和你没法睡，两个人都是一米八的个子，一个单人床怎么挤，要和我换着睡，我当时困得要命，也就没管那么多，在哪睡不是睡呀，我还喜欢和你睡呢，有安全感。师兄有点急了，说你闭嘴，你害死我了。邱颖有点伤心，说我又不是妖怪和你睡一夜就把你害死了？我和二师弟在上铺哈哈大笑。二师弟说，邱颖你就是妖怪，把我们师兄的阳气吸走了。师兄瞪了二师弟一眼，说你不要唯恐天下不乱，我怎么给钟情解释呀。邱颖说，我去给她解释，我不就和你睡了一夜吗，又没干什么，大不了将来我有了男朋友让她也睡一夜。师兄说，邱颖你有病呀，你愿意把男朋友献出来，我还不干呢。

我和二师弟在上铺又笑了，这"80后"的女生思维和我们就是不一样。这件事不能说是师弟的有意安排，但是嫌疑也忒大了。师弟早晨起床肯定把圆圆叫了起来，让她回自己宿舍睡，圆圆回去碰到了钟情自然会说，钟情不来看个究竟才怪了。师兄坐在床上发呆，又有人敲门了。师兄打开门见刘曦曦出现在门前，师兄愣了。刘曦曦说怎么了，不认识我了，才分别多久呀？

邱颖见了刘曦曦就起身走了，说又来一个，真够累的。邱颖对师兄说，我回宿舍睡觉去，和你没睡好。邱颖这样说，刘曦曦愣了一下。我和二师弟在上铺连忙把自己藏进了蚊帐。这邱颖真够恶毒的，生怕刘曦曦不知道她和师兄睡过。邱颖走到门前又来了一句："圆圆也不知啥时候走的，也不叫我，结果让钟情逮了我一个现行。"

刘曦曦不明白发生了什么，就说现在的大学生怎么乱睡呀！师兄说，你别误会，没有谁乱睡。刘曦曦说，对，是正常的睡。师兄说，你来有事吗？刘曦曦说，我是来送合同的。刘曦曦拿出一份合同递给了师兄。刘曦曦说我们公司和你们学校签订了一份合同，想让方正先生看看。师兄说你们公司和我们学校连合同都签了，真够快的。合同都签了还给方正先生看什么？刘曦曦说，是草签，方正先生不是答应给我们出出主意嘛！师兄说这是个小事，我把合同带给方正先生就是了。刘曦曦说方正先生肯定也要你们看这合同，还会听你们的意见，如果合同有什么问题，到时候你们可要给方正先生提个醒。师兄说放心吧，我们看出问题会说的。刘曦曦说那就太谢谢你了。

师兄说给方正先生送合同就和刘曦曦走了。师兄没走多久，钟情又来了。钟情问我们姚从新呢？我们说出去了。钟情问是不是和那个校外的女人走了，我们没有吭声，不知道怎么回答。钟情说，我不和姚从新一刀两断誓不为人，说着摔门而去。

师兄一直到晚上才回来，身上还有酒气。我们告诉师兄钟情后来又来过，师兄说现在管不了那么多了，先研究一下学校和雄杰公司的合同。我们说合同不是让方正先生看吗？师兄说，方正先生只翻了翻，让我们看看，他没时间。我们看后给他谈谈看法就行了。

晚上，师兄开始仔细研究合同，发现问题很大。这份以学校为甲方，以雄杰（集团）公司为乙方的合同，可以说是一份显失公正的合同。也就是说对乙方（雄杰公司）不公正，对甲方（学校）却十分有利。合同有关条款摘录如下：

甲方和乙方本着双赢之目的，就重修甲方围墙事宜达成如下协议：

（合同条款以上略。）

二、乙方将出资300万元人民币修建甲方之围墙，本出资专款专用，多退少补，其出资主要用于修建围墙的土、木、砖、石之用料，修建围墙之车辆运费，修建围墙之人工工资，修建围墙之水电费等。

三、乙方同意支付因重修围墙所需的拆迁费、违约金等，预算为2000万人民币，若此项预算不够，由乙方出资补足；若此项预算剩余由乙方收回。

四、围墙修建完成后，经甲方验收合格，甲方承诺将甲方正在修建的天宝大厦写字楼第18层的一部分无偿提供给乙方使用（不超过八百平米），使用年限为20年。在使用期间水、电、气、物业管理、采暖、停车等费用由乙方自己承担。

五、为了乙方今后的发展，甲方同意在20年内优先向乙方提供最新科研成果，并免费优先向乙方推荐人才。

六、甲、乙均认为甲方围墙所在之土地为甲方所有，乙方完成围墙修建后，围墙以及围墙所占土地面积始终归甲方所有。

七、本合同在乙方全部投资到甲方账后生效，由甲、乙双方共同监管，专款专用。

（合同以下略。）

在这份合同最重要的六项条款中，就乙方来说，二、三条为乙方的义务，四、五条为乙方的权利，第六条为双方的共识，第七条可以说是对乙方的监督条款；就甲方来说四、五条为甲方的义务，二、三条为甲方的权利。修围墙的确花不了多少钱，300万应该足够了，应该有剩余。

关键是拆迁。当初学校把围墙拆除盖了门面房，然后将门面房出租，由于来求租者太多，学校提出凡来租门面房者一次要交五年的房租。目前第二个五年才过了三年，如果重修围墙，学校要退两年的房租，而且根据合同还要支付违约金。可是学校无论如何也退不出这两年的房租的，就更不用说支付违约金了。由于学校盖天宝大厦写字楼把预收的房租都用完了。

当时，学校出租这些门面时是以每天每平米3元收的房租。共修建了10000平米的商业门面房，10000平米每天可收3万元，每月90万元，一年1080万元，两年也就是2160万元，支付违约金就按10%来算吧，计216万元（此笔费用学校说可以用天宝大厦的房租冲销一些，此笔款或许可以免去），加上300万元的围墙修理费，乙方要出资2676万元，就算违约金由甲方想办法冲销，乙方也要出资2460万元。

乙方出资2460万元，回报是什么呢？根据合同第四条，乙方将免费使用800平米的写字楼，使用期为20年。天宝大厦写字楼就以每天每平米5元收的房租算，800平米每天房租4000元，每月12000元，一年14万4千元，20年也就是2880万元。出资2460万元收回2880万元，实现利润420万元。

对于一个公司来说投资2460万元，20年才实现利润420万元，这个公司喝西北风去吧。这个投资对乙方来说没有任何意义。乙方其实就等于预付了20年的房租，难道学校的天宝大厦有这么好，打破头也租不上，这是不可能的。乙方随便在哪里都可以租到同样面积同样价格同样档次的写字楼，而且可以每年支付一次房租，也就是每年支付14万4千元。就算还有合同第五条，甲方同意在20年内优先向乙方提供最新科研成果，并免费优先向乙方推荐人才。这20年学校会有什么成果，这是一个未知数，就算出了成果甲方也只是优先提供给乙方，提供并不是免费的。免费推荐人才就更可笑了，学校每年都有毕业生，学校为了让毕业生能全部就业，要请各个用人单位来校洽谈，你学校不免费推荐人才，你收用人单位的费试试。现在不是20世纪80年代大学生不愁找工作，现在研究生如果专业不好找工作也成问题了。这个条款作为甲方的义务简直是可笑之至。

黄总那么精明的人，这种合同也会签，简直是让人无法理解；如果站在学校的立场上，这个合同签下来，简直是天上落馅饼。学校也算是吃一堑长一智，过去学校也签订了不少所谓投资合同，在签订合同时又是请媒体，又是搞签字仪式，还喝香槟、照相，闹得满世界都知道，可是合同签订了对方总是资金不到位。学校在合同第七条有一个监督条款也就保险了，学校怕的是商业门面拆迁了，结果乙方出资不到账，那损失就大了。乙方投资到位后再拆迁，这就保险了。师兄认为这是学校有史以来签订的最好的合同。

师兄把对合同的看法告诉了方正先生。没想到方正先生很高兴，说对学校有利当然好了。师兄说，黄总既然委托你为他的投资出出主意，那是信任你，如果你看出了问题不提醒他，是不是显得咱们不够朋友。

方正先生说，我们就不要杞人忧天了。黄总在商场上摸爬滚打多少年了，他难道这都看不出来？这个项目黄总根本就没想赚钱，他的目的不在钱。他是想为社会干点事。据我所知，黄总的公司注册资本上亿元，年产值好几个亿，利润也有七八千万。主营房地产，现在想转向科技产业。他根本不在乎这区区两千多万。我最近好像在报上还看到了对黄总他们公司的报道，他去年搞社会公益活动都花了一千多万。还是那句话，办企业追求的绝不仅仅是利润，你利润到一定程度后还是要捐献给社会的，既然这样还不如直接放弃一些利润。比方，黄总这次为学校修围墙，这就培养了企业和学校的感情，他要搞科技产业，背后有了我们学校，他也就踏实了。说到底他也没亏什么，那写字楼实实在在的在那里，他公司反正要用写字楼，公司不用还可以租出去嘛！他也就是预付了办公场地费。

方正先生说，我们和黄总完全是萍水相逢，可是我们从他的所作所为中看到了中国企业的希望，让人高兴呀。黄总为了培养员工一次又一次地请我去搞讲座，开始我们还担心，现在这么长时间过去了，他并没有拉我下水干什么违法的事呀。他为学校修围墙，完全是为了学校好。我们学校北墙商业街紧邻学生宿舍区，吵吵闹闹，影响学习和休息，学生们意见很大；而且那一带小店铺集中，外来人口多，卖盗版光盘和假证件的人很多，影响校园的安全和环境。黄总为学校重修了围墙，他为学校分忧解难了，解决了学校的问题，学校会记住他的，将来也会感谢他的。一个企业和一个知名的大学建立了友好关系，这值多少钱？黄总这样的企业家有气魄、有远见，对公司的未来发展充满信心。这样的企业我们应该给他更多帮助。方正先生最后让师兄把合同又带走了，说你把合同给他们吧，就说我举双手赞成，就说我代表学校谢谢他们公司了。

告别了方正先生师兄回到了宿舍，师兄把情况给我们说了。如果按方正先生所说的那样，黄总简直就是一个中国最好的企业家了。可是，凭我们的直觉黄总绝没有这么好！难道是我们心理变态，有了心理疾病。

我们在宿舍都看了一遍合同，我们又发现了一个问题，那就是合同的签订日期。这份合同签订日期是在黄总宴请方正先生以及学校领导前。既然合同都谈好了也草签了，那么还请方正先生出面干什么呢？有必要征求方正先生的意见吗？要是黄总想和学校合作，而学校又不同意，让方正先生出面，利用方正先生在学校的影响，最后促成项目的合作还可以理解，可是在草签了合同后，请方正先生出面还能起什么作用呢？

多问了几个为什么后，我们的心一下又悬了起来。也就是说黄总请方正先生出面绝对不是为了促成和学校的合作，这不是黄总的目的，那么黄总的目的是什么？我们想得头都疼了也没有想出个所以然来。

方正先生是我们的完美导师，他对黄总有这么高的评价，这使我们更加不踏实了。在这个世界上，面对一个自认为是坏人的人并不可怕，可怕的是面对一个自以为是好人的人。一个自认为是好人的坏人比一个自认为是坏人的坏人更有杀伤力。如果黄总有什么阴谋诡计，那对方正先生岂不更有危险。

我们决定让师兄去刘曦曦那里探探虚实，师兄见了刘曦曦说，这合同条款的甲方和乙方之权利和义务不对等，不平衡。刘曦曦说，合同只要给方正先生看了就行了。师兄说方正先生看了你们的合同，举双手赞成，因为对学校太有利了。方正先生认为黄总这样的企业家有气魄、有远见、对公司的未来发展充满信心，这样的企业应该给他更多帮助。真的？刘曦曦十分激动地看着师兄问，哇！太好了。刘曦曦如此反应完全证实了师兄的判断。他们公司让方正先生看合同并不是为了让方正先生给他们出主意，提意见，预防风险，让方正先生看合同好像是在做秀。那么他们做秀的目的是什么？这一点刘曦曦应该知道。

　　师兄说，投资不以盈利为目的，这是让人不可理解的。投资不为利润，那是为了什么呢？刘曦曦神秘地笑了，说为了企业未来更好的发展。

10

师兄的股票一直下跌，师兄实在找不到理由了，就怪刘曦曦那天夜里从他身上跨过，说："女人从身上跨，乌鸦在头上呱"，是人都要倒霉的。霉死了，霉伤心。师兄说，一切都是上天安排好的，钱是刘曦曦送来的，然后又是刘曦曦收回的。我们对师兄的这种说法不屑一顾，认为这完全是师兄想推脱责任，我们不附和也不反驳，看你在股海中垂死挣扎。特别是师弟听到师兄这样说，只是用鼻子哼一下，连嘴都不愿意张。在相当长的一段时间，师兄都是在焦虑中度过的，他像一个被套牢的野兽经常在宿舍里咆哮，诅咒着中国股市。焦虑中的师兄养成了翻箱倒柜的习惯，他开始对任何涉及证券市场的文字感兴趣，后来发展到对任何文字都感兴趣，我敢说在我们不在宿舍的时候，他翻阅过我们所有人的课题笔记。

被套牢的师兄一直在做困兽之斗，他变得浮躁，坐立不安像热锅上的蚂蚁。

在这种情况下，一个男人是无法恋爱的。恋爱需要一种好的心态，需要体会，需要平静，充分享受和女朋友在一起的每一分钟，可是，师兄后来在和钟情在一起的日子里基本上是在争论中度过的，争论的都是股市，或者说争论的都是割不割肉的问题。钟情坚决让师兄割肉，并且拿她父亲的教训去说服师兄。师兄却死死扛住，这样师兄和女朋友钟情的关系每况愈下，已经到了分手的边缘。

钟情说股票是原则问题，即便你在那个刘曦曦家过了夜，即便你和我的同学邸颖同睡一床这都没什么，这不能说明问题，人家不了解你，我还不了解嘛！只要你远离股市咱们什么事都好说。钟情已经向师兄下了最后通牒，如果不尽快从股海中脱身就分手。

师兄曾经一遍又一遍地问我们，拿什么拯救我的爱情呢？师兄基本上不和我们谈论证券市场上的事，好像这一切都和我们没关系。我们曾经试图和师兄探讨一下中国证券市场上的有关问题，可是，师兄根本不搭话。师弟曾旁敲侧击地说，别忘了那笔炒股的钱我们都有一份。师兄还是那句话，亏了是我的，赚了是大家的，这样我们就不好说什么了。

师兄不愿意和我们探讨证券市场上的问题，却愿意和我们谈他的爱情生活。二师弟说，要拯救你的爱情除非有灵丹妙药。师兄说这世上有什么药可以永远抓住一个女人的心？我说，西南少数民族有一种方法，叫整"蛊"，可以拴住一个人。二师弟说，那都是迷信，不过我在网上曾经看到有人要研制一种叫"钟情药"的，让对方吃了就可以永远钟情自己了。我听二师弟这样说就笑了，我说老四你不能这样忽悠师兄，你未来大嫂叫钟情，你就弄出个"钟情药"，如果叫钟心你是不是就闹出个"钟心药"呀？二师弟说，真叫"钟情药"，不信你上网去查，未来大嫂刚好叫钟情这也许是天意呢。

关于钟情药的事我和二师弟说过也就忘了，可说者无心听者有意，师兄后来去找到了他的老乡、生物工程学院的许博士咨询关于研制钟情药的可行性。许博士主修动物基因克隆专业，有非常丰富的想象力。许博士居然想到了鸳鸯，许博士认为鸳鸯对爱情最忠贞不渝，一旦结成夫妻，那就生死与共，不求同生但求同死，比人类钟情多了，否则古人也不会有"只羡鸳鸯不羡仙"诗句了。鸳鸯的大脑基因是由什么组成的？如果把鸳鸯大脑里的"纯情物质"提取出来，是不是可以制造出所谓的"钟情药"呢？这种药给对方服下，是不是就和鸳鸯一样彼此都忠贞不渝了呢？

师兄被许博士的假说迷住了，立即表示愿意投资，并且让许博士马上投入秘密研究。师兄认为投资钟情药的研究有百利而无一害，不但可以解决自己现在的爱情问题，还可以解决你许博士将来的爱情问题。师兄说，如果真能成功研制出钟情药，那不但对我们两个有好处，对国家对民族都有好处，那可是利国利民的最伟大的科研。有了钟情药，夫妻永远不弃，情侣永远相爱，这有利于社会稳定，为建立和谐社会做出了贡献，和我们的基本国策是一致的。投资钟情药的研究就投入产出比来说，也是最有投资价值的，不就是买几只鸳鸯吗，学校有现成的实验室可用，投资少见效快，收效那就更可观了。你想世界上有多少男人想拴住自己女人，又有多少女子要抓牢自己的男人，市场前景那可大了去了，全世界的男女都会买我们的钟情药，我们将会成为世界首富，完全可以超过或者赶上比尔·盖茨。

师兄和许博士互相鼓舞着，两人找到了未来发展的共同目标。于是，许博士立刻给他动物园的熟人打了电话。许博士说，动物园有我们的一个动物试验基地，我请求动物园的管理人员帮助，买几只鸳鸯，然后把那鸳鸯的大脑取出来冻存，为试验做准备。师兄当即去银行取了三千块钱给许博士，让许博士马上开始研究。

据说，许博士采用生物同源性的研究方法，从鸳鸯大脑里进行神经基因的提取，并开始了克隆鸳鸯神经基因的试验。他们把这试验定名为"钟情药"试验。在那段时间里师兄显得很神秘，整天鬼鬼祟祟的，经常和许博士在一起，眼看要毕业论文答辩了也不着急。许博士经常来找师兄，让师兄到他实验室去，在他们心里只有一个目标，研究出钟情药，让世界上的爱情永恒。

师兄每次见了许博士回来总是充满着激情的，可是我们又不知道是什么原因。我问师兄是不是股票涨了？师兄有些不屑一顾地望望我，说区区股票算个啥。师兄在我们面前都有一种高高在上的感觉，指手画脚的。二师弟斜着眼说师兄着了魔，鬼附体。这天，就在师兄正煞有介事地在宿舍来回踱步时，师弟林小牧回来了，师弟说："师兄，老板让你去一趟。"师兄问什么事？师弟说，老板开会回来好像受刺激了，和我谈了一上午的车，本来要谈我的毕业论文答辩的事，结果没谈成。

"什么车？"师兄不解。师弟说你去吧，去了就知道了。

方正先生前几天去南方开会误了机，原因是车的问题。方正先生不是老板，所以也就不像邵景文那样买了宝马。当然方正先生也不是买不起车，一个堂堂的大学教授买辆车还是没问题的。买宝马也许买不起，买"桑塔纳""富康"什么的自然是没问题。关键是方正先生不会开车，所以买车也就没什么意思了，一个大学教授你总不能再养个司机吧。小师母吴笛曾经让方正先生去学开车，方正先生不愿意。吴笛说方正先生老土，21世纪的大学教授居然连车都不会开，太落伍了，人家国外的教授哪有不会开车的。你要成为国际知名教授，不会开车怎么行。方正先生一听吴笛放眼世界了，也就不吭声了。

后来，吴笛自己做主为方正先生在驾校报了名，交了费。方正先生也就不得不去学开车了。可是，方正先生学了一年连"移库"都没考过。方正先生无所谓，可是教开车的师傅不干了，因为谁带的学生考不过就扣谁的奖金。师傅说，没见过你这么笨的学员，如果大家都像你那么笨，我们当师傅的吃个屁！

师傅的这话有点重，也有点粗，方正先生当然受不了。一个堂堂的大学教授被一个教开车的师傅训，这太伤方正先生的自尊了。方正先生坚决不去驾校学车了，那几千块钱也不要了。从小到大方正先生都是优等生，没挨过老师的训。当了教授只有他训斥学生的，哪有被人家训过。方正先生没有和驾校师傅理论，回家和小师母理论开了。说吴笛只知其一不知其二，有能力的人谁会去亲自开车。吴笛当然不敢说方正先生没能力，只能说有个驾照总比没有驾照强。你不学算了，我明天去找你已毕业的弟子，给你弄个驾照。方正先生一听急了，说吴笛这不但是弄虚作假的问题，完全是没安好心。方正先生说："你想害死我，我不会开车，你给我弄一个驾照，这是想让我出车祸。"

从此吴笛再也不敢提让方正先生学开车的事。白白扔几千块钱是小事，方正先生自尊心受到伤害是大事，夫妻感情是大事，方正先生的生命那更是天大的事了。由于方正先生学开车的失败，吴笛也就打消了自己去学开车的念头。这是因为方正先生的失败直接打击了吴笛的自信。方正先生是吴笛的崇拜对象，方正先生一个男人都过不了关，自己是个女的就更过不了关了。再说，如果吴笛真去学开车而且还考过了，那不是给方正先生好看嘛。吴笛这么聪明的人不会想不到！

为此，汽车热最终也没有热进方正先生家，这很不容易，要知道师母吴笛可是一个最喜欢赶潮流、追热点的人呀。方正先生没有车，可方正先生出去开会进行学术交流的活动又太多。这就很不方便。当然，方正先生出差如果向学校要车，学校是可以派车送的。但是向学校要车手续太麻烦，要提前申请，填派车单，还要找领导批，最终才安排车。方正先生要了几次车后，也就够了，太麻烦，所以方正先生出门也只有打出租车了。

方正先生前几天出差去机场坐的就是出租车。那天方正先生有课，他一定要坚持把课上完再走。为了挤出时间给学生上课，他让法学院同去开会的刘明华教授先去了机场，把机票都换了登机牌。这样方正先生至少省下了半个小时的时间。方正先生这种对教学负责任的态度让弟子们非常感动。方正先生上完课急急忙忙叫了辆出租车就出发了。那出租车太旧，在高速公路上就像个乌龟爬，而其他车就像兔子一样呼呼地从身边窜过。这样的龟兔赛跑谁遇上心里也不舒服。方正先生的时间的确不多了，刘明华教授帮他办了登机牌，如果没登机，航班等他是要误点的。方正先生当然不希望由于自己的原因让一个航班误点。上车后方正先生就不断地看表，十分着急；可那天又碰到了一位贫嘴的出租车司机。出租车司机不好好开车从后视镜里看看方正先生，没话找话说："我猜你是一个知识分子。"

方正先生闭着眼睛回了一句："何以见得？"方正先生随口回了一句，打开了出租车司机的话匣子。出租车司机说："干我们这一行的见的人多了，你肯定不是大款，大款有大奔，去机场不会打的；你更不是下岗工人，下岗工人坐不起飞机，坐飞机也不会打的，坐机场大巴；你也不是白领，白领穿戴比较时髦；你不是公务员，他们出差有车接送；你只能是知识分子，搞不好在大学当老师。"

本来出租车司机想把方正先生逗乐，可方正先生没乐。方正先生没好气地说："你叩以给人家相面去。"出租车司机说："你是一个有学问的人，但不一定有钱。请教一下你对中东局势怎么看？"方正先生说："我研究的不是国际政治是国际经济法以及证券法。"

出租车司机说："哦，那是在研究钱呀。是呀，要想有钱，就要研究钱，谁研究政治呀。要不了多久你就会成为大款。"

方正先生皱了皱眉头，方正先生皱眉头那就表示十分不满了，出租车司机却看不出来。出租车司机继续侃侃而谈，说："光有知识还不行，还要有钱。有知识可以名扬天下，有钱可以走遍天下。"出租车司机谈兴正浓，方正先生有些焦急地又看了看表。方正先生没好气地催出租车司机："还是请你快点，我要误飞机了。"

出租车司机说:"我已够快了,再快就要飞起来了。"

方正先生望着窗外像风一样超过去的各种车辆,不再搭理出租车司机,在心里觉得可笑,这个出租车司机也是,人家在火里他在水里。他咋这么贫呢,难道这就是贫嘴出租车司机的幸福生活。出租车司机又说:"我估计'哈玛斯'的汽车炸弹也不过这种速度。"方正先生突然严厉地说:"请你闭嘴,好好开车。"出租车司机不高兴了,车反而慢了,没好气地说:"你应该搭前面那辆车。"方正先生问:"哪辆车?"出租车司机望着刚超过去的宝马,说:"就是那一辆。"方正先生望望过去的宝马,脸涨得通红。方正先生突然说:"停车,停车。"出租车司机望望方正先生问:"你不是赶时间吗,停车干吗?"

"让你停车,你就停车。"

出租车靠路边停下了,方正先生就下车了。方正先生下车对出租车司机说:"你走吧,我不坐你的车了。你以为我拦不住宝马。"出租车司机望望方正先生,摇摇头说:"这人有病。"出租车司机说:"我跑了一半了,你总要给我钱吧。"方正先生扔给了出租车司机一百块钱,说:"不用找了,你走吧。"

方正先生赶走了出租车司机开始拦车。当时,方正先生站在高速公路的护栏边,向飞驰而来的车辆长长地伸出了手,可是一辆接一辆的车呼啸着从他身边驰过,没有一个停车的。方正先生灵机一动,拿出了一百块钱,让手中的钱迎风招展,可是,飞驰的车辆连一个减速的都没有。方正先生收起钱整理了一下西服,又站在路边微微地举起了右手,如检阅三军仪仗队的国家元首,十分矜持。可是,还是没有一个停车的。方正先生到了飞机起飞也没有搭上车,只有给同伴刘明华教授打电话,让他做一下解释工作,不要飞机等了。后来方正先生拦了一个夏利,比出租车还慢,是黑车,也收钱,到了机场飞机都起飞好一阵了。方正先生误机后等到晚班才改签上。这件事深深地刺激了方正先生,所以当师弟找方正先生谈论文开题时，方正先生和师弟谈了一上午的误机遭遇。

师弟说，通过这件事让我们看到了方向盘的重要性，手中掌握方向盘就等于掌握住了主动权，我建议先生你买个车。方正先生说，买车我又不会开。师弟说，我们几个都有驾照，都会开，特别是师兄车开得可溜了，等我们毕业了，你新招的研究生无论硕士还是博士你都要求他们去学开车，这样你不但有了司机，而且又让弟子学到了一技之长，将来走向社会是大有用处的。21世纪看中国，中国人都会开汽车。师弟的最后一句话把方正先生逗乐了。不过，方正先生显然被师弟说动了，问我们那笔基金能买什么车？

师弟笑了，说买宝马当然是不行的，买个上海大众产的"帕萨特"是没问题的。方正先生说，那车我知道，还是不错的，皮实。师弟说大家称"帕萨特"为"趴着乐"，可见性能不错。

哈哈……方正先生笑了，笑得十分开心，说"趴着乐"好，我们有了车就"趴着乐"吧。师弟很少见方正先生这么开心，见方正先生真趴在那乐了好一阵。方正先生叹了口气说，真是青出于蓝胜于蓝呀，没想到你们还会开车。师弟也趴在那乐起来，看样子方正先生没学会开车，成了他心中永远的痛了。会开车在他看来是一件了不起的事情，是一个重大的科研成果。方正先生让师弟先去把姚从新同学叫来，论文修改下周再约时间谈。师弟告别了方正先生，一个人走在校园里没事偷着乐。

11

师弟坏呀,他明明知道方正先生的那笔钱被套牢在股市上了,他还出点子让方正先生买车,这是逼师兄割肉呀。方正先生见了师兄的第一句话就问,股票赚了多少钱呀?师兄苦着脸说,没赚多少。方正先生说,没赚就没赚吧,当初让你入市也没想让你在股市上赚钱,主要想让你了解一下证券市场的实际操作,为学术研究提供第一手的资料。那笔钱在股市有两三个月了吧,把股票抛了吧,我准备用那钱买辆车。

好呀,师兄笑着答应了,心里却有苦说不出。方正先生说,听说你车开得不错,暑假你如果没什么安排,你可以教我开开车。师兄说好呀,神色恍惚。方正先生见师兄心不在焉就挥了挥手让师兄走了,说就这样吧,我还有事。师兄回到宿舍我们都问,怎么样,真要抛股票呀?师兄也不说话默默地打开了电脑。我们围了上去,有些好奇好像还有点兴奋,都想看看师兄的股票到底亏了多少。师兄就像一个在鱼塘里养鱼的人,当初号称一定能养出大鱼来,如今师兄开始放鱼塘里的水了,这鱼塘里到底养出了大鱼还是小鱼,就要水落石出了。

师兄见我们围了上去也没反对,这要是以往早就轰我们走了。师兄已经有义务让我们这些投资者知道他在股市上的情况了,否则是亏是赚就说不清楚了,这是我们的知情权。师兄指着他的历史成交记录给我们看,我们看后大吃一惊。

师兄是2004年4月9日入市的，买入时的上证指数是1765点，截止到师兄打开电脑给我们看时的6月29号，我们看到上证指数已经下跌到1382点，股指下跌了380多点。具体到师兄买的股票，师兄亏了将近40%，计16万元。师兄当时投入到股市的资金共计40万元，其中师兄自己的资金15万元。根据师兄保本争赢的承诺，师兄要返还25万元的本钱，这就意味着师兄将自己所有的钱赔进去都不够。什么叫血本无归？这就是血本无归。本来师兄是我们中间最富有的，现在他一举成了穷光蛋，师兄破产了。

　　师兄望着电脑怎么也下不了手，只要师兄手指一点鼠标，就意味着他身无分文，就意味着师兄承认了失败。师兄可怜巴巴地望着我们，师兄说最近股市一直在振荡，如果我今天抛了明天涨了呢；如果我这周抛了下周涨了呢！

　　就在这时，钟情意外地来了，钟情一进门师兄就退出了证券网上交易。师兄有些不悦地问，你怎么来了？钟情兴高采烈地说，你不欢迎我来呀？师兄说，没有，没有，我们正谈正事呢。钟情说，什么正事，不就是抛股票吗，我和你斗争了那么久，你就是不抛出，你们老板一声令下，你不得不割肉了吧。

　　师兄说你的情报很准确很及时呀。钟情说，这有什么，一个短信地球人都知道了。师兄望望我们问，谁发的短信？我和二师弟都不吭声，师弟说是他发的。师兄说你有病呀，这不是添乱吗。师弟说，炒股已经严重伤害了你和钟情的感情，你要抛股票了，这就解决了你们之间的问题，这是一件喜事呀。我告诉了钟情，这还不是为了你们好。

　　什么喜事呀，你这是看我笑话吧。师兄说，我的事请你不要瞎掺乎，吃饱了撑的。钟情说，你不要把人家的好心当驴肝肺，让你现在割肉是为了将来不跳楼。师兄急了，说我跳楼关你什么事？钟情脸上一下就挂不住了，眼泪跟着就出来了。钟情说，你说得太对了，你跳楼关我屁事。钟情说着开门就走了。师兄想起身去追，又关心着股市，终于坐在那里没动。过了一会儿，钟情突然又回来了，钟情这次回来没理师兄，却喊师弟出去。钟情说，林小牧你出来一下，我有话给你说。林小牧望望师兄又望望我们，表情无奈地站了起来。钟情当着大家的面喊林小牧出去这是给师兄好看，这种事情后来在毕业前发生过多回。

师兄当时没有抛出股票，师兄私下让我给方正先生说说，给他宽限几天，他回家一趟说服老爸再给他弄些资金。我把师兄在股市的情况给方正先生说了，方正先生大吃一惊。方正先生说，我当时问姚从新股票赚了多少，他说没赚多少，我还以为持平呢，没想到他被套牢了。方正先生说，既然亏了大家都有份，不能让姚从新同学一个人担，这世界上就没有只赚不赔的投资，有投资就有风险，大家都应该预料到风险的，亏了就共同承担风险。我说，师兄一直承诺亏了算他的，赢了是大家的，现在亏了师兄坚决要自己承担的。方正先生说，这说明姚从新同学是一个守诺言的人。姚从新越是这样我们就越不能让他一个人承担。我听了方正先生的话很感动，心中暖洋洋的。虽然风险共担对我个人来说没有好处，那区区五千元的投入也要缩水40%，但是我还是为有方正先生这样为弟子着想的导师而高兴，为这个决定而高兴。

我将方正先生的决定告诉了两个师弟，大家都不好说什么了。我把这个喜讯告诉了师兄，师兄说，谢谢老板的好心，我绝对不会让老板亏的，否则我是个什么人了，男子汉大丈夫一诺千金。大家都劝师兄，算了，干吗非要较真，现在亏了16万，你把自己的钱全部赔进去都不够呀。师兄粗暴地打断了我们的话，师兄说我们同学几年，我这个人的性格你们还不知道吗，我就是说一不二。如果我把老板的钱都亏进去了，我将来还有脸见人吗，再说，马上大家就要毕业了，你不离校要读博士，林小牧和梁冰已经联系好了工作，肯定要离校的。特别是林小牧去了律师事务所，他肯定需要钱，在他离校前我必须把他的钱还他。我说，可是你都赔干净了，到哪里翻本呀。师兄说我回家找老爸想想办法，我给老爸打欠条。

师兄第二天就回了老家，两天后师兄就回来了。师兄在宿舍里庄严地向我们宣布，他将在股市上大干一场。师兄说他这次回家收获很大，不但说服了老爸搞到了资金，而且通过老爸煤矿的运作过程触类旁通，对中国证券市场的现状有了一个比较形象直观的了解；也就是说师兄从他老爸的发家史中顿悟了，茅塞顿开了。师兄说，你们知道我老爸是怎么开发煤矿发家的吗？师弟说，这还有什么稀奇的，肯定是让工人嘴里衔着煤油灯，背着小背篓在坑道里爬上爬下的，末了还要克扣工人的工资。师兄骂，去你大爷的，那是万恶的旧社会。师兄说，我老爸开煤矿其实根本就没有出过煤。大家都不解，那怎么会发了呢！师兄说，靠资本运作。如果你们有兴趣我可以讲给你们听听，这对你们也许有启发。

平常师兄绝少提及家里的事，很神秘。如今他要主动讲述自己的革命家史了，我们当然有些兴趣。

师兄说，我们家那可是个大村子，叫姚家湾，四处都是山，据说山上有大煤矿，大煤矿有没有不敢说，遍地是煤是肯定的，挖地三尺就能挖出煤来。在国家能源不太紧张的时候，煤不值钱，山外好多国营大矿都亏损，小煤窑就更别说了，谁挖煤谁赔钱，所以姚家湾就没有认真开采过煤矿。从上个世纪九十年代开始，国家能源开始紧张了，挖煤能赚钱了，听说山外有人靠挖煤都发了大财，过上了好日子了。姚家湾人一合计，决定在电视上做广告，招商引资，说姚家湾有大煤矿，欢迎各地的人都来开采。于是，人们蜂拥而至。

为了对蜂拥而至的采煤人进行有效管理，姚家湾人还专门从省城大学里请来了专家学者，还成立了煤矿管委会。在专家学者的指导下，姚家湾煤矿管委会做出如下决定：一、采煤是有风险的，各采煤人要自己注意安全，发生事故概不负责，不支付医疗费、丧葬费；二、采煤是可以的，是欢迎的，但必须领取采煤许可证，禁止非法采煤；三、为了便于管理，为了保证利益公平分配，必须要两人以上合伙成立股份公司；四、由于煤矿是在姚家湾发现的，姚家湾又是著名的老区，为了照顾老区人民的利益，规定采煤许可证只发放给姚姓山民，此"采煤许可证"不允许转让给非姚姓的外地人；五、外地外姓人若想要在此采煤，必须办理暂住证，才可获得与姚姓山民的"投资合作权"；六、此投资合作权证可以转让，必须在姚家湾煤矿管委会开设的转让交易厅里，禁止非法场外交易；七、具体转让价格由双方自己商定，完全是市场经济。但为了公正合法，姚家湾煤矿管委会向双方各收取转让税，以资证明。

师兄说，我爹是姚家湾土生土长的纯正的姚姓人，挖煤不挣钱的时候，我爹曾读过中专，学财务，当过大队会计，加上我们家祖祖辈辈都是矿工，有开采经验（这以我家的采煤簸箕、采煤铲为证）。这样我爹就很顺利地领到了采煤许可证。我爹领到了许可证后的第一件事就是要找一个合作者，按规定成立股份公司，因为开煤矿是要钱的，我家当时哪有钱。想与我爹合作开公司的人很多，我爹选中了我三舅，我三舅是大款。我三舅虽然不姓姚但毕竟是我家的亲戚呀，我三舅不但有钱而且走南闯北多年，有见识。这样我三舅与我爹的合作洽谈得十分成功。新公司决定按股份公司来设立，我爹占有70%的股份，我三舅占有剩下的30%的股份，总投资一百万元。股份公司成立股东出资的时候，我爹又发愁了，哪来的钱呀！正在我爹发愁的时候省城的专家告诉我爹了，说家里的采煤经验都是知识产权，采煤簸箕、采煤铲都是钱，就可以占70%的股份了，这样我爹就算是出资七十万了。当我三舅真正出资的时候，省城的专家又提醒我爹，由于此项目是我爹争取到的，我爹具有许多的无形资产，并且我爹的许可证不能转让买卖，所以我三舅不能按我爹的同等价格交纳股金，必须溢价。

我三舅开始不愿意，可是看到有那么多人愿意合作，我三舅经过考虑欣然同意了，交纳了二百一十万元获得了30%的股份。我三舅走南闯北有江湖经验，在新公司诞生后，我三舅将30%的股份又翻倍以四百二十万元的价格转让给了没有路子却想发大财的几个外地人。而后我三舅继续与不断获得新的采煤许可证的其他姚姓人攀亲带故，进行新的合作。

我爹的煤矿挖掘股份公司，目前拥有二百八十万元，如果按一百股来计算，平均每股二万八千元。这样，我爹在公司一成立就拥有了一百九十六万元的资产，占70%的股份。几个外地人花了四百二十万元占有30%的股份，而资产只相当于八十四万元。我爹是第一大股东，拥有绝对的权力。我老爸从来没有见过这么多的钱，也未搞明白怎么就获得了这么多的钱财，反正知道这采煤许可证是最好的东西，股份制是催化剂，其次姓姚的命里注定的要发财。有了钱的我爹穿上了名牌衣裤，手拿大哥大，还出国考察。这时，我爹已经对真正的开发煤矿不太感兴趣了。既然开公司挖煤矿都只是为了钱，而现在却不费吹灰之力便有了钱，还挖什么煤呀。

公司开采一年了并未发现什么大煤矿，都是小矿脉，没挣到钱。可是，投下巨资的几个外地人若不挖出煤来就会血本无归，整天吵吵着让我爹心烦。我爹发愁找省城的专家请教，经省城的专家一指点，我爹高兴了。我爹根据省城专家的指点先找熟人作价，算出了三十万元算是公司一年的收益。为了符合姚家湾煤矿管委会扩大再生产的规定，我爹说，为了企业发展，就不进行现金分红了，分股票。按比例10股送2股。我爹分得14股，几个外地人分得6股。由于企业发展前景极其广阔,发掘出大煤矿的可能就在眼前,准备购买新的采煤设备,需要大家共同投资。准备10股配3股,每股价格十万元。我爹发现每股要花十万元,与自己开始获得的一万元一股相比贵了太多,若足额认配则要拿出一大笔钱,这对我爹来讲没有吸引力也没有这么多钱,我爹放弃了这次配股机会,说让几个外地人更多分享公司未来发展的成果。我爹不参加配股,几个外地人不同意。可是,根据先进的股份公司的管理规定,我爹完全合法合理。几个外地人在不愿造成更大损失的情况下,砸锅卖铁只有参加配股又缴纳了一笔钱。

几天后公司的股份变动刊登了出来:公司总股本变为130.8股,资产合计四百一十八万元,第一大股东我爹拥有84股,拥有二百六十八万元,几个外地人拥有46.8股,拥有一百五十万元。看着股份变动报告,我爹感叹着股份制的神奇,一开始不就是那个不值钱的采煤许可证吗?股份制后现在一下子却拥有了这么多的钱,现在采煤许可证还是不许转让,将来容许转让,最少可以值二百六十八万元,若按交易所那些外来人相互间的转让价格计算可卖九百多万元呢!我爹明白了,怪不得有这许多人在大谈股份制和资本运作,一股份制不用干事就挣大钱了,我爹睡觉都要笑醒了。

外地人看着股份变动报告,怎么也弄不明白钱都到哪里去了。我三舅赶忙上前来解释说,许可证不许变现流通,比不上你们的投资合作权证可转让买卖,所以你们的钱不在这里,在转让交易大厅的告示牌上。不是还有人买吗!这叫虚拟经济!懂吗?几个外地人疑惑着走了,看来股份制是搞不懂了,只有寄希望挖掘公司挖出大煤矿了。

我爹并没有挖到大煤矿却获得了巨大的成功,成了周围十里八乡有名的巨富,姚姓村民纷纷前来取经,有些姚姓山民在取得采煤许可证后,急不可耐地在姚家湾到处瞎采煤,没有挖到煤一不小心还亏了本钱，合作投资的外地人亏得跳楼。煤矿管委会在这些公司门口挂上了警告牌子，据说是对这些公司的惩罚。我爹大骂这些姚姓宗族的愚蠢，你们费力瞎经营什么？煤是那么好采到的吗？有了采煤许可证就只会在姚家湾上采煤吗？动动脑筋嘛！重要的是保住这不可转让的采煤许可证，多搞资本运作等等！随后还给这些姚姓宗族出了一些点子，诸如通过增发配股的手法，采办电脑采矿机，高科技探矿机，互联网选矿机等等，想发大财的外地人必然会心甘情愿地掏钱的……这些姚氏宗族听后茅塞顿开大喜过望，道谢离去。

我爹的名气越来越大，整个姚家湾地区的姚姓乡亲都把我爹当作榜样，我爹也决不吝啬，都诚实授意秘笈，搞得所有姚姓山民顶礼膜拜，都在学习股份制，每天都看到上百姚姓宗族的人排在煤矿管委会的门口，等待着申请领取采煤许可证。有人问我爹不怕其他姚姓山民来抢了你的饭碗吗？我爹笑答："最关键的是采煤许可证继续发放下去并且不许转让，这样拿到许可证的姚姓山民越多，姚家湾煤矿管委会就更不可能收回许可证，就必须保证许可证的有效性，这样我的饭碗才可以长久的存在。至于外地人，这批人没钱了没关系，只要说姚家湾还有煤矿，就不愁没有新外地人拿着钱来，煤矿管委会在电视台、报纸上还在为咱姚家湾煤矿做广告嘛！"

投资的外地人还在关注着我爹公司的采煤进程，我爹公司的新设备一会儿预告有大煤矿，一会儿又发现一无所有，交易大厅里的投资合作权就像烫手的山芋一样，在外地人之间扔来扔去，转让价格随着各种消息而上蹿下跳，也没见着哪家姚氏公司发掘出大煤矿，分钱给外地人。听说哪个姚氏公司出煤了，外地人都只能从我三舅那里买高价的股份了。眼看着来姚家湾挖煤的人越来越少，搞得外地人心惊肉跳；如果挖掘不出超大型的煤矿我们这投资不都打水漂了吗？望着近几年姚家湾地区的高速发展，属于外地人自己的又在哪里呢？不过我爹在梦中都笑醒了：股份制太好了！

二师弟梁冰听了师兄的"新淘煤记"哈哈大笑，说你这是编的，你的"新淘煤记"在网上有，叫"新淘金记"，你的"新淘煤记"是"新淘金记"的翻版，你是粗陋的模仿。师兄笑笑，说你们在网上都看过"新淘金记"了，我承认是模仿了"新淘金记"编出来的故事，但是我爹的故事真的和"新淘金记"所讲的故事差不多，这证明了"新淘金记"理论的正确性。联想到股市，我们不难看出中国证券市场的深层问题。无论是"新淘金记"还是"新淘煤记"都是中国证券市场的一个缩影。在这里我爹就相当于A股市场的国有上市公司；我三舅就相当于证券市场，一级市场上的申购主力，二级市场上的庄家；外地人指的就是普通投资者；许可证和挖煤铲就象征着不流通的国有股；投资合作权相当于流通股；煤矿管理委员会代表证监会；交易大厅相当于二级市场。由于国有股不流通，将中国股市异化了，这是一个畸形的股票市场。

二师弟说，国有股不流通也是有道理的，是为了确保国家的绝对控股地位，使国有资产不流失呀。师兄说，国有股不流通和确保国家的控股地位根本没有必然的联系。国有股流通后，只要持有国有股的国家机构不卖出，照样可以确保国家的控股地位。现在由于股权比例占多数的国有股还有法人股不流通，使其成为了一只证券市场养着的笼中之虎。由于股票不断地发行，时间越长这只虎会养得越大，这就叫养虎为患，这只虎早晚要出笼，这只虎一直是中国证券市场的最大利空。我们说，通过你爹盘剥你三舅和外地人的故事，你也看到了其中的不平等，可是你三舅和那些外地人都是自愿溢价申购股份的呀！师兄说，我三舅他们自愿溢价认购，这说明我爹的采煤许可证值大钱，其他外姓人无法获得，无奈只有溢价申购。现在我们算明白了为什么企业不惜一切代价要伪装、造假、包装上市了吧。企业只要一上市就可以圈钱，上市发行股票不仅仅意味着能融到大笔资金，而且上市公司这块牌子本身就是巨大的无形资产。

我们说，在股市中你就相当于那些想发财的外地人，你既然看清了中国证券市场，你肯定不会炒股了，你再炒股不就等于那几个傻B外地人了嘛！师兄说，我不会离开股市的，中国证券市场肯定要改革，国有股肯定要流通，在这个过程中国家肯定要照顾中小投资者的利益，我还要逢低吸纳，这可是发财的好机会。师兄说，我把你们和老板的25万全部还清了，手里还有资金呢。我们问师兄在老爸手里搞了多少资金？师兄却笑笑不说，师兄只说反正不用割肉了。

12

钟情对师兄号称要大举进军股市已经不再提什么异议了,一副事不关己的样子。钟情来我们宿舍由找师兄变成了找师弟。表面上钟情还是师兄的女朋友,可是钟情来到我们宿舍会经常和师弟在一起谈笑风生,这时的师兄会有些尴尬,不过师兄望着我们表情却十分自信,一副胜券在握的样子。我们不知道师兄的自信从何而来。

我和二师弟在私下为师兄着急,认为这样下去会有问题的,谁敢保证钟情不会移情别恋。当我们把自己的担心告诉师兄时,师兄十分自信地亮出了他的制胜法宝"钟情药"。师兄拿出了一个小瓶子给我们看。师兄问我们,你们知道这是什么吗?我们看看那小瓶子,里面装着一些白色粉状的东西,直摇头。师兄说,我告诉你们这就是钟情药。我和二师弟望着那普通的瓶子目瞪口呆,问师兄从哪弄来的?师兄就把他投资许博士研究钟情药的过程告诉了我们。我们怀疑地望着那小瓶子,问行吗?师兄说这药在小白鼠身上试验过了,很起作用,应该没问题。我说,钟情可不是小白鼠,对小白鼠有用不一定对人就有用。师兄自信地说,我们要相信科学。我们说那钟情不愿意吃钟情药怎么办?师兄笑我们傻,说干吗告诉她,找个时间两人一起吃饭,放在饮料里,只要一喝下去,钟情从此就只会钟情于我,就会一心一意地和我好了,谁也抢不去。

哈哈——师兄得意地笑着，拿着暖水瓶打水去了。我和二师弟在宿舍里傻眼了，我说师兄这是走火入魔了，这都怪股市，师兄炒股炒晕了头，简直是疯了。二师弟对我说，那药给钟情吃了万一有负作用呢，万一吃傻了呢？那可不就麻烦了。二师弟说着，笑了，说，吃了钟情药会不会变成花痴，见谁钟情于谁，见了我们也钟情那可怎么办？

　　我说二师弟你瞎想什么呢，希望钟情也钟情于你呀。你还能笑得出来，这钟情药太不靠谱了，万一有毒那会死人的，这不但毁了钟情也毁了师兄。师兄就成了投毒犯，要坐牢的。我们必须想办法阻止他。

　　二师弟说，就是，就是，我们要救救钟情也救救师兄。我们把钟情药的事告诉钟情，让钟情不要和师兄在一起吃饭，平常也别喝师兄倒的水，总之要防着师兄。我说这不行，钟情这一防，岂不就加速了钟情和师兄的裂隙，我们就成了挑拨离间者了。师兄毕竟是喜欢钟情的，在钟情身上还花了不少钱，我们把这事告诉了钟情就等于出卖了师兄，是对师兄的背叛，咱们和师兄同学这么多年，马上要毕业了却在师兄身后捣鬼，这不好。二师弟说，那怎么办，总要想个办法阻止师兄呀。我说，目前只能暗中阻止师兄下药，在钟情来我们宿舍的时候，我们要主动给钟情倒水，千万不要让师兄倒水；在师兄请钟情吃饭的时候，我们就跟着蹭饭，千万不让师兄给钟情倒饮料。总之，我们要严防死守，注意师兄的一举一动，不能让师兄得逞。

　　就在我们策划着怎么阻止师兄的时候，师兄又哼着歌提着温水瓶回来了。我和二师弟上前接过师兄手中的温水瓶，开玩笑地问，你打的开水里不会放了钟情药吧？师兄不屑一顾地斜眼看看我们，说想什么呢？想吃钟情药没门，这药你们知道我花了多少钱吗？上万，上万呀！就那么一小瓶要花上万块钱，我可不舍得给你们吃。再说，你们吃了也没用，你们又没有女朋友，这药只对彼此相爱的人有用。

二师弟问,那你什么时候请钟情吃饭,我们也去,我们看看效果如何,如果效果很好,我们都想弄点,给钱,一分钱都不少你的。师兄十分得意,说当初研究钟情药的确考虑到了市场前景和巨大的经济价值,连你梁冰没有谈恋爱的都感兴趣了,那些正在谈恋爱的肯定更感兴趣,特别是那些正在恋爱却又出现问题的青年男女,为了挽救自己的爱情,那就更感兴趣了。一万块钱一小瓶不算贵呀,因为爱情价更高,爱情是买不来的。我说,那你请钟情吃饭时可别忘了我们。师兄说,等通知吧,就在这两天。

我们正说着话,师弟回来了,师弟身后还跟着钟情。钟情站在门口有些犹豫,显然进门有困难,这和过去钟情来我们宿舍风格不太一样呀。过去钟情来我们宿舍都是风风火火闯着进来的,如入无人之地,钟情羞涩地来了这让我们不习惯。钟情进了门,见了我们说,大家都在呀,太好了,我今天请大家吃饭,都赏光呀。

钟情要请大家吃饭这让我们有些吃惊,师兄上前说,你请吃饭怎么不和我商量一下。钟情说,这不是在和你商量嘛,你不会没时间吧。师兄说,巧得很,我正和两个师弟商量请吃饭的事情呢。钟情望望师弟说,那太好了,那就一次请吧。

师兄望望我们有些得意,手下意识地伸进了口袋。我和二师弟互相望望,有些紧张,因为师兄肯定把钟情药攥在手心里了。钟情简直是自投罗网呀。在去餐馆的路上,师兄搂住了钟情,这没什么稀奇的;可是,钟情却又挽住了师弟的胳膊。他们三个走在前面谁也不说话,我和二师弟走在他们身后,看在眼里觉得有点乱。二师弟在我的耳边悄悄说,今晚的饭不好吃,既要防着师兄下药,又要注意两个师兄打架,你看这阵势。我说,严防死守,严防死守。

大家来到了一个酒楼,这恐怕是我们学校附近最好的酒楼了，平常我们是不敢光顾这个地方的，吃不起的。在大家选座位时，我有意坐在了钟情和师兄之间，二师弟坐在了师兄和师弟之间。这便宜了师弟，他刚好和钟情挨着坐了。师兄望着我们有些不满，可是又说不出什么，无奈。我说，师兄我和你坐在一起是想和你多喝一杯。师兄说没啥、没啥。

钟情拿着菜单开始点菜，点的都是贵的，师兄有些皱眉头。钟情说，今天这顿饭由我请，你们马上就要毕业了，我要好好谢谢你们，特别是感谢姚师兄对我的照顾。师兄说，你今天怎么这么懂事了，要是平常都这么懂事就好了。钟情说，将来我一定会更懂事的，你放心吧。钟情说着把菜单递给了师弟，说话的声音也提高了，口气也硬了，说你点吧，别搞得没事人似的，只享受现成。师弟连忙接过菜单居然点了一只大龙虾。师兄有些急了，说师弟你也不能这样宰你师兄呀，点龙虾……师弟说，今天不让你买单，由我买单。师兄看看大家说，今天太阳从西边出来了，师弟居然请师兄吃龙虾了。师兄对钟情说，那咱们下次再请，今天咱吃师弟，吃师弟可不是件容易的事。钟情笑笑说，那今天就算我和林小牧请客吧。

我和二师弟算是看出点名堂了，可是我们又不好说什么。师兄不知道明白没有，坐在那里不出声，脸色有些难看，一直等到钟情起身敬酒，师兄脸上才有了笑。钟情走到师兄身边，钟情说我不会喝酒，可是我今天要敬你三杯。师兄说，你疯了，喝醉了怎么办？钟情说人生能有几回醉，我敬你三杯酒要说三句话，钟情说着把酒一口喝了。钟情说这第一句话就是，谢谢你对我的资助，使我没有失学，没有变成一个坏女孩。师兄说，你说什么呀，怎么旧事重提。钟情自己又倒了一杯酒，说师兄你是个好男生，可我不是一个好女生，其实我不配做你的女朋友，钟情说着又干了。师兄望着钟情也连忙喝了。师兄说，一家人不说两家话，你太客气了。钟情又倒了第三杯，钟情说从今天起我们就只是师兄和师妹的关系了,我希望你将来幸福,给我找一个好嫂子。钟情说着又一口喝了,喝完就坐在那不动了。二师弟连忙给钟情夹菜,说喝酒不吃菜必然醉得快,快吃点。钟情抬起头,说谢谢师哥,眼泪下来了。

师兄端着酒喝也不是不喝也不是,站在那里。我看着师兄眼睛一直看着酒杯,定定的。我说师兄还站着干啥,坐下吧,喝!师兄坐下了,把那苦酒一饮而尽。这酒是师兄的断肠酒,是钟情的落泪酒。

二师弟不断地劝师兄和钟情吃菜,说这才开始呢,不要喝得太猛,有话慢慢说,有酒慢慢喝。我看到师弟自己在那喝闷酒,也已经喝了好几杯了。我对师弟说,你不能一个人喝呀,来,我们走一个。师弟一句话都没说把酒喝了,然后师弟打开了自己的书包,从书包里拿出了两万块钱。师弟把钱放在了师兄的面前,师弟说:"师兄我对不起你!"

师兄望望钱,说你干了什么对不起我的事了,拿这么多钱赔偿损失?师弟苦笑了一下,这钱不是赔偿你损失的,你的损失我用多少钱都赔偿不了。这钱是你资助钟情上学的钱,我们把它凑齐了,现在把这钱还给你,谢谢你对钟情无私的资助。师兄说,我资助钟情的钱怎么让你还,这关你什么事?师弟不知如何解释,求救地望望我。我看看师兄见他脸上没有任何表情,不知道是真不明白还是装糊涂。我把两万块钱帮师兄收了起来,说这钱肯定够今天晚上买单的了。这时,师兄突然掏出了身上的钟情药,师兄拿着药在眼前摇着,我和二师弟十分紧张地望着师兄。师兄举着钟情药问钟情,你知道这是什么?钟情说不知道。师兄说这是钟情药。钟情说,什么钟情药,不懂。师兄说吃了这个药,相爱的人永远钟情,永不背叛。钟情脸上露出了好奇的神情,钟情说,世界上还有这么奇怪的药?师兄说这药以你的名字命名,我就是为你研制的,你敢吃吗?

钟情问，我吃了有用吗？师兄说当然有用。

钟情问，我吃了会对谁钟情？师兄说当然是对我。

钟情说，既然是吃了钟情药相爱的人永远钟情，那我吃了也不会对你钟情呀！

师兄问为什么？钟情说："因为我们彼此并不相爱了，我吃了你的钟情药肯定也不对你钟情了。"

师兄道谁说我们彼此不相爱了，我还是爱你的。

钟情说可是我却不爱你了。

师兄问那你爱谁？

钟情望望师弟，说我和林小牧好了。钟情说，即便我吃了你的钟情药，也只能对林小牧钟情了。

师兄显得很绝望，不过说话还算平静。师兄说既然这样，钟情药还是我自己吃吧，两个人吃了钟情药彼此钟情，一个人吃了钟情药就会对自己钟情。师兄说着要打开那瓶子。钟情说我希望你不要吃，爱应该是自由的，爱不应该被药物支配；爱应该是彼此的，爱不应该一厢情愿。二师弟冷不防抢过了师兄手中的小瓶子，抬手向门外扔去。

"不！"师兄绝望地喊着，不顾一切扑向门外。我和二师弟连忙追了出去，在门外我们见师兄匍匐在门前的湿地上，用手四处摸索。我和二师弟把师兄搀了起来，说你醉了，我们回去吧。师兄挣扎着不起来，嘴里喊着："我的钟情，我的药，我的钟情药。"

我对二师弟说，你怎么能把师兄的钟情药扔了呢，这可是师兄的唯一希望呀。二师弟说，那东西有毒，吃了就会变成花痴，留着干啥。我说处理问题不能这么简单粗暴，你马上就要毕业当公务员了，你这样处理问题是要犯错误的。二师弟嘿嘿笑了，说你怎么搞得像个领导似的。二师弟说着悄悄把手递给了我，说我没扔，只是做了个动作。我拿着钟情药大声对二师弟说，你在这儿帮师兄找，我去找个打火机来。我向二师弟使了个眼色，急忙拿着钟情药进了酒楼的厨房。

我在酒楼的厨房把钟情药倒进了下水道里，我一边倒一边自言自语地说，这药的试验结果既然对小白鼠起作用，那么对下水道里的大灰鼠肯定也起作用，让老鼠吃了互相钟情去吧，多下几窝仔，咱人类不需要这个，咱人类要计划生育。我把瓶子里的钟情药倒干净了，然后顺手抓了一把盐放进了瓶子，放心地笑了。厨房里的炒菜师傅好奇地望着我，问你在干什么？我说没干什么，借你们一把盐用用。师傅问你倒进下水道的是什么？我说是害人药。师傅说，可惜了，是海洛因吧，你那一瓶值多少钱呀。你要是不倒，别说一把盐，就是要一箱盐我们也愿意换。我笑笑没理他们，连忙去了门前。

在门前师兄还在那找呢，我把瓶子递给师兄说，找到了，找到了。师兄接过瓶子如获至宝，高兴得都有些癫狂了。我说师兄我们回学校吧，师兄说龙虾还没吃呢！师兄捧着瓶子又进了酒楼。说咱们继续喝、继续喝，我要把这钟情药和酒一起喝下去，效果肯定更好。

我们和师兄回到酒楼，见师弟和钟情默默无言地坐在那里，一只大龙虾摆好了架势在桌子上等我们吃。我对师弟说，没事了，找到了。师弟吃惊地说，什么？又找到了，这真的要出事了。师兄坐下来望望龙虾先动了筷子。我说，来来，大家都吃、都吃。师兄吃了一块，借着芥末的劲儿弄得自己热泪盈眶的，好像哭了。我们也搞不清楚师兄是真哭还是假哭了。师兄把钟情药的瓶子拿了出来，把瓶子的"药"往自己的酒杯倒。师弟和二师弟都要拦，我向他们挥了下手，使了眼色。师兄把药倒在酒杯里然后端了起来，师兄对钟情说，来我们干杯，喝了这杯酒我们从此就没有任何关系了。钟情望望师兄的酒杯说，这药你不能吃。师兄说这药我又不让你吃，你怕什么？钟情为难地望望大家。我向钟情点了点头,示意她和师兄碰杯。钟情起身和师兄碰了,说请师兄原谅我。

师兄把自己的酒一口喝了,却皱着眉头咽不下去。师兄看看我们,见大家都望着他呢,不咽下去又不好,终于还是闭着眼睛把酒咽下去了。我们问师兄,这钟情药是不是很苦,看你都咽不下去?师兄说,不苦,这钟情药好咸呀。我说,这就对了,把心腌成咸的,才能保持不腐。

接下来师兄也不喝酒了,不断地喝饮料。我们问,吃了钟情药到底是什么感觉,感觉到情意绵绵了吗?

师兄回答,感觉到了。

我问,你感觉到了是对谁的钟情?

师兄说,自己吃了钟情药,只能对自己钟情。

我说,这就对了,人都要学会自爱。

13

失恋严重影响了师兄后来的论文修改和答辩。早晨，师兄在床上对我们说，他对自己的论文答辩有些担心，主要是怕法学院院长苏葆帧教授那里过不了，苏葆帧教授好像不太满意。我们建议师兄根据苏教授的意见多修改修改，他是论文答辩委员会的主任，他没通过你肯定就通不过。师兄说根据苏葆帧的意见他没法改。苏葆帧认为他的论文结构有问题，认为论述"文学创作与名誉权"这一整章有问题。

师兄论文的内容让我们看了奇怪，因为这根本不是师兄所喜欢的专业，师兄为什么不写有关证券法的论文呢，这让我们费解。师兄说这是老板决定的，当初在论文开题的时候老板认为师兄对证券法的研究成果还不完善，可以作为将来读博士的研究方向，不应该匆忙地通过一个硕士论文来论述。这样老板给师兄出了一个难题，老板让师兄写一个关于"言论自由与名誉权"的论文，老板说这个问题很值得研究，说现在媒体上经常爆出名人打名誉权的官司，总是引起社会关注，你好好研究一下，这个问题很有现实意义。方正先生见师兄为难，又说已经和苏葆帧老师谈过了，他也很赞成，硕士研究生写论文不要拘泥于自己导师的专业，其实哪个导师都是一样的，真正分专业还是在读博士阶段。

我们没有认真看姚从新的论文，但我们认为文学创作与名誉权这一章恰恰是姚从新毕业论文最有新意的一章。只是师兄没有学过文学，根本不懂什么文学创作，论文要写一章文学创作与名誉权，肯定力不从心，我们让师兄好好研究一下文艺理论。文学创作与名誉权这章你一定要写好，现在因小说对号入座打官司的越来越多，法律研究已经滞后了。

姚从新说下周要答辩了，论文也打印出来了，改都来不及。我们说你加加班，把这一章改好，多找一点关于文学理论的资料，比方一些名人对文学的论述，在答辩的前一两天把改好的章节重新装订，送给答辩老师可能还来得及。校外的答辩老师就算了。

姚从新说这只能是临时抱佛脚，不知道能有多大用。二师弟认为最好找苏葆帧老师疏通疏通。我说不用急，不是还没有答辩嘛，也还没有定论。苏老师虽然表示了对你论文的一些看法，也没有明确说你的论文无法通过呀，你好好准备答辩吧，别自己吓自己。姚从新虽然在我们的劝说下心情放松了些，可是看得出他还是有些紧张。师兄显得不自信，有些可怜，我们为他叹息，这都是失恋综合症。师兄让我们答辩时都去，压压场子。这样在姚从新答辩那天我们都去了，一来是旁听，二来为将来自己的论文答辩找临场的感觉。说实话论文答辩的那阵势还是挺吓人的。答辩委员会的教授坐成了一排，一个个都是权威，都是学者，你要面对他们的提问，然后回答问题，心里怎么能不发虚？

本次答辩委员会的席上坐着七个教授，本校的教授根据桌上的牌子依次是：方正先生、苏葆帧、刘明华、陈仲舟，外校的还有三个，也都是知名学者。不过刘明华教授却迟迟没见人。

根据答辩程序，由方正先生介绍弟子姚从新的论文内容。方正先生认为姚从新完成的这个叫《言论自由与名誉权》的毕业论文是非常有现实意义的，言论自由与名誉权均为国家宪法所保护的基本自由和基本权利，这是我国宪法35条规定的。方正先生把话题一转说，如果我们通过仔细的观察，我们会发现，那些归于基本自由项目之下的各种自由，如言论自由，通常在民法中找不到明确的规定；相反，那些归于基本权利项目之下的权利，一般在民法中都能具体地找到。也就是说公民的基本权利可以具体化，公民的基本自由不能具体化。

这时，我们看到刘明华教授进来了。刘明华悄悄入位，方正先生没有理会刘明华，还在介绍师兄的论文。方正先生说，一般情况下，我们很容易找到侵害生命健康权的民事赔偿案件，却很难找到关于侵害言论自由的民事赔偿案。所以人们在享受和行使这些基本自由时会自觉不自觉地遇到麻烦，与其他合法权利产生冲突。比方：公民的言论自由可能和公民的名誉权发生冲突。姚从新同学找到了言论自由与名誉权的法律冲突，同时也找到了解决这种冲突的办法，那就是当言论自由与名誉权发生冲突时法律应该向言论自由倾斜，给言论自由以特别的保护。

我们看到姚从新脸上露出了得意的笑容。我们暗笑，你姚从新不要得意得太早，导师当然都是夸弟子的，还不知道苏葆帧老师是什么意思呢。方正先生特别指出了师兄的论文新意，认为师兄把文学创作与名誉权进行了专章论述是非常好的。方正先生说，姚从新同学敏感地发现了"虚构"是小说的基本原则，对号入座是对小说创作的无知，小说创作也是一种言论自由；如果文学作品真的侵害了名誉权，那么作品肯定违背了文学创作"虚构性"的基本原则，指向了社会生活中的特定人，从而造成了"丑化"。方正先生说，在论文中姚从新同学提出了"丑化"为小说最主要的侵权方式是非常准确的。

方正先生对师兄的论文介绍比较长，不过听得出来，方正先生对姚从新的论文是持肯定态度的。如果连自己导师对弟子的毕业论文都不满意，那还来答什么辩。方正先生最后说，关于姚从新同学的论文我就介绍到这里，想必各位老师都看了，请各位老师提问。

这时，我们看到刘明华和苏葆帧在那耳语，苏葆帧在一个劲地点头。于是，刘明华教授就提问了。刘明华说，我刚才临时去图书馆就姚从新同学的论文注释查了下资料，所以来晚了。我先提一个小问题。姚从新同学认为文学创作来源于生活又高于生活，既然高于生活，也就不是生活本身，对号入座是不应该受到法律保护的，而恰恰应该保护的是小说作者。我权且不论这个观点的正确性，我只想问"文学创作来源于生活又高于生活"的论述到底是哪一位文学大师？

姚从新回答："在我的论文中有注释，好像是车尔尼雪夫斯基。"

刘明华说："是的，在你的论文中是这样注释的。但是，根据你的注释我在图书馆根本查不到。"

姚从新说："好像是一本黄皮的书，挺老的版。"

苏葆帧教授突然拍了一下桌子，声音不是太大但在场的学生和老师却都吓了一跳。苏葆帧教授说，姚从新同学你不是在答辩，你是在狡辩。

苏葆帧教授此话一出，人家下都愣了。我们望着苏葆帧教授不知道他为什么会突然发火。我们觉得刘明华为了一个注释专门去图书馆有点小题大做，我们不信刘明华教授真有这么严谨的治学态度。

苏葆帧教授说："据我所知，'艺术来源于生活又高于生活'根本不是什么车尔尼雪夫斯基的论述，而是别林斯基的论述。这也不是别林斯基的原话，这是后来者总结的。他的原话我就不念了，在《别林斯基论文集》，那篇论文叫《莱蒙托夫的诗》，新文艺出版社1958年版，第108页。"

姚从新面红耳赤。旁听的学生鼓起掌来。答辩委员会的教授望着苏葆帧教授沉默了。我们也对苏葆帧教授的记忆力目瞪口呆。苏葆帧教授说："我并不是吹毛求疵，非要为一个注释大做文章。我是为我们现在的学生痛心,这哪里是做学问呀,研究生是这样本科生就更不用说了。写论文就是为了交差,混过去了事,以为我们都是搞法律的对文学一窍不通,拿一堆'鸡'(基)吓人。"此话一出,旁听的学生哄地笑了。

苏葆帧教授说:"我们这些人都是从五十年代过来的,那时候什么都从苏联老大哥那里引进,无论什么'鸡'(基)我们耳朵里也都挂了几只。刘明华教授不是也觉得不对劲了嘛!"

苏葆帧教授这样一说,姚从新的答辩也就没办法继续下去了。这时方正先生发言了,方正先生说,是我治学不严,一个论文连注释都会出错,我看姚从新同学的论文今天就先不答辩了,让他这几天把有些问题解决了再答辩。方正先生的意思还是护着自己弟子。在这种情况下,姚从新是没法答辩的,脑子早就乱成一锅粥了,即便是答辩得再好也没用了,因为第一印象坏了,论文答辩怎么也通不过。

我们挺同情师兄的,师兄当初就不该写这么个题目,方正先生让师兄写这个题目也是欠考虑的。这个题目应该由苏葆帧的弟子写,方正先生当初不想想,你是搞经济法和证券法的,你的弟子却写了一个人格权法的硕士论文,苏葆帧是搞民法的,这其中包括人格权法。即便苏葆帧的弟子没能力写了,没有研究这个课题,那还有刘明华呢,他正在给本科生上人格权法的课,也带有研究生,这个题目最该写的是刘明华的研究生。方正先生让师兄写这个题目就等于动了人家的奶酪。根据我们对苏葆帧教授的了解,我们相信他是出于公心,可是刘明华就难说了,在答辩前去图书馆查资料,这完全是做秀,从而把那条注释无限放大。

中午吃饭的时候,姚从新回到宿舍还脸色苍白,十分沮丧。我们劝姚从新放轻松些,把你那论文赶紧再修改一遍。姚从新说不就是一个注释吗,苏葆帧教授也太严厉了。我们说,都是刘明华使的坏,苏葆帧教授并不是针对你的,他是针对现在学生的治学态度。你的论文现在还没有最后定论,你要尽力而为。姚从新说这个我知道,我是不是找个时间去单独拜访一下苏葆帧教授,向他介绍一下论文。我们说倒是可以去和苏葆帧教授单独沟通一下。姚从新说我不能空着手去吧!我们说苏葆帧教授一不抽烟二不喝酒,再说给他送那些东西也太俗,反而会坏事。二师弟说,他平常只喝点茶,上课都端着茶杯,带点好茶叶去可能比较恰当。

姚从新说好,急着就往外走。我们把师兄叫住了,说你买点好的,不要不舍得钱。师兄问,那买多少钱的呀?二师弟梁冰说,怎么着也要花一千块钱。姚从新脸上露出难色,嘟囔着,要花这么多钱。二师弟说舍不了孩子套不了狼,不要这么吝啬,这总比钟情药便宜。师兄脸色一下就变了,问二师弟说什么?我连忙说,没什么,没什么,快去吧。师兄瞪了二师弟一眼开门离去。我对二师弟说,你他妈的真是哪壶不开提哪壶。二师弟说,我就觉得奇怪,师兄股票亏那么多都不心疼,花点钱送礼怎么就那么心疼。我说,师兄从来没有认为他股票是亏的,他认为他在股票上迟早要赚回来。这时,师兄突然又开门进来了。师兄神秘地说,送礼的事不要告诉任何人,特别是师弟,否则让钟情知道了不好。我们连连向师兄挥手,说知道了,我们不会告诉任何人的,你最好是晚上去看苏葆帧教授。姚从新这才放心地走了。

可是,事情却让姚从新办砸了。

据师兄后来对我们说,他完全是被茶叶店老板害的。在那个正午的时刻,姚从新从我们宿舍离开,兜里揣了一千块钱,连午觉也没睡就走出了校园。当时,校园里显得十分寂静,姚从新蹑手蹑脚地来到校门口,他望望马路对面的茶叶店,笑了。姚从新当时快步穿过马路,向茶叶店走去。姚从新穿过马路来到茶叶店门前,站住,回头望望见并没人注意他这才放心。马路对面的店铺正在拆迁,工地上热火朝天的,学校正在重修围墙。

姚从新走进茶叶店。茶叶店内没有什么顾客，茶叶店老板趴在柜台上打瞌睡。姚从新一进茶叶店便盯着摆着的茶叶罐。茶叶店老板站起来问，同学，买茶叶？姚从新点了点头，说生意不好呀。茶叶店老板说，怎么好得了，这马路对面一拆，把人气都拆跑了。姚从新说对面拆了，你不就少了竞争对手了。茶叶店老板说，唉……茶叶店老板连忙给姚从新介绍茶叶，你看这种怎么样，走的最快，我敢说有一半同学喝的都是这种茶。

姚从新望望茶叶店老板推荐的茶叶，一只手插在裤子口袋里捏着那一千块钱，有些不屑地说，这个茶我们喝过，才三十块一斤，太便宜了。茶叶店老板见姚从新这样说来了兴趣，又介绍另外一种，同学，还有好的，你看这是六十块一斤的。姚从新像个大款似的，手插在裤子口袋里踱步，认为还是便宜。茶叶店老板狠了狠心，问一百块一斤的你要嘛？姚从新笑笑问，你们这最贵的茶叶多少钱一斤的？

茶叶店老板兴奋得不得了，介绍道，特级。贵。两百块一斤，二十块一两。姚从新目光在货架上扫描，要看看。茶叶店老板将一个茶叶罐抱到柜台上给姚从新看。

茶叶店老板嗅着鼻子，说你闻，你看，这茶……姚从新和那三十块一斤的对比了一下，也没看出来什么差别，也闻不出什么名堂。茶叶店老板说，这可是好茶，这茶一泡出来每一根都是立着的，可以在杯子里走路。姚从新笑了。茶叶店老板当即给姚从新泡了一杯。茶叶店老板说，这一杯茶在茶馆喝那可是好几十，我今天给你泡一杯，我自己都不舍得泡，泡两杯我可就亏大发了。

姚从新端着茶很在行的样子，抿一口含在口中，端着杯子在眼前晃了又晃，说好茶，真好茶呀。茶叶店老板伸出大拇指直夸姚从新，说姚从新知识面广，不是硕士也是博士。姚从新被茶叶店老板夸得飘飘然了，就很爽快地说，好，就是它了，我来五斤。

什么？茶叶店老板基本不敢相信自己的耳朵。姚从新把手从裤子口袋里抽了出来，把一千块钱往柜台上一拍。说我要五斤。茶叶店老板望望钱开心地笑了。茶叶店老板慌忙从里面屋里搬出了一个更大的茶叶罐。说你看，这是整五斤装的，有四斤半。

不够呀，姚从新说。茶叶店老板指指那个小茶叶罐，另外半斤摆着当样品，我们一两也没卖出去。姚从新问这么好的茶怎么没卖出去？茶叶店老板嗨了一声，说同学们平常谁喝这么贵的茶呀。姚从新想想也是，我们平常也不舍得喝这么贵的茶。茶叶店老板说，同学你肯定是买了送人的？姚从新说你怎么知道？茶叶店老板说你现在虽然是硕士博士了，但现在肯定还不是大款，还没钱，你买这么好的茶肯定是送人的。姚从新点了点头说，你真是好眼力。

茶叶店老板有些得意，说同学你早说呀，我们这有上好的包装盒，一斤一装，包你满意。姚从新正愁这五斤茶叶怎么拿呢，一听茶叶店老板这样说简直是大喜过望。茶叶店老板拿出一个包装盒来给姚从新看。

哇塞，这么大。

茶叶店老板说，同学你这就不懂了，这样才显得大方。这可都是木制的。同学，先说好了，这包装盒三十块钱一个。姚从新说，太贵了吧！茶叶店老板说，我们看你买得多，包装盒不挣你的钱，算你二十块一个，这是进价。姚从新点了点头。茶叶店老板连忙给姚从新包装。然后，姚从新抱着五个大茶叶盒子走出了茶叶店。茶叶店老板在茶叶店门口送别，说同学慢走。姚从新艰难地回过头来说，这五斤茶叶不重，这五个包装盒却很有分量。茶叶店老板说，是呀，都是木制的，环保。这才显得你礼物的分量。姚从新抱着五个十分夸张的茶叶盒子穿过了马路。姚从新走了一半又回来了。姚从新抱着茶叶盒来到茶叶店门前。茶叶店老板走了出来问姚从新怎么了？我可不退货。姚从新说，现在不是送礼的时候，我这东西又不能拿回宿舍。我把茶叶先放到你这，天黑了来拿。茶叶店老板爽快地就答应了。

夜里，姚从新抱着五个大茶叶盒子来到了苏葆帧教授的门前。姚从新放下茶叶盒子，看了看表，然后四处望望，见没有行人，这才敲苏葆帧教授的门。姚从新轻轻敲了两下，听听屋里没有动静，又重重地敲了两下。姚从新被自己的敲门声吓了一跳。姚从新连忙四处看了看。这时，门突然开了。姚从新看到穿着睡衣的苏葆帧教授有些犯傻。苏葆帧教授问，谁呀，这么晚了。姚从新诚惶诚恐地回答，是我，我是姚从新。苏葆帧教授问，姚从新同学这么晚了找我有什么事？姚从新又看看表说，不晚、不晚，才11点。我们平常12点熄灯了都还不睡。苏葆帧教授说，我可不能和你们年轻人比，我十点准时睡觉。

姚从新听苏葆帧教授这样说，不知道怎么说话了。苏葆帧教授又问，你到底有什么事？姚从新说，我就是想来拜访你一下。姚从新说着把脚边的茶叶盒往苏葆帧教授家搬。苏葆帧教授挡在门口，问这是什么？姚从新抬起头来，说是茶叶，最好的茶叶，两百多一斤的。苏葆帧教授问，你拿茶叶干什么？姚从新说，孝敬您老人家呀！

姚从新后来给我们说他送礼的经过，把我们都吓住了。他居然在11点多去苏葆帧教授家送礼，苏葆帧教授平常有早睡的习惯谁不知道。当苏葆帧教授看到姚从新的五个大茶叶盒子时脸色肯定黯淡了下来；而姚从新却不识时务地说，我知道你不喝酒，不抽烟，只喝茶，我就给你……苏葆帧教授的脸色当然越来越难看。当苏葆帧教授问你送礼想让我帮你办什么事时，姚从新居然回答说，还请苏葆帧教授高抬贵手，放我的论文过关。

苏葆帧教授一脚就把茶叶盒子踢出了门外。

混账，你把我当什么人了？这是谁教你的德行？出去。

姚从新被苏葆帧教授的突然发作击蒙了，一个趔趄便出了门。身后"咣"的一声门被关上了，姚从新望着门定在那里。

据后来苏葆帧教授的夫人张老师说，苏葆帧教授把那个叫姚从新的同学赶出了门，靠在门后就不行了，摇摇欲坠的。好在我从卧室出来了，知道他心脏不好，要犯病了，连忙把硝酸甘油塞进他的嘴里，否则就出大事了。

我们听张老师这么说也吓出了一身冷汗，张老师问姚从新11点去送礼你们知不知道？我和二师弟连忙回答不知道。我们的确也不知道，虽然我们知道姚从新要去拜访苏葆帧教授，可是我们没让他那么隆重地抱着五个大礼盒，在11点去给苏葆帧教授送礼呀！我们对张老师说，那天夜里姚从新在12点多钟回到了宿舍，我们当时都没睡。我们打开门，见姚同学抱着五个大茶叶盒站在门口，满头大汗。我们说师兄你这是干什么？姚从新一进门就说，我把事情搞砸了。

当我们知道事情的经过后，我们只有打自己脑袋了。我们说，天呀，你真是个傻B，你让我们怎么说你。姚从新说，怎么啦？我们哭笑不得，一个劲地摆手。我们说，行了，行了，什么都别说了，把那茶叶盒扔了，把茶叶分给大家喝吧。姚从新问，这茶叶还不够好？我们说，算了，不说茶叶了。师兄出门我和二师弟在宿舍哈哈大笑。我说，真拿他没办法！二师弟梁冰说，他肯定认为世界上的茶叶最好的就是两百元一斤的。我说，他要知道还有一千多一斤的茶叶，他肯定要昏过去。梁冰说，他要知道苏葆帧教授喝的都是一千多一斤的茶叶，他会被惊醒。苏葆帧教授就好这口，喝好茶，在这方面舍得花钱。姚从新送两百块一斤的茶叶当然不行了。

我说梁冰同学，你说错了，苏葆帧教授恐怕不是嫌茶叶不好，是姚从新太夸张，去得也太不是时候。其实姚从新在这个节骨眼上就不该去，去了也不该送礼，就是带点礼物也应该显得轻描淡写的。一千块钱买那种半斤装的或者三两装的，一个小盒子，揣在书包里，在晚上9点去，去时也不拿出来，先谈论文，临走时谈谈茶文化，然后惊呼自己偶尔意外得茶一盒，拿出茶来，请苏葆桢教授品茗，尝尝茶的品质。这一切都自然而然，你说苏葆桢教授怎么会把一个学生赶出家门，还把自己气得犯病。

二师弟说要都像你这么会来事就好了。话又说回来了，要是都像你这样会来事，这个世界也就完了。我说梁冰同学你这是在批评我呀，有点文化批判的味道。二师弟说，我不仅仅是批评你也是在批评自己。还不是我们给师兄出的点子，师兄挺无辜的。

后来，我们去苏葆桢教授家，谈到姚从新的论文，苏葆桢教授把我们带进了书房，苏葆桢教授把姚从新的论文递给我们看。我们发现论文里夹满了苏葆桢教授记下的纸条，论文空白处还有批注。苏葆桢教授说这不是送不送礼的问题，这论文问题很多。他用了三分之一的篇幅来论述文学的本质和特性，这已经偏题了。把论文拿给人家看，看前面部分还以为是中文系学生的论文，而且是五十年代中文系学生的论文。他引用的文艺理论都是过时的。我们当时拿他的一个注释较真，讽刺他弄了一大堆"鸡"吓人，其实已经看出他论文的问题了。

谈到送礼，苏葆桢教授就来气。苏葆桢教授说他半夜来给我送礼，放进了八个蚊子，我和老伴整整打了一夜的蚊子，你说让不让人生气。关于蚊子苏葆桢教授整整和我们谈了半个小时，这和我们的关注点完全不同。在苏葆桢教授看来，好像送礼是可以理解的，关键是你半夜来送礼，给他送进了无孔不入的蚊子。蚊子要比送礼的事讨厌多了。

师兄的论文过不了也不是大事，反正他要继续读博士，硕士论文下学期再过也没什么了不起。

14

师弟那天请我们吃过大龙虾后就再没有回宿舍住过。据说师弟和钟情在校外租了房子，过起了两个人的好日子。师弟不回来对师兄来说未尝不是一件好事，正所谓眼不见心不烦。可是，就要毕业了，师弟成了律师，二师弟考上了公务员，他们都要离校的。同学几年怎么着也该在一起吃顿散伙饭吧。

为了使气氛热烈些，不至于让师兄和师弟见了面尴尬，我和二师弟商量干脆把师姐柳条和她妹妹柳絮都叫来，把钟情同宿舍的几位女生邸颖、圆圆也都叫上，多一个女生多一个声音，大家一闹腾也就好了。为了这告别的聚会我和二师弟算是费了心了。

那天的聚会是男生少女生多，男生就我们兄弟四个，女生却有六个，除了钟情、邸颖、圆圆、柳条和柳絮姊妹俩外，师兄意外地将刘曦曦请来了。师兄请刘曦曦来吃同学的散伙饭让我们大感意外，因为师兄在这之前根本没有给我们透过口风。

师兄请刘曦曦来的目的是显而易见的，他无法面对师弟，面对钟情，他更无法面对自己的失败，他要找个人充面子，找自尊，这样看来刘曦曦就是一个不错的人选了。论长相刘曦曦一点也不比钟情差，钟情虽然漂亮、纯情但却没有刘曦曦成熟、性感，也没有刘曦曦打扮得时髦。我们在学校见多了钟情这样的纯情女生，但却少见刘曦曦这样的性感姑娘。当刘曦曦和钟情坐在同一个饭桌上时，刘曦曦立刻吸引了我们的目光。关键是刘曦曦坐在师兄身边还做小鸟依人状,在整个吃饭的过程中刘曦曦还经常给师兄夹菜,还替师兄喝酒,这让人看了眼热。也就是说师兄和刘曦曦的关系不一般了,这不一般的关系从什么时候开始的,我们就不得而知了。

那天晚上师兄和刘曦曦成了我们的中心,我们把各种复杂的目光都投向他们,这让师兄很受用。在酒饱饭足之后,有人提议玩"杀人游戏"。几个女生显得特别激动,说毕业聚会上玩杀人游戏,可以测试一下相互之间的远、近、亲、疏和恩、怨、情、仇。我们一听玩杀人游戏有如此神奇的功效,就参加了。

在酒精的作用下大家基本上已经到了癫狂状态,柳条的妹妹柳絮向服务员喊:"扑克,扑克,拿扑克。"服务员听到喊声把扑克送来了。柳絮接过扑克,拿出来了10张牌。柳絮说:"这10张牌有大王一张,摸到大王者为法官;有黑桃皇后一张,谁摸到了黑桃皇后就是杀手;其他8张牌2张红桃是警察,6张梅花是游客。"

柳絮起身当着大家的面开始洗牌,柳絮洗过牌后围着大家走了一圈,让大家自由抽牌。在抽牌的过程中柳絮提醒我们都保存好自己的底牌,只有法官亮底牌。结果柳絮手中剩下的牌正是大王。柳絮说:"我是法官,杀手赢了每人喝三杯,杀手输了杀手喝三杯。好,大家闭上眼睛,杀人开始。"在柳絮的命令下大家都闭上了眼睛,柳絮说抽到黑桃皇后的杀手睁开眼睛,其他人不能睁开眼睛,谁睁开眼睛罚酒一杯。结果,我便把眼睛睁开了,因为我抽到了黑桃皇后,我就成了杀手。我向柳絮抛了个媚眼,用食指和大拇指比划成手枪状,把枪口指向了师姐柳条,一枪把柳条毙了。我把师姐毙了就是觉得好玩,师姐是大家都尊重的人,毙了她大家很难判断出谁是杀手。

柳絮见我杀过人了,就说:"杀人结束,大家睁开眼睛。"所有的人都睁开了眼睛。柳絮又说:"我宣布柳条被杀,柳条可以留下遗言,你认为是谁杀了你,并说明理由。"柳条望望大家,笑了。柳条说:"这谁呀,这么恨我,先把我毙了。"柳条首先把目光投向了师弟,师弟将钟情搂了搂,把目光移开了。我知道柳条也许认为是师弟杀了她,因为柳条就师弟抢走师兄的女朋友公开批评过师弟,师弟很恼火。

柳条磨蹭了半天也没说话,柳絮便催了,让柳条快点。柳条最后看看师兄姚从新说:"我认为杀我者是姚从新。"师兄问为什么我要杀你?柳条说,你曾经对我在校外和男朋友租房同居提出过批评,说当师姐的这样影响不好。当时我没理你,说你干涉我的私生活。为此,你心中可能对我有气,所以先杀了我。

哈哈——大家都笑了,笑得师姐柳条脸有些红。师兄说:"我不是杀手。你看你,你这是自爆猛料,其实在座的除了我谁也不知道你和男朋友在校外租房同居。你虽然和男朋友同居,但罪不该死。况且你已经是响应党和国家的号召晚婚晚育了,你和男朋友同居是合理的。"

大家听师兄这样说,都望着柳条笑。柳絮说,姐你真是自爆隐私。柳絮问姚从新,你不承认自己是杀手,那谁是杀手?师兄说,"我认为杀手是……"师兄也把目光投向了师弟,可是师兄没有指证师弟,师兄却指证了我。师兄说我是杀手,这让我没想到,当然师兄的指证是正确的,但是他指证的理由却让人不可信。师兄说,师姐在我们之间很有威信,老二不服,把师姐杀了,老二想夺权。

我狡辩说:我不是杀手,我一点都不想夺权,因为在同学们中间当领导没有任何好处,也不能搞腐败。我说杀手是林小牧,林小牧说杀手应该是梁冰,梁冰说我不会杀师姐,我也说不清楚谁会杀师姐。最后大家都说不清楚谁会杀师姐,在表决后,没想到圆圆被冤枉死了,我过了第一关。圆圆被冤死了,大家都笑圆圆,说圆圆今天打扮得太漂亮,还戴了一个贝雷帽,有点美蒋女特务的感觉，像杀手。柳絮说："杀死了柳条，冤死了圆圆，杀手赢了第一个回合。现在除了柳条和圆圆和我这位法官外，其他人罚酒一杯。"

圆圆说："冤枉好人，该罚！来，我陪一杯。"圆圆这是欠酒了，自己想喝，圆圆也是海量。圆圆喝了一杯酒还喊着："我比窦娥还冤，我比窦娥还冤呀。"

柳絮说："现在开始第二轮。现在大家闭上眼睛，杀人开始。"我又用手食指和大拇指比划成手枪状，把枪口指向了刘曦曦，把刘曦曦毙了。

大家在柳絮的要求下都睁开了眼睛。这时，柳条的手机响，柳条起身去接电话。柳絮说，柳条已经被杀，淘汰出局了，可以接电话，第二轮被杀的是刘曦曦。刘曦曦你可以留下遗言，你认为是谁杀了你，并说明理由。刘曦曦绝望地望望我，向我求救，好像她真的已经被杀了似的。刘曦曦问我："你认为谁是杀手？"法官柳絮说话了，柳絮说你要自己判断，不能问人家。刘曦曦看了一圈居然说我是杀手。我问刘曦曦为什么认为我是杀手？刘曦曦说因为我坐她身边，现在大家都喝多了，枪法不准，杀坐在身边的人能达到一枪毙命的效果。

我说杀手应该是邱颖。我的理由是："邱颖和师兄在一个床上睡过一夜，居然没有发生过任何事情，邱颖恨师兄，当然就更恨师兄身边的女人，所以要杀了取而代之。"我这样说主要是想活跃一下现场气氛，顺便也挑拨一下师兄和刘曦曦的关系。刘曦曦在师兄身边情意绵绵的，这样下去不行，师兄虽然是在做秀，但喝了酒，在得意忘形中会出事的。

我这话一说，惹得大家哄堂大笑，邱颖都笑歪了。没想到我的指证在师兄和刘曦曦那里没有产生预期的效果，师兄和刘曦曦不但没有产生内战还更团结了。刘曦曦只在师兄的鼻子上刮了一下，不知道是惩罚还算是奖赏。邱颖那小蹄子却十分得意，邱颖

"性"致勃勃地反问我："你怎么知道我和老大一夜无事？有事也不让你知道呀。我怎么舍得杀老大的人呢，一夜夫妻百日恩呀！"

哈哈——大家又笑。邸颖这样说，师兄却不干了，师兄说："邸颖我们可真没发生什么事呀，你这样乱说我将来怎么对得起女朋友。"邸颖说，师兄你也太不给我面子了，我都和你睡过了你还要找别的女朋友，我恨你、恨你、恨你。

我说："大家都听到了，邸颖杀师兄的心都有了。师兄不承认和邸颖的一夜情是因为刘曦曦，所以邸颖就把师兄身边的女人杀了，邸颖肯定是杀手。"

邸颖说："好，好，我承认我是杀手！但是，师兄身边的女人不是我杀的，我要杀肯定杀老二，因为老二冤枉我。"

我说，邸颖承认了是自己是杀手，这又说明她不是真正的杀手了，这是在混水摸鱼，是杀手的窝藏者。我收回我的指控，杀手是谁呢。我认为是梁冰，据我说知，梁冰和老大是情敌，因为他们都爱上了刘曦曦。梁冰眼见得不到刘曦曦，干脆把刘曦曦杀了，让老大也得不到。

哈哈——全场哗然。柳絮望望大家，问真的假的？我说，这不是游戏嘛，真亦假来假亦真。我明明知道姚从新和林小牧是情敌，却偏偏说是梁冰和师兄是情敌。世上的事情就是这样，越是挂在人们嘴上的所谓真实，离真实越远。

二师弟梁冰说："我也同意是情杀，杀人者是老二，因为他也爱上了老大，老二和老大是'断背'，是同性恋。刘曦曦对老大好，老二不杀刘曦曦才怪。"哈哈——大家都笑疯了。我说，梁冰你小子真会乱点鸳鸯谱。

临到钟情说话了，大家望望钟情一下沉默了下来。钟情说，不是情杀，这世界上哪来那么多情杀，有谁还会为了爱情杀人。我认为是争宠，杀人者是梁冰。因为在几年的研究生生活中，梁冰在四个人中最小,也最受宠,现在师兄们都要找女朋友了,找了女朋友师兄们肯定要宠女朋友,所以小师弟要杀几位师兄的女朋友,如果这一轮让他逃脱,下一个肯定是我。

梁冰说:"杀刘曦曦的不是我,要杀我也杀林小牧,因为他抢走了我的梦中情人。"

哇!大家一下就炸了,笑得钟情不好意思了。林小牧也笑了,笑得十分开心。

柳絮说:"好,现在举手表决,除了被杀的柳条、刘曦曦,被冤枉死的圆圆和我这位法官,还有六个人,在你们六个人中逐个表决,谁得票多谁是杀手,如果得票多的又不是杀手,那就又被冤死了。"

大家表决过后,这次梁冰被冤死了。柳絮说:"杀手又赢一局。现在还剩下林小牧、钟情、邱颖、大师兄、二师兄五个人。在你们中间有一个是杀手。这一轮再让杀手逍遥法外,杀手就赢了。除杀手和法官外,全体罚酒三杯。"邱颖问:"为什么这一轮杀手就能赢,我们还有五个人呢?"柳絮说:"这一轮如果杀手过去了,就意味着杀了一个,又冤死了一个,还有三个人。在三个人中有一个是杀手,下一轮杀手肯定还要杀一个,还剩下两个人,两个人中一个杀手一个游客,表决是一对一,杀手赢。"

师弟林小牧艰难地喝了一杯罚酒,大着舌头说,还不如被杀呢,这酒实在喝不下去了。我知道师弟的酒量,他是三杯倒,今天坚持到现在已经不容易了。师弟喝过酒摩拳擦掌的,说这一轮坚决不能让杀手过了,杀手过了要喝三杯,我肯定醉。大家都笑林小牧,说林小牧喝酒还不如女生。

柳絮说:"现在开始第三轮。现在大家闭上眼睛。"

我用食指和大拇指又比划成手枪状,把枪口指向了师弟林小牧,一枪把师弟林小牧毙了。师弟在钟情的陪伴下有些太得意了,我实在看不惯,不杀他杀谁。柳絮说:"好,杀人结束,大家睁开眼睛。"

所有的人都睁开了眼睛。柳絮说："被杀的是林小牧。林小牧可以留下遗言，你认为是谁杀了你，并说明理由。"师弟四处看看说，这杀手怎么这么狡猾呀！都是都不是的。让我垂死挣扎一会，让我想想，先让他们说。大家笑。柳絮说："好，让林小牧多活会儿，杀手也累了，枪法不准了。"邱颖说："我认为杀手是钟情。"钟情问："怎么可能是我，为什么？"

邱颖说："因为林小牧管你太严，你想杀夫再嫁。"哈哈——大家被邱颖的话逗疯了，哄堂大笑。钟情说，你们把我冤死了，就等着罚酒吧。

师弟林小牧艰难地抬起头，说我还有最后一口气，让我说吧！师弟望望师兄欲言又止，很显然师弟肯定怀疑是师兄，可是师弟又不好意思指证师兄。师弟林小牧说话的声音突然有些哽咽。师弟说，"人之将死其言也善"，我该死，因为我对不起师兄呀。师兄你该杀我，该杀我呀！

师弟这样说，钟情脸上有些挂不住了，说："林小牧，你是不是后悔了，你后悔了还来得及，我无所谓。"师弟瞪着红红的眼睛说："女人就是祸水，害得我们师兄弟反目成仇。"

我说，林小牧你醉了，说什么酒话呢，现在只是做游戏。林小牧望着师兄说："老大我对不起你呀，这事一直压在我的心上，我难受呀！今天你杀了我，杀得好。"师兄急了，把自己的底牌一亮说："林小牧，你看，我不是杀手，我没有杀你！"师弟林小牧看了师兄的底牌无言以对，他四处看看，嘴里嘟囔着说："这世界太复杂，难道还有比师兄更恨我的人，不知道谁要杀我，谁要杀我？"师弟林小牧说着趴在那里睡着了，钟情却站起来就走。我连忙举起手来说，"我自首，我是杀手，我自罚三杯。我和所有被杀的人都没有任何恩怨情仇，我只是玩游戏，没想到师弟这么当真。"

师姐柳条去拦钟情却没有拦住，柳条只有让钟情走了。柳条回来说："好了，这杀人游戏到此结束。大家分手在即，不要搞得心中不痛快。"师姐举起了杯，说："我提议，为了我们的未来干杯！"

　　我看看师弟，他趴在那里不省人事。我又望望师兄，见师兄也坐在那里发愣。刘曦曦一手端了一杯酒说，最后一杯我替姚从新喝了，他不能再喝了，再喝也会醉的。师兄说你得了吧，我看你是喝醉了。刘曦曦把手中的酒都喝了，说我愿意为你而醉。

　　大家散场的时候，师兄要去送刘曦曦，我说师兄你喝酒了不能开车，师兄却说我还早呢，刘曦曦已经基本醉了，我不送，她开车真会出事的。我说，你送她在路上不出事，你就不怕到她家出事，酒壮色胆呀。师兄说，还有什么怕的，该出的都出了。我和二师弟听师兄这样说也就不吭声了，原来师兄已经和刘曦曦出过事了。据后来师兄给我交待他和刘曦曦出事是在吃了钟情药的第二天。

15

　　吃过所谓钟情药的师兄第二天的确有些不正常。他总是含情脉脉地盯着一个地方看，像个傻瓜。二师弟曾担心地问我，师兄会不会成为花痴？我说怎么可能，那钟情药明明让我倒进下水道换成了盐。二师弟说那师兄的举止怎么不对头呀！我说别理他，他是吃错药了装疯。让他装吧，一个失恋者是有权利装疯的，况且他又自认为吃了钟情药的，不钟情几天也说不过去。晚上，我们出门的时候师兄意外地接到了刘曦曦的短信。

　　刘曦曦：最近在忙什么？

　　师兄：什么也没忙，为情所困。

　　刘曦曦：哈哈，去你的。需要解困吗？

　　师兄：怎么解？

　　刘曦曦：我有办法。

　　师兄：我是吃了钟情药的，难道你有解药。

　　刘曦曦：我有解药你吃吗？

　　师兄：你那解药主要是解精神之困还是肉体之困？

　　刘曦曦：肉体和灵魂是不可分割的，肉体伴随着灵魂，要解一起解。

　　师兄：你那是什么灵丹妙药？

　　刘曦曦：我是中西医结合。

　　师兄：那我去一趟。

刘曦曦：欢迎来治病。

就这样师兄真的去了刘曦曦家。毫无疑问刘曦曦这包解药的确能解师兄的钟情药之毒，师兄直奔欲望而去。师兄苦心经营的道德之塔，被善于挖墙角的师弟挖空了。师兄觉得压在自己心上的雷锋塔倒了，心中空落落的。一路上师兄觉得身轻如燕，没有坚守和禁忌的感觉让师兄十分轻松。师兄突然觉得坚守是可笑的，为什么坚守，为谁坚守？自己守住的一个女人，却被师弟得到了，自己难道是为师弟坚守的。去他妈的，老子也该尝尝女人的滋味了。刘曦曦是个好女人呀，虽然不是妻子的合适人选，但却是一个情人的最佳人选。师兄想象着和刘曦曦见面的各种情景。但是有一种情景在师兄脑海里盘旋多时：刘曦曦给自己打开门，两人四目相对仿佛久别重逢的情人。这种相望大略十秒钟，也就是火箭升空的最后读秒。从"十"开始读，数到"一"的时候两个人紧紧地拥抱在了一起，然后进行热烈的长吻……

师兄激情澎湃地敲响了刘曦曦的门，可是一连敲了几遍都没有刘曦曦的声音。师兄掏出手机给刘曦曦打电话，师兄说我在门口，你怎么不给我开门。刘曦曦说你好快呀，我在公司还没忙完呢，你可以先进屋，钥匙在门口防滑垫底下。师兄说这样不好吧。刘曦曦说我对你不设防。师兄打开了门把刚才的激情强压了下去。

师兄坐在沙发上开始胡乱翻着堆在沙发上的报刊。这时，师兄被刘曦曦的那本粉红色的笔记本吸引了。这笔记本师兄经常看到刘曦曦在听方正先生讲座时拿在手里，刘曦曦都记了什么呢？师兄随便翻开笔记本，发现是对方正先生第二次讲座的记录。这次讲座刚好是师兄陪着去的，让师兄感兴趣的是刘曦曦对方正先生答员工问的评述。在笔记阅读中师兄还意外地发现了刘曦曦对自己的评价。以下是刘曦曦笔记的部分内容，摘抄如下：

第二次讲座员工提问：一个人挣多少钱才够？

（刘曦曦评述：这个问题引来了哄堂大笑。这个问题在我看来提得愚蠢而又实在，我当时真不知道方正先生怎么回答这个问题。方正先生的大弟子坐在我身边，用鼻子哼了一下，做不屑一顾状。你有什么了不起，你对员工的提问不屑一顾，我还对你不屑一顾呢！）

师兄看了刘曦曦对自己的议论笑了，师兄想想当时自己并没有不屑一顾呀。

　　方正先生："在回答你这个问题之前，我们首先要探讨一下，人生追求的是什么？"

　　（刘曦曦评述：方正先生喝了一口水，我脑子里迅速在为方正先生找词。姚从新在下边接方正先生的话茬：追求的应该是自由。）

　　方正先生："人生追求的是自由。"

　　（刘曦曦评述：算你蒙对了。这不算什么本事，你是方正先生的弟子，对于他的观点都了然在胸了。）

师兄捧着笔记本自言自语地说，这可不是我蒙的，这是常识。

　　方正先生："人们追求的是可以自由地自我选择和自我安排，这是人性决定的。人们选择自由的空间越大，这个社会也就越进步。但是，这种自由并不是自由得一无所有，是靠经济实力的。一个人富有的标志是你自我选择的空间有多大？当然是越富有，自我选择的空间就越大。在中国有500万人民币就能基本实现了自我选择，一个人资产达到2000万人民币以上就完全实现了自我选择。也就是说有500万就基本够花，有2000万就完全够花了。"

　　（刘曦曦评述：方正先生这个数字一说出口，全场就开始交头接耳起来。我不由笑了，这个数字有意思，怎么来的？姚从新坐在我身边也笑了，看样子他也是第一次听到方正先生开出的数字。姚从新笑着时不时望望我，这让我不踏实，因为姚从新是靠在椅子上的，我是趴在桌子上的，姚从新的目光落在我的耳台上，有一种灼热感，我不由用手摸了摸耳台，因为那可是我的敏感区。说来也怪，方正先生的四个弟子唯有这个大师哥让人不放心，心里对他有一种敬畏，有点怕怕，总觉得他很难控制，越怕他却又越想见他，见了他心中又十分慌张。大师哥身上有一种正气，怕又想靠近。相比来说林小牧身上却有一种邪气，嘴忒贫，好玩，可是对我却没有杀伤力，骗小女孩还差不多。)

师兄苦笑了一下，心想我身上有股正气，这正气有什么用，女朋友还不是被林小牧抢走了，正不压邪呀。这世界都正不压邪了，还有什么希望。师兄认为自己在方正先生讲座时看刘曦曦完全是下意识的。也许是看看刘曦曦对方正先生回答问题的反应。一个美女坐在身边，香气扑鼻的，你能不看她嘛！看她可没有她感觉的那么具体，师兄认为看的是刘曦曦的整个人，根本没注意到她的耳台。哈哈，师兄笑了，耳台是她的敏感区，知道了这一点，对刘曦曦可是致命的。师兄没想到自己的目光有这样的杀伤力。

  方正先生："人的消费有五项重要的指标，房子、车子、教育、旅游、健康。一个三口之家，请一个保姆，父母有时间来住住，买一套四室两厅或者更大点的房子够住了吧！在中国这样一套房子加内部装修、家电、家具200万够了，花50万买一部中高档车子，孩子教育花50万，旅游准备100万，健康保险50万，另外50万可以做家庭基金。所以我说在中国有500万人民币就基本够了，达到2000万人民币以上就完全够了。"

（刘曦曦评述：唉，我什么时候才能挣500万哟，就更别说2000万了。想想真让人气馁。看样子只有找一个好男人了。身边的这位怎么样？这是现成的。听说他还要读博士，嘻嘻……不知道这位未来博士将来能不能挣到500万。）

师兄看到这里有些踌躇满志地想，这辈子挣500万应该没问题吧，提高证券市场也就是一两年的事。虽说现在股市还在下探，但是牛市已经不远了。现在大家都在谈论股改，谈论全流通，只要中国股市真正全流通了，中国股市将牛气冲天，而我将在这个过程中赚个盆满钵满的。500万算什么，5000万都有可能。关键是在全流通政策出台前股指到底会跌到什么位置，有人说会跌破千点，果然要跌破千点的话，那我会把全部资金都投进去。

方正先生："我们衡量一个国家是发达国家还是发展中国家并不是看国力，而是看居民的自我选择程度，我们衡量一个人成功的标志，不是看你整天吃了什么，是看你在这个社会上自我选择的空间有多大。"

（刘曦曦评述：对我来说就根本没有自我选择的空间，我当然不想给人家当秘书，可是事到如今又有什么办法？姚从新他们每次见到我和黄总在一起眼神都是怪怪的，他们肯定认为我是黄总的小蜜。小蜜是什么？小蜜应该是泡在蜜罐里的，而我的苦又有谁知道？）

师兄叹了口气，说看来小蜜也是不好当的呀。

方正先生："最近出现了一种年轻退休现象，三十五岁就退休了。这就是一种自我选择。为什么三十五岁退休呢？因为他可以不干了。他们是较早富有的一代。"

（刘曦曦在笔记上喊：我要退休，我要退休，天天睡懒觉，我太累了，天天加班，早出晚归。虽说加班费还挺可观,可是挣这钱干什么,连逛街的时间都没有了。)

师兄感叹,唉,白领是很多人羡慕的群体,可是白领也实在累呀,天天要打卡上班,有时周末还要加班。刘曦曦想退休我能理解。

方正先生:"我们现在的社会比较稳定,是因为自我选择的空间大了,体制内不要了,体制外还有人要我。社会现在越来越强调个人的力量。要使人家用我,就必须有能力供别人使用,使自己的能力被开发。这是人的最大的财富。比方现在歌星,一出场就要两万,有人心理就不平衡了。有本事你也去唱,你去唱不但没人给钱,还要花钱,唱卡拉OK不花钱吗?"

(刘曦曦评述:有了自身的潜能,同时自我选择的空间又很大,这个人就是成功的。从这个意义上来说,我离成功还远呢。)

师兄不认为女人成功有什么好。成了女强人怎么办?要为女人找一条既能成功也不要成为女强人的途径。女强人当然不可爱。歌星的收入高,歌星的投入也高呀,从学唱到包装要花多少钱呀!就如国家规定学历越高工资也越高一样,因为学历高了,个人在教育方面的投资当然也就高了,那么他要求的回报当然也应该高些。

方正先生:"在这个社会上有人为赚钱而赚钱,把赚钱当成事业成功的标志;有人赚钱是为了消费,为了自己生活更好。这是两种人。实际上社会的进步就是这两种人推动的。人富了之后实际上是在为社会做贡献了。富人自我消费是有限的。消费受到自己生理的约束的。一个人能吃多少,吃得太好会生病的。一个人每周最多吃龙虾两只,超过两只就会得脂肪肝。"

（刘曦曦评述：方正先生的回答让我叹服。方正先生这是在安慰没有钱的人，对没有钱的人来说，挣钱是为了自己，对有钱的人来说挣钱是为社会。我喜欢吃龙虾，我喜欢吃龙虾，一天两只不可能，一月吃一只谁请我。我口水下来了。我回头看看发现姚从新又在看我，我有什么好看的，秀色可餐，总没有龙虾好吃吧。你那么喜欢看我，那你请我吃龙虾呀！）

　　师兄笑，刘曦曦真够馋的，想吃龙虾我可请不起。龙虾我请不起，秀色我请得起，请自己吃。师兄不知不觉就想歪了。

　　方正先生："所谓的自我选择退休不是说脱离了社会就完了，可以搞一些慈善事业，可以无偿地帮助别人，无偿地帮助别人也是一种享受，这种享受属于充分的自我选择之列。"

　　（刘曦曦评述：谁无偿地帮我，我让你享受。哈哈。）

　　师兄看到刘曦曦的这句话心中怦怦直跳。这个刘曦曦说话一点都不注意，你想让谁享受，怎么享受，师兄简直不敢想下去。

　　这时，师兄听到了开门声，师兄连忙把笔记本塞进沙发上的报刊堆里。刘曦曦开门进来，好像老婆回来跟老公打招呼。这种打招呼的方式在很多电视剧中都有。师兄知道刘曦曦是在找这种感觉，师兄紧闭双眼不理她。刘曦曦进门见师兄躺在沙发上就"咦"了一声，自言自语地说：睡着了。刘曦曦走近师兄，师兄已经感觉到她的呼吸和她身上的香水味。这时，师兄心中的冲动像洪水一样，师兄有些担心控制不了自己。这时，刘曦曦用手揪了一下师兄的耳朵，师兄一下就跳了起来。

　　啊！刘曦曦吓了一跳，说你是装睡吧。师兄起身，说哪怕是我睡死过去，如果有人揪我的耳朵我也会醒来。

　　真的？你的耳朵是你的敏感区？师兄笑了，说我的耳朵是敏感区，但敏感区和敏感区不一样。我最怕人揪我耳朵了，因为我童年最伤心的记忆就是被舅舅揪耳朵。在我童年的时候，我一调皮，我的舅舅就揪我耳朵。我舅舅揪我耳朵不但很疼而且让我十分屈辱。舅舅揪着我耳朵要从村口走进家门，全村的孩子都会跟着看。长期以来我的耳朵都是乌紫着有伤疤。我曾经发誓长大后把舅舅的耳朵割掉报我童年之仇。

哇！刘曦曦惊讶地说，那将来我再也不敢揪你耳朵了。否则你把我的耳朵割了，我就成性冷淡了。

什么？师兄以为自己的耳朵出了毛病。刘曦曦连忙说没什么，没什么。师兄问刘曦曦怎么现在才回来，刘曦曦说本来早该回来了，都急死了，你想谁不急。刘曦曦嘻嘻嘻笑着望望师兄说，我金屋藏娇，公司却让我加班，太不人道了。师兄说，你经常金屋藏娇吧。刘曦曦说，没有啦，这是第一次。师兄问，你们公司最近忙什么呢？刘曦曦说，还能忙什么，忙上市呗。

什么？师兄问，你们公司要上市了？刘曦曦连忙把话题引开，说都回家了，还谈公司的事，没劲。刘曦曦说着从衣柜里拿出了睡衣，说你看会儿电视吧，我洗个澡。

刘曦曦走进盥洗间，一会儿水流的声音就把整个房间浸透了。师兄哪有心情看电视，望着盥洗间刘曦曦的影子浮想联翩。

16

刘曦曦从盥洗间出来的时候穿着一件肉色的丝绸睡裙,看起来很性感。那睡裙光滑沉坠,将刘曦曦的乳房一下就凸显了出来。刘曦曦一身热气地走到师兄面前,身上还散发着香气因子,刘曦曦说,对不起让你久等了。师兄说,没多久。刘曦曦给师兄倒了一杯红酒,端着杯子就要和师兄碰。师兄说,又喝呀!刘曦曦笑笑说,你不是来找解药的吗?这不是酒,这是解药。师兄笑笑一口喝了,说要是这么简单就好了。刘曦曦说,其实事情本来就那么简单,只不过有些事是人为地弄复杂了。比方说,男女之间的事,其实很简单,就那点事。师兄笑笑,说男女之间的事可不简单。刘曦曦笑着把酒杯放下了,一只手轻轻地搭在师兄肩上,然后把脸凑近了,含情脉脉地用前额碰了下师兄的鼻子,然后又在师兄的嘴唇上轻吻了一下,说:"就这么简单。"

师兄腾的一下就燃烧了起来,就像汽油遇到了火星。师兄顺势抱住了刘曦曦,然后一下含住了刘曦曦的耳台。刘曦曦"哦"地一声不行了,有些软,顺势倒在床上。师兄压在刘曦曦身上,手忙脚乱地在刘曦曦身上四处寻觅。刘曦曦翻身起来骑在师兄身上,说,是你中毒还是我中毒呀,你不是来求解药的吗?要想解毒就别乱动,听我的。师兄说,刚才解药不是已经喝了吗?刘曦曦说,那是西药,我不是说中西医结合嘛,现在该中医了。师兄说,中医怎么医呀?刘曦曦说,你就老实当个病人吧。刘曦曦说着开始脱师兄的衣服。

师兄觉得有些紧张，师兄说还是我自己来吧。刘曦曦说，你别动，刘曦曦将师兄慢慢地脱了个干净。师兄当然害羞了，把眼睛闭上了。师兄感觉到刘曦曦的手像鱼一样在自己身上任意游弋和滑行，刘曦曦的手不轻不重的，像按摩又像抚摸，像掐又像揪，从师兄的鼻尖出发，通过嘴唇、下颚、颈项、胸、小腹下去……就在师兄极为紧张的时候，刘曦曦却不碰师兄的下面，那里就像杂草纵横的浅滩，是一处坚硬无比的暗礁，鱼儿开始绕行，小心翼翼地顺着大腿一直到脚尖。师兄觉得自己一下就漂了起来，全身彻底放松了，舒服、舒坦、舒心。刘曦曦开始是用手，然后是用身体，她赤裸着身体贴在师兄的身上，用一对乳房代替了手，那乳房柔软地，温暖地在师兄身上飞过，鱼变成了会飞的蜻蜓。刘曦曦的一对乳房开始是在师兄的嘴边蜻蜓点水的停顿，师兄恨不能把自己变成一个青蛙，几次都张开了嘴想把那蜻蜓一口吃了，只是蜻蜓实在是太灵巧，到了嘴边又飞走了。蜻蜓从师兄的嘴边飞过，在师兄的胸口停留了好久，然后才向下飞去。这次蜻蜓没有绕过师兄杂乱无章的草滩和坚硬无比的暗礁，蜻蜓在草滩上停下了，在暗礁上磨牙。

师兄开始喘息，开始扭动身躯，开始挣扎，师兄觉得自己干燥得要着火了，就像戈壁滩上干枯的死树。就在师兄无法忍受的时候，师兄被引进了一处陷阱，师兄突然就陷了进去，这吓了师兄一跳。师兄觉得真正走进了人生的目标，那里不再干燥，湿润而又温暖，光滑而又细腻。师兄听到刘曦曦也惊叫了一声，几乎全身失去了力量。刘曦曦趴在师兄的身上，抱紧了然后翻了个身。师兄从深渊中浮出了水面，一下有了力量，那力量无穷无尽地从四面八方而来，在师兄的体内聚集，集中在师兄身体的某一处，师兄凭借着那股力量向前奔驰，奔向那辽阔的天边……就在要到达天边的时候，师兄无法驾驭了，师兄摔了个人仰马翻，摔倒在充满了汗水的床上。

师兄和刘曦曦激烈运动后大汗淋漓地躺在床上。这时四处安静极了，就像世界停止了运动。刘曦曦在师兄怀里长长地吁了口气，说我终于变成一个女人。师兄嘲笑她说，你过去好像不是女人似的。刘曦曦很神秘地说，从某种意义上我过去是女孩还不是女人。师兄说你这是什么意思嘛，装处。刘曦曦说我可不是装处，我真是第一次。师兄哈哈笑了，说你难道和黄总没有。刘曦曦说："我和黄总还真没有。"

师兄问："为什么？难道他怕老婆，有贼心没贼胆？"

刘曦曦说："他没老婆，有贼心也有贼胆，可是贼没了。"

"什么？"师兄不懂。

"黄总的'贼'被狗吃了。"刘曦曦这么一说，师兄哈哈大笑起来，世界上还有这样的事。刘曦曦说黄总当过知青，他和同伴去偷老乡家的鸡，被狗把贼咬掉了。

真的……师兄说你这么有经验，怎么会没性经验？刘曦曦说，我没说自己没性经验，我是说没和一个正常男人有正常的性经验。

师兄好奇地问，那非正常的性经验是什么？刘曦曦说，现在性用品太多了，男的女的都有。这在古代都有了。那黄总就在你身上用性用品代替自己？刘曦曦无语。师兄叹了口气说，黄总挣这么多钱干什么，他就像过去的太监。虽然衣食无忧，可是却不能过正常男人的生活。听说过去有钱的太监也是三妻四妾的，这太监也真傻，他娶那么多女人不更痛苦吗，有女人在身边会时时提醒他没有性能力，那种痛苦就时刻缠绕着他。无论他怎么着，最终他什么也干不成。刘曦曦说这不是太监的不幸，这是女人的不幸。

刘曦曦说，我大学毕业就到了黄总的公司，他很喜欢我。他喜欢我却没有能力，如果有哪个男人靠我太近，他又会吃醋。在公司没有男人敢接近我。师兄说你真的很不幸，你看你过的啥日子呀。刘曦曦说，你无法想象我和黄总在一起有多么痛苦。

师兄的心抽搐了一下，不由将她抱紧了。刘曦曦把头枕在师兄的胸上，目光柔软地望着台灯的光芒，说，所以，我要感谢你，你解救了我，你成了我第一个男人。师兄说你和我上床了，要是让黄总知道了怎么办？刘曦曦说，他知道了会高兴死的。

"啊，为什么？"

"是黄总让我把你搞定的。"

师兄沉了沉，把我搞定有什么用？刘曦曦神秘地望望师兄，不语。师兄说，搞了半天你是把我当成任务来完成的。刘曦曦回答，开始是，后来就不是了。后来我有了自己的打算，我要为自己将来打算。

师兄有些感动，说我将来会对你好的。刘曦曦用力抱了一下师兄，眼睛里沁出泪来。开始刘曦曦的眼睛里只是有雾，那雾渐渐生成水珠，水珠开始很小，像无数的碎玻璃，那无数的碎玻璃聚集在一起变成了一颗大的像珍珠般的水珠。刘曦曦的眼帘无法承受那么大一颗泪水的重量，泪水便"吧嗒"一下落在了师兄的胸前。师兄望望胸前的泪水却不敢擦。

师兄问刘曦曦黄总为什么让你把我搞定？刘曦曦笑笑，说将来就知道了。

第二天，当师兄睁开眼时，刘曦曦已经上班去了。刘曦曦临走时给师兄留了纸条，让师兄把防滑垫下的钥匙带在身上，刘曦曦说我有忘带钥匙的习惯，所以在防滑垫下放一把，现在有了你，我就不怕忘带钥匙了，你可以随叫随到的。

刘曦曦就这样用一把钥匙把师兄拴住了。在师兄读博士的第一个学期里，刘曦曦会随时打电话给师兄说自己没带钥匙，师兄不得不去。我曾经对师兄说，我不相信刘曦曦会这么频繁的忘带钥匙，这只是一个借口。师兄笑笑说，我喜欢这借口。师兄这样说我就没办法了。本来研究生时四个人住嫌吵，博士两个人住却嫌清静了，师兄又经常住在刘曦曦处，我就成了独守空房者。这种情况一直延续到2004年的11月份。

在一个安静的夜里，师兄那天正在搞他的关于"中国证券市场的全流通问题"的学术研究，刘曦曦突然打来电话。刘曦曦在电话中说："老公，我又忘带钥匙了。"这时，师兄不好意思地放下电话对我说："曦曦她没带钥匙。"我说："师兄你去吧，你就是曦曦真正的钥匙。"师兄嘿嘿笑着就去了。

一般情况下，刘曦曦会站在门前等着师兄到来，表示真忘了钥匙了。不过这时的师兄已经不关心刘曦曦带还是没带钥匙了，师兄一只手搂住刘曦曦，一只手去开门。两人进了屋，刘曦曦会双手勾住师兄的脖子，双腿夹住师兄的腰，然后说："老公我想死你了。"可是，当师兄最近一次去刘曦曦家时，刘曦曦并没有在门口等着，这是少有的现象，这不符合他们俩的游戏规则。师兄独自在门口站了会儿给刘曦曦打了电话，刘曦曦说她在等待着一个重大的消息，暂时回不来，刘曦曦让师兄先进屋。师兄问什么消息？刘曦曦说这决定了他们公司的未来，也决定着她的未来，回去告诉你。师兄觉得刘曦曦好笑，总喜欢搞得一惊一乍的。师兄开门进屋一眼就看到了沙发上的粉红色笔记本，师兄知道有打发时间的了。师兄这是第二次翻开刘曦曦的笔记本，师兄看到的是第七次的讲座笔记。

第七次讲座的员工提问："挣了钱花不完怎么办？"

（刘曦曦评述：瞎提问，还没有钱呢就开始担心钱花不完。等你挣够了钱再提这个问题也不晚。这次讲座又是方正先生的大弟子陪，我喜欢他陪方正先生来讲座。我对其他几个弟子都没感觉，唯独对他有感觉。我好色，喜欢180以上的帅哥。哈哈。）

妈的，师兄在心里骂了一句，看来我是被她搞定了。在我和刘曦曦之间怪不得我没有成就感呢。

方正先生："挣了钱能干什么呢？这个问题提得好，现代人已经明白了，首先财富不能留给后代，留给后代会培养出纨绔子弟，培养出花花公子，培养出小王八蛋让你生气。所以有些人临死，遗产宁肯捐献给社会也不让子女继承。"

（刘曦曦评述：哈哈……方正先生还挺幽默的。大家都笑了，方正先生却不笑，他不笑大家笑得就更开心了。我回头看看姚从新看他笑了没有，姚从新也没笑，姚从新不笑显得滑稽，他这次来显得忧心忡忡的，也不知道为什么。其实我更应该忧心忡忡，方正先生说不把钱留给下一代，我什么时候有下一代呀，我和黄总永远也不会有下一代，在黄总身边我又不可能再找别的男人，我不知道我将来怎么办！唉——实在不行了我偷偷找个帅哥给自己生个孩子算了，我不介意当单亲妈妈，反正也养得起。我现在已经有几十万的存款了，黄总说等将来公司上市了，给我两百万。这可不是个小数目，有了两百万，我下半生就没问题了。方正先生说一个人一生有五百万就够了，对我来说有两百万就够了。）

师兄要是在和刘曦曦好上前看了这段文字，肯定不明白怎么回事，现在师兄也就理解刘曦曦为什么想当单亲妈妈了。师兄想，曦曦你现在还想当单亲妈妈吗？我可不是不负责的男人。公司上市了黄总要给曦曦两百万？这可不是一个小数目。现在企业拼命想包装上市，只要上市了企业就算跳过龙门了。上市不就是圈钱吗？圈的都是包括我在内的中小投资者的钱。股市是什么？股市就像一棵摇钱树，上市公司在股市上借钱，借了钱可以不还。借的钱花完了还可以再借。国外效益好的企业是不愿上市的，人家国外的公司有严格的再融资和分红制度，有盈利不分红是不行的，不愿意把利润拿出来分红就不上市发行股票，谁愿意把辛辛苦苦挣来的钱分给他人。中国的上市公司圈了钱再说，只顾眼前，根本不考虑将来分红的事情。

方正先生："挣了钱既然花不完，那就应该去投资。投资其实是为了社会，为社会创造就业机会，创造税收。办企业追求的绝不仅仅是利润，你利润到一定程度后还是要拿出来搞社会公益活动，要捐献给社会。既然这样还不如直接放弃一些利润。比方，加强售后服务，这样肯定要冲销很多利润的，但却培养了企业和客户的感情，这比捐献一个什么项目对企业的发展更有作用。我不追求这么多利润，我追求社会目标。这样的企业才能做大、做强、做出品牌。"

（刘曦曦评述：这个讲座应该让黄总来听听。可惜他没时间听讲座。黄总就是一心一意地想办法上市，真是不惜代价了。其实黄总对方正先生讲的什么内容一点都不感兴趣，他让方正先生来讲座主要是和方正先生建立感情，为将来公司上市时会做准备。姚从新一直问我，为什么对方正先生这么好？有什么阴谋诡计？其实我们也没什么阴谋诡计，方正先生是发审委的成员，只要方正先生在审核公司上市时为我们说话，就是花多少钱也值得。为了得到发审委的名单我们公司就花了几十万，这年月就是这样，你企业搞得再好也没有用，还需要关系，否则不可能过关，和一般人搞关系还不行，烧香要找对庙门，还要会烧。我们怎么和方正先生搞关系？他这样的人你去贿赂肯定是不行的。黄总说，我们也没必要贿赂他，我们就是要让方正先生通过来我们公司讲座了解我们企业。方正先生对我们企业有好印象了，在审核时就会替我们说话。）

师兄看到这里心一下就悬起来了。师兄又惊又喜又怕，真是百感交集。方正先生是证券法的权威,著名法学家,博导,这大家都知道,方正先生是发审委的成员,我们做弟子的谁都不知道,居然刘曦曦知道了,师兄决定好好问问她。

在刘曦曦回来后,师兄什么也没有说,两个人上床完事后,师兄摸着刘曦曦的左乳眼睛对着右乳说:"你今天怎么这么晚回来,还显得这么兴奋,是不是有好消息?"刘曦曦突然跳了起来压在师兄的身上,刘曦曦说:"我告诉你一个好消息,我们公司已经被批准上市了。"

"什么?"师兄也吃了一惊,问:"怎么这么快呀!"刘曦曦说:"还快呢,我都快被拖死了,我一直忙这事,都两年多了。"师兄说:"没这么久吧,我们认识才一年嘛。"刘曦曦说:"我们认识前公司就一直忙这事。"刘曦曦吁了口气说:"我终于可以休息一下了。"师兄说:"看你心满意足的样子,公司上市对你个人也没什么好处,最多加点薪。"刘曦曦神秘地望望师兄,说:"我发财了,公司要给我一大笔奖金。"师兄笑笑问:"多少呀?"刘曦曦笑笑说:"不告诉你。"刘曦曦说:"还有一个人也发财了。"师兄说:"那肯定是黄总了。"刘曦曦说:"黄总早就发财了,还有一个和你有关系的人也发财了。"

师兄警惕地问:"谁?"师兄的心一下就悬起来了,师兄生怕刘曦曦说方正先生也发财了,那样方正先生就被拉下水了。刘曦曦说:"你师弟林小牧呀。"

师兄觉得奇怪,问刘曦曦:"你们公司上市和林小牧有什么关系?"刘曦曦说:"你师弟代理了我们公司上市的案子。"师兄说:"他才毕业半年怎么有能力代理你们的案子?"刘曦曦说:"你可不要小看林小牧,他在读本科时就取得了律师资格,读研一直在律师事务所打工,他毕业后就成了一个律师事务所的合伙人,当然有能力代理我们的案子了。"

"是,"师兄有些酸溜溜地说,"他是比较能干!"刘曦曦笑了，说："是不是还恨他抢走了你的女朋友！"师兄说："早忘了，我不是有你了嘛。"刘曦曦揪了一下师兄的耳朵，说："甜言蜜语。看来在女人方面你已经毕业了，都会讨女人欢心了。"刘曦曦说着叹了口气说："将来还不知道有多少女人倒霉呢！"师兄说："你说这话我不爱听，好像我成了花花公子，我对你是真心的。"刘曦曦笑笑，说："什么真心不真心的，你将来肯定能找一个比我好的女人。"刘曦曦这样说把师兄惹火了，师兄说："你这是什么意思？"刘曦曦说："我没意思。"师兄说："你没意思我还在你这干什么，我走。"刘曦曦笑笑不语，看着师兄穿衣服，看着师兄开门离开，连一点挽留的意思都没有。

17

师兄后来回宿舍对我说,他并没有生刘曦曦的气,他只想找借口尽快回来,把方正先生的特殊身份告诉我。师兄很神气地告诉我:"发审委是什么你知道吗?发审委就是'中国证券会股票发行审核委员会',简称发审委,不得了呀。"

首先,我们为方正先生的这个职务高兴,这正符合了我们心中完美导师的条件。按照《证券法》,所有股票的发行,都必须通过发审委委员会的同意。发审委的成员,这可不是一个简单的虚职,这意味着我们导师已经有了话语权和决策权。发审委成员意味着对一个企业的发展有了发言权。一个企业能不能上市,什么时候上市,导师都有举足轻重的一票。同时,这又让我们为导师捏了把汗,如果导师的这个职务被一些利害关系人知道了,他们会想方设法把身为发审委成员的导师搞定,那么,导师很可能成为第二个邵景文。

当然,这样说并不是否认所有的上市公司都是靠搞公关才上市的。但是,你也不能不承认总有个别上市公司明明不够格,为了圈钱,却偏偏要包装上市。还有个别公司虽然有上市资格,并不需要融资,可是为了圈钱还是上市。资金当然是越多越好,反正在二级市场上融资花不了多少成本。资金多了可以委托理财,可以放贷,还可以以企业年金等名义去二级市场再炒股票。股票发行得再多都没关系,一年下来如果有盈利,分不分红,怎么分红，分多少红都由企业自己决定，就是分红也可以把红利通过派发等方式给股民；如果上市公司亏损，也没什么，最多加一个ST的帽子，连续三年亏损也就是ST，第四年停止交易，大不了进行重组，重组后再上市，中国股市又没有退市机制。可见，只要公司上市了，就发财了。没办法！

如果一个人右手中握有某种权力，那么他左手中也就握有了腐败的种子。

怎么让权力合法地使用，怎么让腐败不滋生出来，这靠的是监督。可是，导师的这个身份又是保密的，其保密的理由是为了保护导师，不使导师成为人家拉拢腐蚀的目标。可是，这种保密完全是掩耳盗铃，除了普通人不知道也不想知道外，所有的利害关系人迟早都会知道。如果这个身份被泄密，那就可能造成暗箱操作，腐败在阴暗中更容易孳生。

用保密的方式，让一个手握权力的人对付一群利害关系人，仅仅靠一个人的修养和定力，这是力不从心的，这也是对当权者的不负责任；如果公开了他的身份，在公众的共同监督下，借助公众的力量对付一群利害关系人，这种方法往往会达到事半功倍的效果。一种方式是将腐败的种子置于光天化日之下，另一种方式将其置于阴暗的角落，哪一种方式更容易让腐败滋生？

我和师兄商量，既然方正先生的特殊身份已经暴露，我们当弟子的就有义务提醒他注意，特别是黄总的公司。还有，刘曦曦说为了得到发审委的名单就花了几十万，那么其他发审委的成员也已经泄密，我们有必要告诉方正先生，让方正先生提醒他认识的委员们注意。只是黄总的"雄杰有限责任公司"已经被批准上市了，这是无法扭转的事，但愿黄总的公司是一个合格的上市公司。

我们当天下午去了方正先生家，一进门就觉得方正先生家的气氛不对。小师母吴笛向我们使眼色，然后带我们去方正先生的书房。小师母悄悄对我们说，你们劝劝他，他正在书房生闷气呢。我们想问为什么，小师母示意我们进去就知道了。走进方正先生的书房，我们见方正先生靠在沙发上脸色难看，方正先生见我们进来只点了点头。小师母退出书房关上了门，方正先生指着茶几上的几份报纸说："你们看看，你们看看，真是太无耻了，居然拿我们去卖钱。"

茶几上摆着《经济观察报》《中华工商时报》《中国经营报》等好几种国内知名经济类报纸，在醒目的位置上报道了同一个事件。报道说证监会一个叫王小石的人利用职权出卖发审委名单。企业要想知道发审委委员是谁，要掏钱买，寥寥几个名字，开价20万。媒体把王小石出卖的发审委名单，称之为"王小石名单"。这个出卖名单的人已经被检察院带走，拘留。

我和师兄看了报道不由互相交换了一下眼色，这件事和刘曦曦说的刚好对上了。我们原本是来告诉方正先生他的特殊身份已经暴露，提醒他注意，没想到媒体却率先报道出来了。据《经济观察报》披露："王小石名单"其实卖得并不算离谱。行情从10万到100万不等。对这种事情的具体操办已经形成了一个行业，叫"财经公关"。花20万元买发审委名单，当然不是出于对姓名研究的癖好，而是为下一步的"公关"找方向。

《中华工商时报》评论说：如果一个送礼者愿意给看门人送20万，那么他给要见的人会送多少？到了这个份上，就是上千万，也有人敢花。羊毛出在羊身上，不论花多少钱，最终的支付者当然不是行贿者本人，而是股民。一旦企业成功上市了，这些钱都会被打进"上市费用"里冲账，而一般的上市公司的"上市费用"都在数千万。这笔费用的最终买单人是股民。

师兄看着报纸突然骂了一句："他妈的，太腐败了。"我瞪了一眼师兄，示意师兄住口。我们看看方正先生，他靠在沙发上微闭着眼睛，好像睡着了。我们知道方正先生当然是没有睡着，不知道在想什么？

据《中国经营报》报道，发审委委员名单要卖20万元，是那个叫王小石的人初步交待的金额，也是他在某一单业务中获得的开价。企业在上市前，一般都会有一个专门的班子跑会，有公关人士为企业出面。有不少公司的上市发行费用高达三五千万元，这意味着公司将拿出一年或更多净利润。这其中只有一两千万元是给券商等中介机构的正常费用，而大多数则是不明不白的公关费用。对于想上市的企业来说，似乎已成了心照不宣的共识。

看到这里我们开始为老板担心，我们老板的特殊身份既然已经暴露，那么会不会已经被收买？如果老板被收买那肯定不是20万的开价，那是40万、80万、100万、200万？我们不敢想下去，望着闭目养神的方正先生，我们的心都悬吊吊的。如果有人背着我们把老板收买了，那么我们保卫老板的行动就完全失败了，我们殚精竭虑寻找的完美导师也将在我们心中彻底倒塌。

我们望着方正先生实在是忍不住了，问："先生，你没事吧？"我们这样问的确是一语双关，可以理解为你身体没事吧？也可以理解为你作为发审委的委员没有被人家搞定吧？方正先生也许听出了我们的意味深长的询问。方正先生睁开眼睛说："刚才我把自己成为发审委委员之后的所有活动都过了一遍，我没有收取任何一家企业的好处。"我们听方正先生这样说不由交换了一下眼色。方正先生好像怕我们不信任，又说："我以人格担保。不过，那个黄总给我的讲课费算不算呢？这是我唯一担心的，现在黄总的公司已经上市了，我是投了赞成票的。我想黄总是不应该知道我发审委委员身份的，我和黄总的交往你们都在场，他从来没和我谈到他们公司要上市，要不是后来我收到发审委工作处转过来的材料，我还不知道雄杰（集团）公司正在包装上市。对雄杰（集团）公司我应该还是了解的，是一个很不错的公司,在他们上市的问题上,我是替他们说了好话的。"

我们听方正先生这样说不由叹了口气,联系到黄总和我们的交往过程,我们不得不感叹黄总的高明。黄总知道方正先生是一个正直的人,太直接的方式不但不能收买方正先生,而且还可能坏事。黄总就在我们面前演戏,在方正先生面前做秀,请方正先生讲座,为学校修围墙,而我们都成了黄总利用的棋子。

方正先生叹了口气说,在不公开不问责的体制下,发审委委员仅凭着个人道德良心行使权力,谁又能保证其公正和公平呢?制度的先天缺失,使得企业为上市使出浑身解数。出于中国人特有的人情关系,权钱交易中的寻租诱惑,企业个人的短期利益等多方面的因素,在企业上市过程中,从券商的辅导改制,重组包装,到审计师事务所的资产审定,再到发审委的最后点头的每一个环节,都可能滋生腐败。这种行为带来的直接后果,便是上市公司的"变脸",一年赢、两年亏、三年ST,如此一来投资价值难以确定。现在财经公关公司也应运而生,出钱的是那些想上市等待机会的企业,公关公司通过各种关系起到了中间人的作用,这让人防不胜防。事实上,审批机构一般以报批材料为准,这些材料经过律师事务所、会计师事务所和资产评估机构把关。而这些金融中介机构也是以企业送来的一手资料为依据,进行法律和会计核查。换句话说,只要没有举报,审批机构就无法或者很难发现问题。

我们没敢把雄杰(集团)公司早就花钱买了发审委名单的事告诉方正先生,怕他老人家的心理无法承受。至于那笔讲课费我们一点也不为方正先生担心,那笔费用经过我们之手已经是合理合法的收入了,如果真有人来调查,我们完全可以把那笔费用摆在桌面上说。我们劝方正先生,让方正先生放心,只要没有收取企业其他的好处,那笔讲课费完全是可以说得清的。退一万步说,即便那笔讲课费不合法,也是弟子们收的,和导师没关系。

师兄还说既然是保卫导师,那就要舍身保卫到底。在回宿舍的路上我笑师兄,说:"佩服呀,佩服,你的确是做到舍身保卫导师了呀!"

师兄问:"什么意思?"我说:"刘曦曦可能是黄总使的美人计呀,你好端端的一个处男就这样被破了,这不是舍身保卫导师是什么?"师兄说不可能,如果是美人计也应该在方正先生身上使,怎么会在我身上使?我说:"为什么说你是舍身保卫导师呢,本来黄总是想在方正先生身上使的,被你挡了。哈哈——"师兄打了我一下,说去你的,你别亵渎我和刘曦曦的关系,我们是真有感情的。我说但愿你们是真感情。

第二天师兄从刘曦曦处回来劈头就来了两句,说这个世界怎么啦?这个世界上的女人都怎么啦?我让师兄坐下,倒水。我说,师兄你先别谈这么大的话题,别世界、世界的,先从你说起,你说说你怎么啦?师兄说,我成了一个女人的艳遇!

我"哈"的一声就笑了。我说师兄,你不是找我显摆吧,你成了某女人的艳遇,那么此女也就成了你的艳遇。你一个有了艳遇的男生找一个没艳遇的男生诉苦,你不厚道,师兄你不厚道呀。姚博士垂头丧气地说,我这次真成人家的艳遇了。我问,此女是哪个系的?师兄说,什么哪个系的,你以为我又遇到了第二个钟情,再也遇不到像钟情那样的纯情女生了,我成了刘曦曦的艳遇。

我乐了,说师兄你怎么还在想着钟情,这样不好,钟情已经是你弟媳妇了,不能再想。现在你甭管刘曦曦和你谁是谁的艳遇,那还不是一回事。找到刘曦曦说明你的艳福不浅,既然是艳福,你就应该让这个故事在阳光下新鲜而又艳丽地开放,你不应让钟情挡住了阳光,让刘曦曦生活在钟情的阴影里。

师兄喝口水叹着气说:"刘曦曦怀孕了。"

哦,不会吧,我告诉师兄,这可能是一个女人最普通的阴谋，哪那么容易怀孕的，这是刘曦曦在逼你就范，骗你的。师兄说是真的，我们一起去医院做的检查。我叹了口气，说如果是这样倒是个问题，你们毕竟没结婚，现在怀孕不是时候。师兄说我让她做掉，她却不干。我说我还没有毕业，不可能现在结婚，还没有做好当父亲的准备。没想到刘曦曦说，孩子生下来归她自己，和我没关系，说我的任务已经完成了，可以继续泡妞继续读博士。

师兄对我说，你看我是那样不负责人的人嘛！我说不是，我说师兄你基本上是一个负责任的人，不过，你的那些"还没有毕业不可能结婚，还没有做好当父亲的准备"的借口没用了，这次你肯定是被套牢了，你别无选择，只有和她结婚，成为一个父亲。再说博士结婚是合理合法的，你不应该有顾虑。师兄说，我也是这样考虑的，既然不愿意把孩子做掉，那就结婚算了。可是当我告诉刘曦曦愿意和她结婚时，没想到却被她拒绝了。刘曦曦说从来就没有想和我结婚。

师兄这样说让我感到意外。开始，我还以为刘曦曦是想拿怀孕逼师兄就范呢，没想到刘曦曦不愿意结婚。我问师兄："刘曦曦不愿意把孩子做掉，也不愿意结婚，那么刘曦曦想干什么？"

当时，师兄问刘曦曦，你不愿嫁给我难道你想嫁给黄总，他可是个残废，你难道还希望过那种变态的"夫妻生活"？刘曦曦说，企业上市后，黄总给了我一笔钱就基本上见不到他了，他一直在国外。刘曦曦说，我和黄总只是在互相利用，我对婚姻没兴趣，也不会嫁给黄总，但我想做母亲，把孩子养大，孩子肯定不会背叛母亲的。师兄听刘曦曦这样说有点气急败坏，师兄问刘曦曦你只想做母亲，你找哪个男人都可以，为什么找我？刘曦曦说，当初选择你是因为你长得还可以，又是博士，智商也应该没问题，我想要一个优秀的孩子。师兄有点急了，说你这不是在利用我吗？刘曦曦说，我也不会白利用你一回，刘曦曦说着给师兄拿了三万块钱。刘曦曦说，这钱就算是给你的酬谢，希望你将来不要再来找我，我也不需要你负任何责任，我要过安静的日子。

师兄愤怒地将钱甩到刘曦曦脸上，然后拂袖而去。师兄说一个女人不结婚，只要孩子，而且为了要一个优质的孩子，竟用心良苦找一个博士，你说我不就成了刘曦曦的艳遇了嘛。我对师兄说，你难道就这样不管了？师兄痛苦地对我说，我当然想管，可是怎么管？我说，去找她好好谈谈，你们结婚。

后来，师兄又找了刘曦曦几回，可是每一次从刘曦曦家回来师兄都唉声叹气的。我也为师兄着急，问师兄难道还谈不通吗？师兄说，我已经无可奈何了，我低声下气地求了，气急败坏地喊了，可是没用。刘曦曦对我说，你没有任何损失，我永远不会去找你麻烦，我有钱有能力把孩子养大成人。你可以安心做你的学问了，就当什么事也没有发生。如果你嫌钱少了，我可以再多给你一点。师兄说，这不是钱的问题，你身体里有我的骨血，我是孩子的父亲，我应该对这孩子尽父亲的责任。刘曦曦说，你就权当没有这回事，就当我没有怀孕，并不是每一个男人和女人做爱后都会怀孕的。

师兄说，可是我知道你怀孕了，我就不能装作没有这回事了。刘曦曦说，当初不该告诉你这事，没想到你这么难缠，真是一个傻博士。师兄被刘曦曦的话激怒了，愤怒地质问刘曦曦，你把我当成什么了？你把我当成你生孩子的工具了。我是孩子的父亲，我必须对孩子负责。面对师兄的质问，刘曦曦笑着把师兄请出了房间。刘曦曦对师兄说，希望你最近不要来打扰我，让我一个人好好想想。师兄听刘曦曦这样说，脸上露出了希望的光芒。师兄回到宿舍脸上一扫往日的阴霾，师兄对我说有希望了。我对师兄说，也许她被你的真诚打动了，她想通了就会回心转意的，单亲妈妈并不是好当的呀。我建议你最近就不要去打扰她了，好好做你的学问，你已经好久没有正正经经地看书了。

18

在接下来的一个多星期里,师兄像一个真正的无所事事的学者,开始安心地搞他的研究工作。这时候的宿舍安静而又祥和,连空气里都弥漫着严谨气氛。师兄将一天安排得十分紧凑,有条不紊。早晨师兄起床会在校园里跑一圈,这是他多年的习惯;锻炼回来师兄会早餐,一般情况下是两个鸡蛋,一碗稀饭,一个馒头;师兄早餐后在宿舍就打开了电脑,开始搞他的研究,看大部头的理论著作,记录卡片,整理资料,在电脑上输入一些片言只语,存入他所谓的灵感;在股市开盘后师兄会进入网上即时行情,监视着上指走势,自从师兄成为股民后从来没有间断过;对于股市师兄已经显得心平气和多了,无论是涨是跌他都不进行操作,过去买的股票不抛,手中的资金也不再买,任凭风浪起,稳坐钓鱼船,师兄成为了一个永远的持币观望者。按师兄的话说,他要等待最好的时机,这个时机什么时候来临,连师兄自己也说不清楚。在中午,师兄照例会睡个午觉,在下午股市开盘后按时醒来,师兄起床后看看大盘走势,然后出门骑着他的破自行车去学院办公室看看,然后回来在楼道里向隔壁和对门的同学发布一些学院的即时消息,并进行评论。这样,在三点钟左右师兄会回到电脑旁看股市的最后收盘。晚饭后,师兄会在黄昏之时站在阳台上看校园的风景,嘴里就不知不觉地发出他那句著名的感叹:真美,美得像一种想象。这时,无论宿舍里有多少串门的同学,谁也不会理会师兄的感叹了，大家都习惯了。晚上，师兄基本上是在网上度过的，但是，他却从来不去聊天室聊天了。特别是那个认识大二女生钟情的聊天室，师兄再也没有光顾过。师兄上网主要是看新闻，在网上的一些论坛上发表对当天股市的看法，有时在BBS上发帖子。夜里12点时，师兄准时上床。

不过，师兄的一天不包括上课时间，只是博士生上课的时间毕竟很少，上课已经成了打破师兄一天平静生活的石子。这样看来师兄的一天显得十分的无聊和枯燥，其实，师兄需要的正是这种无聊和枯燥，师兄在等待刘曦曦的消息，无论刘曦曦会怎么决定，师兄今后的生活都无法再这么美好得无聊和枯燥了。师兄恨不能永远过这样平静的学生生活。当这种无聊的学生生活成为常态之后，当这种枯燥的学生生活成为一种心灵的需要之后，时间就会过得相当之快。这样，师兄在不知不觉中度过了一个星期。在这一个星期里师兄没有刘曦曦的任何消息，师兄没有给刘曦曦打过电话也没有接到刘曦曦的电话。周末的时候，师兄在网上下载了一个叫《六问证监会》的帖子给我看，师兄认为这帖子发得比较有水平，基本上代表了广大股民的心声。

师兄当时显得比较激动，这是在一周内很少见的。他在网上就此发表了一个将近三千字的跟帖。师兄说，太好了，王小石事件将是中国证券市场全面改革的导火索。大牛市要来了。就在这时，楼长敲门进来了，楼长说姚从新你的汇款单。师兄接过汇款单脸一下就白了。款是刘曦曦汇的，一共五万。刘曦曦在附言上写着："我们算两清了，你不要再找我，我们不会再见面了，保重。"师兄拿着汇款单连忙拨刘曦曦的手机，手机的提示音说：该用户已停机。

不行，我得去找她。

师兄起身就走，我说你不要着急，见了面好好和她说，咱不看僧面看佛面，一切都是为了孩子。师兄回过头来把我骂了，说你少阴阳怪气的,看我的笑话吧,你最好用大广播在校园里喊,让同学们都知道我的遭遇。我知道师兄嫌我的声音大了,我不是故意的呀,我也没有看师兄笑话的意思,我是真心希望他们好,可是师兄不信我,这都怪平常和师兄开玩笑开多了,他已经听不出我的好话歹话了。

师兄一去就是三天,三天里我做了同样的一个梦,我梦到师兄的身影在高高的山岗之上,四处是无边无际的草地,草地上开着一种怪花。那种花艳若桃花,红若彩霞,从山岗一直开向远方。师兄的身影在山岗上徘徊,望着花地怅然若失。师兄在山岗上碰到了一个牧羊人,有一朵桃花在牧羊人的鞭梢上开放。师兄问牧羊人这是什么地方?牧羊人回答这是桃花坡。师兄说桃花坡的桃花开得怪,桃花开在地上却不开在桃树上。牧羊人说这桃花不是真正的桃花,俗称"人面桃花",只开花不结果,这花羊吃了断奶,牛吃了流犊。师兄问人吃了呢?牧羊人说人吃了忘情。师兄说那我不能吃,我还找人呢!牧羊人问找什么人?师兄说找一个女人。牧羊人说那你找不到了,女人进了桃花丛人面和桃花就分不清了。

师兄怏怏地下山,路过一个深潭,见潭中央也开着桃花。那花的瓣似桃花,形若莲花,开在潭中极为招人。潭边有一人将桃枝投下,守候潭边,那人就是我。师兄问我这是什么地方?我说此地就是著名的桃花潭呀。师兄问你在干什么?我说在垂钓桃花。师兄问你钓到了吗?我说没钓到,我是一个没有桃花运的人。你要不要试试?凡有桃花运的人将桃枝投下,那潭中央的桃花就会移至潭边挂在桃枝之上,此花大若硕荷。师兄说我不愿试,我找人。我问你难道找一个女人?师兄说是的。我说我看到一个女人投下了,这桃花潭年年都有女人投下。师兄说投下干啥?我说投下去摘那中央的桃花。师兄问摘到没有?我说投入桃花潭的没有一个上来的,这桃花潭水深千尺,有去无回。师兄说那我去找她，说着就要投潭，我急忙去拉师兄，却被敲门声敲醒了。

"有人吗，有人吗？"敲门声伴随着喊声。

我迷迷糊糊的，看看表才7点，这可是我一天中睡得最香的时候。我没好气地问，谁呀？大清早的敲什么敲？

"我是楼长，你开下门，有事找你。"

我起身，觉得浑身无力，穿上衣服把门打开了，一男一女两个年轻的警察出现在门口。我仔细打量了一下警察却不认识，我说你们俩是哪一届的师第、师妹？不知道这个时间是睡觉的黄金时段呀？找我干什么，我不认识你们。警察也不和我说话直接就进来了，有点杀气腾腾的。男警察有些严厉，说希望你配合我们的调查。男警察一严厉，我就想发笑，你让我配合你调查是有求于我，我几天都没出校门了，也不可能干坏事，你这种态度就有些不端正了。我瞪了一下男警察没理他。那女警察打开了本子要记录，见我不理人，就笑了，说你别误会，我们主要通过你了解另外一个人。

"谁？"我问。

女警察说，你同宿舍的叫什么？

叫姚从新呀。

这两天你知不知道他去哪了？

他找自己的孩子去了。

什么？

哦，确切地说是找自己女朋友去了。

他女朋友叫什么？

叫刘曦曦。

男警察说，你一会儿说姚从新找女朋友，一会儿又说找孩子，到底是找女朋友还是找孩子？

我笑笑说，都是一回事，孩子在女朋友的肚子里。找孩子也是找女朋友，找女朋友也是找孩子。

女警察"噗"地笑了，说真乱。男警察说，是未婚先孕，非法同居吧。我说非法同居有什么了不起，非法不合法也不违法，你管得了吗？女警察说，我们不讨论这个问题，我们想知道姚从新和你说的那个叫刘曦曦的女人之间发生的事。

我对警察说，这都是师兄的个人隐私我不便说。

女警察说，你师兄现在我们公安局，你的话可以证明他的清白，你是要保护你师兄的隐私，还是要还他的清白。

啊！他怎么啦，他犯什么事了？

男警察说，你先别问他犯什么事了，你先谈谈他和刘曦曦的事情。

我叹了口气说，那好吧。你们当警察的应该为师兄保守秘密，否则我将投诉你们。男警察说，我们知道，你是法学博士，懂法律。我们会保密的，不该知道的人我们是不会告诉他的。警察的保证等于没保证，什么是该知道的人，什么是不该知道的人，是没有共识的，只有警察自己说了算。我也顾不上这些了，把我师兄和刘曦曦的故事都告诉了警察。我不知道我说的能不能证明师兄的清白。

师兄的故事基本上打动了两位警察。特别是那个女警察，眼睛都有点红了。女警察说，看来你师兄够倒霉的，其实世界上根本就没有刘曦曦这个人。

不可能，你别吓我，难道刘曦曦是鬼，这青天白日的又不是古代，难道现代还有聊斋故事。再说，那个刘曦曦我不只见过一次，而且都是在大白天见的，那不可能是鬼。

女警察笑了，说我们也没说刘曦曦是鬼，刘曦曦是人，但是她捣了鬼，她的名字就不叫刘曦曦。

啊，我大吃一惊。我说师兄真倒霉，搞了半天都搞出孩子了，连人家叫什么都不知道，这叫什么事呀。看来女人就是神秘而且阴险,她让你搞不明白你永远都搞不明白。关于我师兄的事我一说你们就明白了吧。

男警察说,我们基本上相信了你的话。

我说,你们应该相信我说的,我连昨夜做的桃花梦都告诉你们了。

两位警察对我的桃花梦十分感兴趣。我问警察你们研究过这个问题没有,"梦"和"想"的关系。男警察笑笑说,这是犯罪心理学应该研究的范畴吧。这说明在你的潜意识里想走桃花运否则你不会去钓桃花。还有你师兄,他都敢投入千尺深的桃花潭,他还有什么不敢的。我说,你别瞎说了,这是我做的梦,不是我师兄做的梦,他肯定不敢投入桃花潭,他怕死。你们告诉我师兄到底干什么了?

这时,女警察对男警察说,这件事基本上有结论了。男警察点了点头。

女警察突然嘻嘻笑着说,你真够贫的。早就耳闻你比较贫,百闻不如一见呀。女警察说着把帽子一取说,你真认不出我?我看看女警察有些面熟,可是却想不起来在哪见过。女警察说,你不认识我了,你总认识蓝娜吧!我说蓝娜是我弟媳妇,我当然认识。她和我师弟李雨去了美国。女警察说,我是蓝娜同宿舍的。我们女生宿舍和你们男生宿舍想当年还搞过友好宿舍联欢会呢。噢,我想起来了,你就是那个叫许子童的,哇,现在当警官了。许子童说,大学毕业我去了公安局。

我说,你真不够哥们儿,对我像审犯人似的,我好赖也是你师哥,比着蓝娜咱们还是亲戚呀!许子童笑笑说,工作就是工作,现在工作完了可以拉家常了。我说先别拉家常,我师兄到底干了什么?他杀人了?

许子童笑笑,说去你的,动不动就杀人,那你早死几回了。许子童从公文包里拿出几张纸向我扬了扬,说,你想看看吗?我笑笑,说想。许子童把几张纸递给我,对男警察说,给他看看也无妨,这东西一般情况下是不给外人看的,看你是我师哥的份上,你要是去举报我可不承认。我说放心吧师妹,然后我看师兄的口供。

  询问人:许子童(女)

  记录人:许子童(女)

  问:姓名?

  答:姚从新。

  问:年龄?

  答:32岁。

  问:职业?

  答:法学博士。

  问:你为什么在半夜三更私入他人住宅?

  答:我不是私入,我有钥匙。

  问:你和房主什么关系?

  答:她是我女朋友。

  问:她叫什么名字?

  答:刘曦曦。

  问:你和房主什么时间认识的?

  答:一年多了。

  问:你在此房住过吗?

  答:住过多回。刘曦曦经常忘记带钥匙,所以她给了我一把钥匙。也不知道为什么,自从她把钥匙给我后,她就经常忘带钥匙了。有一次她打电话说没带钥匙让我去,结果我们在门口见面后,是她开的门。

  (真是傻博士,她想你呗。)

  此句写在口供上不符合规矩,被许子童划去,不过还能看清楚笔划。不过，师兄的确有些傻，这事怎么也招了。

问：请谈谈事情的经过？

答：从我和刘曦曦认识开始谈吗？

问：只谈你为什么私入他人住宅的事。

答：好吧，不过我声明我没有私人他人住宅。我去找我女朋友刘曦曦，开门的是一个老太太，老太太问你找谁？我说找刘曦曦。老太太说你找错门了，这不是刘曦曦家。我说不可能，不会错的，我来过多少回了。老太太说，这真不是刘曦曦家，我女儿在这住了一年多了，从来没有听说一个叫刘曦曦的。我又仔细地看了看门牌号，没错，连门口的防滑垫都是我熟悉的。我说，肯定没错，我能不能进屋看看？老太太说不行，我女儿出门时说过不让陌生人进门。我说我不是陌生人，我是刘曦曦的男朋友，我只是进门看看。老太太说，你错了，我女儿不叫刘曦曦，我女儿都有孩子了怎么是你的女朋友。我说，对呀，那孩子就是我和你女儿的。老太太说，瞎扯，我女儿的孩子是我女婿的。我说，那我就是你未来的女婿。老太太说，不刘，我女儿和女婿都上班去了，怎么会又出现一个女婿，你走吧，你这样在我家门口说是我女儿的男朋友，这不是坏我女儿的名声嘛，邻居会认为我女儿不守妇道。

我觉得和老太太说不清楚，就走了。我去了刘曦曦的公司，公司的人说刘曦曦辞职了，去向不明。看来只有等到晚上再去刘曦曦家了。晚上我像个幽灵一般溜进了刘曦曦的楼道。夜深人静，走廊里只有昏暗的廊灯。我来到刘曦曦家门口，掏出了钥匙，打开了门。我用手指轻轻一点，有些沉醉地喊了一声："芝麻开门吧！"

门"呀"的一声开了，我惊喜地在门前停下，向走廊两边看看，然后侧着身子进去了。屋里静静的，一切都是熟悉的，我看到刘曦曦熟睡在床上，月光从窗外洒在刘曦曦的床头，散发着淡黄色的光。刘曦曦穿着内衣，怀里抱着个布娃娃，在灯光下美轮美奂。刘曦曦的大腿露在了被子外，我非常沉醉地摸了摸，我摸着女朋友的腿准备帮她塞进被窝，我怕女朋友冻着了。这时我发现在床里面还睡着一个人，是白天给我开门的老太太，她应该是刘曦曦的妈，白天她不认我还不承认刘曦曦是她女儿，看你晚上怎么说？我猛地打开了灯，刘曦曦和她妈都惊醒了。

可是，打开灯后我傻眼了，刘曦曦摇身一变成了另外一个女人。那女人在床上突然大喊一声：抓贼呀！

我吓坏了转身就向外跑。叫喊声惊动了左右邻居，整个楼道都被吵醒了。我慌不择路，把脸盆、温水瓶、水桶踢得乱响。我正在走廊里奔跑，前面有一家人突然打开了门，我躲避不及一头撞在门上。我听到有无数的人在喊："抓贼，抓贼。"整个楼都乱了，沸腾了，我还听到有人拿了脸盆乱敲。不知道谁用敲盆的棍子敲了我的头一下，我的头一蒙就什么都不知道了。当我醒来就来到了你们公安局，就坐在了你们面前。

看完师兄的口供，我说，操，记录得很有文采呀。许子童笑笑说，这是你师兄有口才。我对许子童说，这完全是个误会，师兄怎么会是贼呢，他可是个法学博士，他家有的是钱，他爸是煤矿老板。

许子童说，我们了解过了，那房子是他们刚刚买的二手房，连家具什么的一起都买了，他们还没来得及换钥匙，所以姚从新就开门进去了。

可是，那老太太为什么一口咬定她在那住一年多了呢？许子童说，老太太是刚来看女儿的，不了解情况，她还以为女儿一直住在那呢。不过，卖给他们房子的女主人也不叫刘曦曦，她叫李秀英。

哈哈——这名字好，比较乡土。

许子童拿出了一张照片给我，你看看是不是这个女人？我看了一眼说，是她，她不就是刘曦曦嘛。许子童说我们已经到雄杰公司调查过了，这个叫李秀英的女人是雄杰公司的公关部经理，已经于两天前辞职，刘曦曦是她的化名。我说，我是李秀英也会取一个化名，还是刘曦曦这名字像一个公司的公关部经理。不过，刘曦曦弄个化名，害得我师兄蹲了两天班房。许子童说，事情不调查清楚我们当然不能放人了。

看来我师兄真够倒霉的，赔了夫人又折兵。许子童和那个警察走了，临走我对许子童说，你们赶快把我师兄放了。许子童说，回去就放。我打了个呵欠说，那我继续睡觉。许子童说，还是当学生好，我们就没这么好的福气了。

19

  我睡了个回笼觉，结果又做了那个桃花梦，在师兄又要跳桃花潭时，我被一声咳嗽惊醒了。我睁开眼见师兄站在宿舍中央看我。我说师兄你回来了，怎么站在那里看我？师兄说你一直在说梦话，还背诗，什么"桃花潭水深千尺"的。我不由想起了那诡异的梦魇。我问师兄这几天都到哪去了？师兄说，这几天我在大街小巷奔走，希望能和刘曦曦不期而遇，希望能找到自己的孩子。我白天在商场、超市以及刘曦曦曾经出没过的菜市场穿行，晚上溜进刘曦曦家的楼道，在楼梯的暗影里埋伏，一连三天一无所获。师兄长叹一声，说："茫茫人海我到哪里去寻找一个未出世的孩子呀。"

  我说你女朋友李秀英太狠了。师兄说，什么李秀英，我不认识李秀英，我女朋友叫刘曦曦。

  是，是，是刘曦曦太狠了。师兄说，刘曦曦是为了我好，她想要孩子，我又在读书，她主要是不想连累我。我不想和师兄谈论李秀英或者刘曦曦的所作所为，起床后拉开了窗帘。一道白光刺激了我的眼睛，哇！下雪了。大地一派洁白，成为了一个纯净的世界。雪还在下着，下得十分安静，有条不紊地飘。窗外的人在雪地里走着，匆忙中又有些兴奋，一对情侣正打雪仗，能看到他们激情的笑，却听不到他们的笑声。站在窗前看雪，就像看无声的电影。

我回头看看师兄,他正拿着刘曦曦的汇款单看。我说,师兄这几天你也够辛苦的了,赶紧好好休息一下睡一觉吧,那汇款单有什么好看的,既然找不到刘曦曦了你就取了吧。师兄捧着汇款单说,我只剩下这汇款单了,这是刘曦曦曾经在这个世界上存在过的唯一证据。师兄说着仔细地将汇款单压在了玻璃板下,师兄说看到这汇款单就算看到了我的孩子。我望望脸色苍白的师兄又看看压在玻璃板下的汇款单,没敢说话。我实在不知道说什么,拿起牙刷、毛巾去了盥洗间。

在刷牙的时候我听到了北风呼啸的声音,我看看窗外觉得奇怪,雪花正在寂静地落着,没有任何风的行为,可是,北风呜呜的声音却在我耳边不断回响。我洗漱完毕疑惑着往宿舍走,走到宿舍门前那呜呜的风声更大了。这时,在我们宿舍门前已经聚集了几个同学,他们也在侧耳倾听。我说你们都在我们宿舍门前听什么,听北风的呼啸声吗?大家都拉着我问,怎么回事,怎么回事,老妖哭什么?

我愣了一下,原来那北风呼啸之声是师兄的哭声。我站在门前不敢回宿舍了,我向同学们挥了挥手,说你们都走吧,哭有什么好听的。同学们都退到了自己宿舍门前却不进屋,我也就没权力赶人家回屋了。我只为师兄难过,他连一个安静的哭的地方都没有。我便坐在门前为师兄守着,我向楼道里的所有同学都投去了严厉的目光,让那些好奇者不敢靠近。我心里对师兄说,要哭你就哭吧,我为你守门,绝不让人打扰你。

我听着师兄的哭声一会儿像大雪纷飞的北风,一会儿又像远方扑来的沙尘暴,那声音粗砺而又沉闷。你只能隐隐约约地听到远方的呜呜声,那被压抑的悲伤在楼道里弥漫,强忍着的悲伤让人窒息。我的师兄呀,要哭你就放开哭吧,谁丢了自己的孩子不大声哭泣呢!你的哭声也许能唤醒沉睡在母体中的孩子,他也许会惊醒,他也许会在母体中用四肢将母亲从另一种梦魇中唤醒。

被惊醒的母亲也许会为孩子来寻找自己的父亲。

师兄的哭声还在继续，我看到我的小师母吴笛在楼道里出现了。

我望着走近的师母觉得奇怪，难道师母听到了师兄的哭声？在母亲不在身边的时候也许师母可以安慰一颗忧伤的心。师母走到我面前说，你怎么坐在地下，你师兄呢？我说，我在为师兄守门，我师兄在哭。师母说，他哭什么呀，应该哭的是我。我说师母你哭什么呀，难道你也丢了自己的孩子。师母说，我没有自己的孩子，我要丢的是你们导师。我说导师都是大人了，怎么会丢呢，只有孩子才会走失。师母说，咱们进屋说吧，你们导师有事了。

我和师母推门进屋，师兄正趴在桌子上，守着那玻璃板下面的汇款单流泪。我说师兄，师母来了。师兄擦干眼泪红着眼睛站起来迎接师母。师母望望师兄说，你怎么了，眼睛这么红？师兄说没什么的，你找我们有事？师母说要出事了，你们导师最近不对头了。师兄听师母这样说大惊失色，说不会吧，我们导师能出什么事呢？

师母说你们不知道呀，最近中国证监会公布了新的发审委名单，没有你们导师。

哦，是这样。我们听到这消息心里都咯噔了一下。

发审委委员由证券会聘请全国的有关专家以及社会知名人士组成，在目前的股票发行制度中，发审委起着至关重要的作用。一个公司无论是申请发行还是已上市公司的增发和配股，发审委一票定终身。过去掌握公司上市生杀大权的证券会发审委名单是个秘密，名单都不对外公开。王小石事件后，发审委的审核是否存在暗箱操作，是否完全公平受到外界质疑，中国证监会也面临信任危机。现在，中国证监会这次公开了发审委名单，这是继股票发行审核结果进行公示之后，对发审体制的又一次重大改革，这有利于减少上市公司业绩变脸现象的发生，能提高投资者的信心。

这对中国证券市场是一个好消息，特别是对师兄这样一个小股民来说更是一个利好。当我们听说方正先生是发审委委员时我们可以说又惊又喜，对于方正先生来说成为发审委委员是一种社会承认，这也是一种人格肯定，但是，新一届发审委居然把方正先生拿下了，即便你没有什么过错，也会让人产生一种联想，这在学术圈内对方正先生的形象是有影响的，对方正先生本人也算是一种打击。不过，我们还是安慰师母，发审委委员这种职务不是终身制，换届换人都属正常，没必要大惊小怪，方正先生在这个问题上应该会想得开的。

师母说，关键是你们导师不一定想得开，要是不公开这个名单也就罢了，反正一般人都不会知道，关键是这次发审委委员的确定首先是公布候选人名单，你们导师在候选人名单中，最后确定的时候又被拿下了，多丢人呀。

我们说，师母你不能这样想问题，我们也看了候选人名单了，好像将近40人呢，而确定下来的只有25人，有十几个人都被拿下了，导师也被拿下了纯属正常。再说这发审委委员有什么好当的，整天开会，都没有时间搞学术了。先下来休息一下，说不定过几年又上去了，发审委委员只任期一年，都有上有下的。师母说，你们讲得都有道理，可是我是怕你们导师想不开呀。在新名单公布后他一天都没吃饭，把自己锁在书房里。第二天他走出书房笑得十分奇怪，边吃饭边对我说，我也该过一种新的生活了。后来他的形迹就开始十分可疑了。

怎么可疑法？

师母说，最近你们导师一到周末就天不亮出门，天黑了才回家。你说这世界上有哪个教授不睡懒觉呀，熬夜和睡懒觉才是教授的生活方式。当然这种生活方式被你们导师打乱了，他要过新的生活了。

啊,他早出晚归都干什么去了?

师母说,我问他了,他显得极不耐烦,说要过一种新的生活,让我少管。我说这早出晚归的新生活我可过不了。你过新的生活,我过旧的生活,那我们就无法在一起生活了。你们导师说,你不愿意和我在一起生活就算了,反正我现在的人生和事业都处于低谷。师母说着显得有些激动,挥着手说,你们当弟子的评评理这算什么话,什么叫"人生和事业都处于低谷,你不愿意和我在一起生活就算了"。他怎么了,怎么就到了人生和事业的低谷了,难道成不了发审委委员事业就是低谷了!他才多大呀,就算到了人生和事业的低谷了又怎么样,谁没有低谷,谁没有高潮。再说,我是那样的人嘛,我是一个只需要高潮的人吗!

我和师兄互相看看扭过脸偷偷地笑,师兄的笑显得伤感,还挂着泪痕。师母一会儿低谷,一会儿高潮的容易让人产生歧义,让门外的同学们听到更不好。我们安慰师母让她先回去,我们去试探一下方正先生,看他到底想干什么,想过什么样的新生活。师母临走时说,你们导师就是"发审委落选综合征"。

好家伙,师母看来不是好惹的,人家都是副教授了,也搞学术,很会命名。

在寒假前的总结会上,我们见到了导师。会后我们将话题扯到了证监会的新一届发审委上。我们的目的当然是想看看方正先生的反应。我们说大家都看到了新一届的发审委名单,我们真为老师你感到高兴呀。方正先生不解地问,为什么为我感到高兴?我们说,新的发审委没有你呀,我们当然高兴了。方正先生表情有点怪,说这是一件让人高兴的事吗?我们说你想想,现在把发审委名单都公布了,将来还不知道有多少企业为了上市找上门呢,这样你怎么搞学术呀。方正先生说,公布了还好些,不公布名单你自以为还是一个秘密,结果你早被人家出卖了,你在明处人家在暗处,这就像掩耳盗铃一样滑稽。公布了大家都在明处,这可以充分发挥社会的监督作用,你明目张胆地搞公关恐怕不行。

我们说公开发审委名单那应该是一个重大改革了?

方正先生说,整个改革应该是比较全面的,整个发审委会议都将公开了。比方说,在发审委会议前,公司名单、会议时间、参会委员名单都将公布,审核结果也会公布。由无记名投票改为记名投票,当场封存备查,对发审委会议进行全程录音。发审委委员在参会前必须在审核工作底稿上提出依据和明确的审核意见。同时,中国证监会对发审委实行问责制度,还建立对发审委委员违法、违纪行为的举报监督机制。

方正先生说到发审委的事红光满面滔滔不绝的,这说明他对发审委委员之职十分在乎。现在新的发审委又没有他,这对他当然是一个打击。看来我们有必要开导一下老板,把他从"发审委落选综合征"中解救出来。

我们说新一届的发审委没有你这样德高望重的学者了,其理论水准和专业水平都人打折扣呀!

方正先生说,其实理论水准和专业水平并不是做发审委委员最重要的条件,不是因为你专业水平高你就能公正,这个门槛的排斥性反而成了可以寻租的条件。由于发审委的决策直接影响中国资本市场的发展,关系到7000万投资者的切身利益,所以发审委委员首先要保持公正,要顶住各种人情关系的干扰,依法履行职责,清正廉洁,才能具有广泛公信力。

我们说,一个有良知的公民都可以做到一般的公正,你这样重量级的专家学者进发审委岂不是一种国家资源的浪费,看来你不进新一届发审委无论对国家还是对个人都有好处呀。

哈哈——方正先生突然笑了。方正先生说,你们这些孩子,真是人小鬼大,你们现在来开导我是不是晚了点,我早就想通了。进不进发审委是证券会的事，也许我做的不是最好，也许证券会有其他考虑。不过，我已经干了两届了也该休息休息了。我们说，说不定让你休息一年明年又把你选上了。方正先生说，这就不是我能决定的事了，我需要新的生活。

　　什么？我们听到方正先生说要进行新的生活都愣了一下。看来师母的担心不是空穴来风。方正先生要什么样的新的生活呢？我问了方正先生，他却神秘地笑笑不说。这样在整个寒假期间师母被方正先生的新生活搞得颠三倒四的。这种颠三倒四的生活一直延续到新的学期开学。

20

　　方正先生的新生活运动打乱了师母旧的生活。师母整天疑神疑鬼的,在师母的眼里方正先生身上疑云密布,为了弄清方正先生新生活的内容,师母后来采取了一个比较传统的方法——跟踪。当师母决定跟踪方正先生时,发现事情不是那么简单,师母晚睡晚起的旧生活跟不上方正先生早睡早起的新生活,师母早睡却睡不着,听着方正先生的轻轻的鼾声气急败坏的,要起床的时候师母睡得正香,醒来的枕边方正先生已经不知去向。为了跟踪方正先生师母只有从头做起,首先改变中午睡午觉的习惯,中午熬着,然后和方正先生一起早睡,只有早睡了才能早起。说来也怪,方正先生原来还有失眠的毛病,新生活开始后,他居然像一个辛劳的农人倒头就能睡着,师母望着睡熟的方正先生又气又恨,为方正先生如此好的睡眠而嫉妒。师母越嫉妒别人睡眠自己越睡不着,想着明天又要睡过头真是气不打一处出。

　　为了让自己和方正先生在同一时间醒来,师母煞费苦心。师母当然想到了闹钟,闹钟可以定时,当然也能把自己闹醒,可是这时间不好定,定早了会把方正先生也闹醒,定晚了方正先生已经离去,你根本跟踪不了他。跟踪嘛必须一前一后,在自己的视力范围之内。师母坐在床头,听着方正先生的鼾声,抚摸着自己长长的秀发苦思冥想。最后师母从自己的长发上获得了灵感和启发,师母紧贴着方正先生睡下,把自己的两根长发拴在了方正先生睡衣的扣眼里。师母这回终于可以睡个安稳觉了，师母睡着都绽开了笑容，这长发是你让我留的，这长发为你飘，这长发也拴你没商量。

早晨师母在头发的刺痛中被惊醒。师母偷偷睁开眼睛见方正先生正悄悄地起床，轻手轻脚地洗漱，寂静地开门，轻盈地溜了出去。师母迅速穿上衣服，开门跟在了方正先生的身后。方正先生和师母一前一后地在小区走着，一个匆匆忙忙一个鬼鬼祟祟。天还没亮，小区里的节能灯散发着惨淡而又冷清的白光。方正先生的步子坚定，身影浓重，就像晨练的帅哥；师母的脚步飘浮，身影婀娜，像美丽的女鬼。两个人一前一后向小区大门走去，师母的身形引起了巡逻保安的注意。保安远远地跟踪了师母，并且用手中的对讲机向大门的保安报告："大门、大门，我是小门，我是小门，发现一位形迹可疑的女人正跟踪一个男人。"

"小门、小门，你值夜班无聊了吧。一个女人跟踪一个男人不用报告，一个男人跟踪一个女人才需要报告。"

"大门、大门，你真老土，现在只有女人跟踪男人的，哪有男人跟踪女人的。时代不同了，新时代的保安要与时俱进，改变观念。"

"小门、小门，你他妈的无聊吧。男的已经出门了，我认出来了是方正教授，女的也到了大门口，是方正教授的爱人吴阿姨。不过，吴阿姨是有些可疑。"

"大门、大门，我说的对吧，现在吴阿姨在跟踪方正教授，这说明方正教授的家庭要出问题，家庭出问题家自然就没人管了，那么我们就要加强方正教授家的保安。"

"小门、小门，你说的有道理，你去看看方正教授家的门锁了没有。"

"大门、大门，小门收到，这就去。现在方正教授和吴阿姨都到了你大门，是你的管辖范围，你要严加防范。"

"小门，小门，你放心吧，他们所有的行为都在摄像镜头内。"

保安到了方正先生家门前，果然发现方正先生家的门虚掩着。保安立即进行了报告："大门，大门，我在方正教授家门前，我发现他家的门没锁。"

"小门，小门，你立了一功，为我们小区的安全做出了贡献，这个月给你发奖金。"

"大门，大门，谢谢，现在我怎么处理。"

"小门，小门，一表扬你你就晕了，怎么处理还用我告诉你。你把方正教授家的门锁上呀。"

保安把方正先生家的门锁上了。

这时，方正先生正站在小区大门前等待着，师母在小区大门后监视着。方正先生望着大街，师母望着方正先生，保安望着吴阿姨，气氛有点紧张，就像公安题材的电视剧。突然，一辆黑色小汽车疾驶而来，在方正先生面前戛然停止，刹车声在清晨寂静的街道上显得格外刺耳。车停下了，一位美丽的姑娘款款地走下了车，为方正先生打开了车门。方正先生笑嘻嘻地在姑娘的肩上拍了一下，然后上了车。

当车离去后，师母也就是保安的吴阿姨软软地坐在了冰冷的水泥地上，无论是身体还是心儿都是瓦凉瓦凉的。保安这个时候出现了，保安把吴阿姨搀起来什么都没问，把吴阿姨扶到了值班室。保安让吴阿姨先暖和暖和。师母望着满屋的电视屏幕灵机一动。问你们是不是把刚才的经过都录了下来？保安说我不知道你说的刚才指的是什么，不过24小时发生在小区内以及大门口的一切我们都会录下来。师母说能不能把刚才那一段给我回放一下？保安有些为难，说未经队长批准，闲杂人等一律不允许看录像。师母说我可不是闲杂人等，我已经是当事人，我看的是自己刚才的那段，我也没有看别人的，不构成窥视隐私吧。保安当然说不过吴阿姨，就让师母看了，师母说你们这录像不会删除吧？保安说一般都保存一个月。师母说我要把这一段刻录下来，这是证据。保安说，这可不行，未经队长批准如果给你刻录了，我们的饭碗就丢了。师母说，你放心，我找队长，队长不同意，我找物业管理公司的头，他们不给我刻录，我从此不交物业管理费了。保安连连摆手，说你千万不能这样，如果队长问你为什么要刻录这一段，你肯定说你看过这一段，队长要问谁给你看的，你就是不说，也能查出来是我，那我就会被开除。你看，我当这个保安容易嘛，我是好心给你看了，你却把我害了。

师母说现在我已经顾不了这么多了，你给我刻录，我谁也不说，这事你知我知天知地知，你不给我刻录我要找你们领导去，你说你刻录不刻录吧？保安说，我帮你刻录你真的不出卖我？师母说，我发誓，绝不出卖你。

这样，师母拿着刻录盘回到家后，立刻给我们拨通了电话。我们在睡梦中被电话铃声吵醒，非常郁闷，正是春眠不觉晓的时候，才六点多，这是谁呀。我让师兄接，师兄让我接，两个人都不想动。最后我使出了撒手锏，我说你不接万一是刘曦曦的电话，你可别后悔。这招果然灵，师兄连忙拿起了听筒。我在被窝里都能听到一个女人在哇哇乱叫，叫的什么我听不清。师兄答应着，说好好，马上就去，马上就去。师兄放下电话说，快起床，有情况，老板出事了。我听师兄这样说吓了一跳，不过却不相信。我说，你瞎说什么呀。师兄说电话是师母打来的，让我们立刻到她家去，快起床。师兄说着就开始穿衣服，我见师兄是真急了，连忙爬起来问，到底是什么事呀，像着火了似的？师兄说，你少啰唆，快起来吧，去了就知道了。

我和师兄赶到师母家，见师母脸色苍白，很无助的样子。师母说你们整天口口声声要保护导师，现在你们的导师已经被小妖精勾引了，你们看怎么办吧？我们说不会的，导师不是那种人，小妖精至少还需要修炼五百年才可能勾引我们导师。师母说你们别给我油腔滑调的,你们导师已经出事了。我们说师母这可不能乱说,要有证据。师母说我知道你们都是法学博士,都有律师资格了,凡事都讲证据,那我就让你们看看证据,师母说着打开了DVD。当我们看到方正先生被那个漂亮姑娘接走后我们惊呆了,原来那姑娘不是别人,是我们都认识的邱颖。师兄骂了一句,妈的,怎么是她,这个小蹄子。师母惊异地问,你认识她?我说何止认识,师兄还和她睡过一夜呢!

什么?师母有些愤怒了,师母气急败坏地说,这简直是上梁不正下梁歪,天下奇闻,导师和弟子同睡一个女人,这简直是太恶心了。师兄说,师母你别急呀,我和邱颖根本就不是那么回事。师兄回过头来骂我,你说话注意一点好不好,什么叫我和她睡过一夜,你这样说师母会误会的。我见师母当真了,连忙解释说,睡和睡不同,有时候睡了不一定就有事发生,师母你千万别误会师兄。师母问,那邱颖是谁?师兄说,邱颖是钟情同宿舍的一个女生。师母又问,钟情是谁?师兄说钟情是我的前女朋友。师母说这事你要负责,说来说去都和你有关系。师兄苦着脸说,这不是直接关系呀,这是间接关系。师母说我不管你是直接关系还是间接关系,反正这事你们要管,要想办法。现在你们导师已经被本科生的小妖精勾引了,你们这些博士生就要出来镇压。师兄说硕士生才是本科生的克星,我们博士生对付本科生一般都心有余而力不足。师母说如果你们不希望自己的导师身败名裂,你们不希望导师成为邵景文第二,你们现在必须出手。我说方正先生不会成为邵景文的,因为邱颖不是梦欣,邱颖不敢杀人。师母说,我可敢杀人!

师母对这事反应太强烈了,连杀人的心都有了,让人怕怕。我望望师兄说,我有一个办法不知道行不行?师母问什么办法快说说。我说邱颖对师兄一直有意思,开始是钟情挡在中间,后来是刘曦曦捷足先登，邱颖一直对师兄没机会，现在师兄要主动出击，接近邱颖，然后把邱颖搞定，那么邱颖就不会缠着导师了。师母突然笑了，说这不是美男计嘛，看来姚从新很有女人缘呀，身后排着队。

师兄激动地说，这是馊主意，我对感情是很严肃的，我不能为了什么目的去追求一个女孩子，这是陷我于不义。师母说，为了救自己的导师，你牺牲了自己的爱情，你这是舍身取义，师母我会一辈子记住你的好。我说，师兄你舍身取义也谈不上，你以为你还是过去，一个处男帅哥，你现在都30多岁了，已是孩子他爹了，相当于已婚男人；人家邱颖怎么了，很漂亮，还性感，二十多，才大三，配你绰绰有余。你就和邱颖认真地恋爱吧，反正钟情已经是师弟的人了，刘曦曦你又找不到，你和邱颖好了正合适，再说，我们也没有让你去玩弄她的感情，等她毕业了你们就结婚。这样，你不但保护了导师，而且还顺手牵羊讨到一个年轻漂亮的老婆，这是千古美谈呀，师兄你就知足吧。

师兄长叹一声，说为了保护导师，我不下地狱谁下地狱！我说，我想下地狱，可是邱颖人家这地狱的守门人看不上我呀。地狱之门只向你开，向导师开，不向我开。

21

在回宿舍的路上师兄一直在埋怨我害他,邸颖这小蹄子是好对付的吗,我能完成任务吗,上次我已经吃过她的苦头了。她半夜三更拉着我在湖边散步,谎话编得滴水不漏、严丝暗缝的。我给师兄打气,认为师兄对付邸颖绰绰有余,邸颖其实挺傻的,否则不会和导师有瓜葛,就智商来说师兄和邸颖都在一个水平上。师兄向我瞪眼睛,师兄很敏感,瞪着我问,你这是在夸我还是在损我。我对师兄说,我当然是夸你了,你想邸颖有那么傻吗,在众目睽睽之下和我们老板好,她以为我们师母好惹的,我们也不会坐视不管呀。

师兄很疑惑,说难道邸颖和老板没事?我说不敢肯定邸颖和老板没事,也不敢肯定邸颖和老板有事,仅凭录像,我持怀疑态度。当时我们都是顺着师母意思,你不顺着她说行吗。我建议师兄还是去接近一下邸颖,在邸颖那里了解一下情况,一切不就真相大白了嘛。看到师兄愁眉苦脸的样子,我觉得好笑,好像真要让他下地狱似的。

师兄说他一直在想一件事,邸颖哪来的车?其实大学生开着小汽车上课,这在校园内也不是什么新闻了,只有两种可能,一是邸颖家有钱给她买的;还有就是邸颖在外头傍了个大款。师兄说如果邸颖在外头傍了大款,那我们老板可真就危险了。这"80后"的小妖精连约会都比较超前,在早晨五点钟,"80后"不按规矩出牌，属于"早出晚归"型。我说这就是她们的厉害，"70后"的老妖精就不行了，你看我们的老板娘急成什么样子了。

我对师兄说，无论邱颖和老板有没有事，你都应该追邱颖。要是有事你为了老板要追她，这是舍身取义；如果没事你就可以对邱颖真心实意。这么好的姑娘你不追不就亏了，难道你真想让她在校外傍大款？我是旁观者清，你和邱颖真是天生的一对，地配的一双。在我的劝说下，最后师兄答应先给邱颖发个短信，约她见一次面再说。

邱颖来了，把车停在了我们楼下，黑色的帕萨特在阳光下闪闪反光。邱颖从车上下来也是一身的黑色，黑色的皮夹克，黑色的皮裙，黑色的长筒袜，黑色没膝的高帮皮靴，当然还有黑色的头发，黑色的墨镜，邱颖成了黑色的幽灵。我从阳台上看到师兄有些胆怯地走近黑色，被邱颖的黑色打扮弄得眼前发黑。师兄说你这身打扮倒是和车很相配。邱颖笑笑说难道和你不配。师兄无语，径直上了驾驶位置，我知道师兄又要过车瘾了，师兄已经到了见车就开的地步。我望着师兄开着车穿过校园，给师母打了个电话，让师母放心。

一路上师兄开得很慢也很谦虚，连"奥拓"和"夏利"都敢超师兄，师兄居然也能心平气和地让他们超。这要是在往常，师兄一加油就让他们吃屁。师兄将车开出学校，开上公路，一直开到荒郊野外。一路上邱颖也不说话，有些紧张不时东张西望，好像担心有车跟踪似的。

师兄将车停在一处萧瑟的芦苇旁，抬头见一棵野外的桃树正含苞待放。师兄像走进了故乡的果园，找到了一种安全感。师兄喘了口气，四下里望望，不见人烟，只有一丛枯黄的芦苇陪伴着桃树在风中摇曳。师兄熄了火，全身靠在座位上，也不说话。邱颖扭头望望师兄，说你把我带到荒郊野外想干什么？师兄愣了一下，反问邱颖你想干什么？邱颖笑笑说，是你把我带到荒郊野外的。师兄说能干什么呢，反正不会强暴你。邸颖轻视地笑了一下，说还不知谁强暴谁呢？师兄被邸颖逼得喘不过气来，上下打量了一下邸颖，觉得邸颖很性感，特别大腿那一截没有被动物皮革包裹的地方。师兄不由摸了一下邸颖的大腿，邸颖愣了一下，居然没有打师兄。师兄说，只有这个地方是你的皮肤，其他地方都不是你的皮肤。邸颖说，看不出姚师兄也敢摸女生的大腿了，有进步。你真喜欢摸，你就摸吧，你还想摸哪里？摸着了可别撒手，让你摸个够，从此就不准摸别人了。

师兄像被烫着了似的连忙把手缩回去，师兄说我也不是摸你，想拍拍你表示亲昵，可是你全身都被动物皮革包裹了，我无从下手呀。邸颖说难道你是动物保护主义者？师兄说我对动物皮革过敏。邸颖说早知道我就不穿这一套了，这一套是我做业余车模时人家发的。师兄说你还是车模呀，厉害。邸颖说还不是为了勤工助学，挣口饭吃。师兄说你别逗了，哪有开着小汽车去勤工助学的大学生。邸颖笑笑，说这车又不是我的。

"那是谁的？"师兄决定从车开始问起。

邸颖笑笑回答："不告诉你。"

师兄冷笑了一下说，那就是你傍大款了，人家送你的。邸颖不屑一顾地说，我傍大款还需要去勤工助学吗？师兄说，是你家给你买的？邸颖又说，我家能给我买得起小汽车，我还勤工助学吗？师兄有些不耐烦，那你这车是哪来的？邸颖很神秘地说，这是个秘密，不能说，特别是不能告诉你。

师兄又把手放到了邸颖的大腿上，邸颖说你又摸我了，两下了，刚才一下，现在又摸了一下，你后悔都来不及了。师兄气急败坏地用力在邸颖大腿上抓了一把，邸颖"啊"地一声跳了起来。邸颖尖叫着，哎哟，你干什么？师兄说谁让你不告诉我的。邸颖说你这是刑讯逼供。师兄说，我就刑讯逼供了怎么样？这时，邸颖突然在师兄大腿上也抓了一把，师兄一下也跳了起来。

师兄说哎哟，你太狠心了，这么用力。邸颖说你更狠心，肯定会紫的，夏天我都没法穿短裤了。

师兄说你干吗要穿短裤，这会让人想入非非的。邸颖说我愿意，我愿意。师兄说，现在咱们在这荒郊野外的，正是个好机会，咱们都"愿意"一回怎么样？邸颖说，你拉倒吧，不要说在这了，就是在宾馆的床上你也不敢把我怎么样。师兄问邸颖你说这话是什么意思？邸颖说你比谁都明白，你是一个有病的人，为什么钟情要离开你？

什么？师兄有些生气，说钟情这是造谣。

邸颖说，谁知道钟情是不是造谣，反正只有你们俩最清楚。最近那个叫刘曦曦的不是也不来找你了。师兄怕人提起钟情，更怕人提起刘曦曦。师兄彻底败下阵来。师兄气得够呛，师兄一生气就把师母交给他的任务忘了，开着车就回来了。

我骂师兄是笨蛋，邸颖说你有病，你不会当场和她试试，当时是荒郊野外又没有人，就你们在车上，你怕什么？这可是关系到男人尊严的大事。对付邸颖这样的小蹄子，要捍卫自尊就要真枪实弹。根据以往的经验，女人一旦被男人征服了，和你上了床也就没秘密了，无论是肉体上还是心灵中的。你要想知道邸颖和老板到底怎么回事，你就要把她办了。你不要管邸颖的车是谁送的了，车的事和我们老板的事还隔着一层呢。

师兄嘴上有些不服气，说我没有那么卑鄙，就为这事和邸颖发生那事。我说师母的意思并不是让你去玩弄邸颖，是让你真和邸颖好；不是让你假戏真做而是让你真戏真做，要知道一个男人在一生中是没有几次艳遇的，对于每一次艳遇你都应该好好把握。你既然成了人家刘曦曦的艳遇，这次你就主动一回，让邸颖成为你的艳遇。你不能太被动，你现在被动了在今后的交往中就会永远处于被动，你要主动出击，这将直接影响将来你和邸颖的关系。男人和女人的感情游戏从开始到结束，这是一个系统工程，各个环节都要注意，否则就会吃亏。

由于这次的失败，师母的脸都拉长了。师母说如果这事你们当弟子的不尽快解决，我就要和你们导师摊牌了，反正我是不怕的，我还怕什么，连老公都被人抢走了，我也就豁出去了，只要你们不怕自己导师身败名裂就行。师母的这番话给师兄的压力很大，师兄再一次约邸颖时还喝了一杯红色的酒，也算是酒壮英雄胆吧。邸颖这次直接来到了我们宿舍，她没有穿上次的皮衣，穿了一套肉色的羊毛连衣裙，那连衣裙将邸颖的身材包裹得紧绷绷的，猛一看就像真正的裸体。

邸颖来到我们宿舍劈头就来了一句，说姚从新你一次又一次地约我到底是什么目的呀，是不是就想知道我开的车是谁的呀？要是为了这事那我告诉你，省得浪费我的情感。我说邸颖你别激动，师兄主要是要了解你，万一你开的车是傍大款得来的，师兄肯定对你就不感兴趣了。邸颖哈哈笑了，我傍大款？你们导师是大款吗？我开的车是方正先生的。

邸颖开的车是方正先生的，这让我们这些当弟子的多少有些意外也有些尴尬。我们只知道方正先生想买车，却不知道他老人家已经买了车。师兄将方正先生的讲课费还给他后，我们曾经问过方正先生什么时候买车呀？方正先生只是笑笑说再等等，这一等就放寒假了。开学后，方正先生并没有把买车的事告诉我们，新车却让邸颖先开了。要知道作为他的弟子我们早就拿到了驾照，我们都没车开，我们都愿意当方正先生的司机，没想到这个光荣的任务让邸颖抢到了。邸颖算老几呀，好事总该从博士开始吧，博士完了才是硕士，到最后才是本科生。怎么也轮不上邸颖呀，她连专业都不对口，最多听过方正先生的课，远近亲疏谁都明白。师兄最后说，我们是方正先生的嫡传弟子又怎么样，我们又不是女弟子。师兄说这话有点酸溜溜的，要知道师兄是不允许别人说方正先生坏话的，方正先生是他的完美导师，是他不允许外人碰的奶酪。师兄能说出这种话有点幻灭感，看来车让邱颖先开了深深地刺痛了师兄，看来师兄想开车都想疯了。

邱颖说我开方正先生的车也不是白开的，他现在是我的学生。

什么？邱颖说方正先生是她的学生让我们大跌眼镜。我们说你这高枝攀的真够可以的，你不怕攀高了摔下来摔死你，你干脆取代我们师母算了。

邱颖说当你们师母的理想我没有，你们方正先生太笨了。邱颖此话一说，我们连抽她的心都有了。邱颖说你们别瞪眼睛，方正先生已经考了三回了，连移库都没过，驾校的老师都急了，说再考不过老子今年的奖金就泡汤了。

原来邱颖和方正先生是在驾校认识的，当时方正先生和邱颖在一个班，考试的时候，邱颖考过了方正先生却没考过，驾校老师在考试后训了方正先生一顿，邱颖看不过去了，把驾校老师骂了，说你有什么资格训方正先生，他可是我们学校最著名的教授，带的博士比你的学员都多，他没考过证明你教的不好，你没有能力教一个教授，我要找你们校长，换一个能教教授的老师。驾校老师被邱颖骂了，却笑了，嘟囔了一句，说真是越漂亮越厉害。邱颖有些得意，说有你这句话我就不找你们校长了。驾校老师说，既然他是你的导师，你平常就多陪他练练手，熟能生巧。

在回家的路上方正先生问邱颖，我怎么不认识你呀？邱颖说我听过你的课，认识你，你却不认识我，你那么多弟子不可能都认识的，其实我早就认出你了却没敢打招呼。方正先生说你打招呼说不定我还不理你，我就怕被弟子知道，或者被本校的学生认出来。邱颖不懂为什么，方正先生说我是留级生呀，总是考不过不好意思。邱颖笑着说，其实你没必要学开车的。方正先生说，我要开始新的生活，不会开车怎么行，我的弟子都会开车了，我当导师的不会总觉得心虚。邱颖笑了，说不会开车照样当他们的导师。方正先生说，那就不全面，不完美。

我们听了邸颖的交待都笑了，看来方正先生也在努力做一个完美导师。后来方正先生和邸颖约定，方正先生先把车买了，由邸颖先开着，邸颖陪练。方正先生要练车的时候，打电话给邸颖，邸颖去接方正先生。因为早晨的车少，所以方正先生总是选择早晨练车，当然方正先生选择早晨练车也是为了保密。

知道了方正先生的秘密，我们也就可以给师母交差了。我向师兄使了下眼色，说出去有事。师兄兴奋地说，我送邸颖走。我说，师兄你是想开车吧。师兄说，我就是要开方正先生的车过瘾。

师兄开着方正先生的车带着邸颖又向郊外跑，这次车速很快，给人一种要办急事的感觉。其实师兄有些气急败坏。师兄一路上的车速让邸颖激动得啊啊乱叫，脸上红扑扑的。其实她的表情一点也不像怕，更像一个历险者，显得兴奋、不安、精神抖擞的。

师兄将车又开到了上次的那个地方，还停在了那处萧瑟的芦苇旁。师兄抬头看了一眼那棵野外的桃树，没想到那棵野外的桃树已经开花了。桃花灿烂，飘红吐粉。师兄四下里望望，还是不见人烟，那丛枯黄的芦苇却让师兄有点兴奋，能激发出师兄的野性来。师兄望望邸颖，邸颖笑了，说你知道我刚才和谁在一起吗？

谁？

你们老板。

哦。

我告诉你们老板是你要和我约会，你们老板就放我走了。

啊！

我说你在追我，你们老板很高兴。

什么？

师兄望着那束早开的桃花，神色恍惚。

你又把我带到荒郊野外来，到底什么意思，说吧，有什么企图？

师兄望望邸颖的大腿，说你这次没有穿皮衣？邸颖说你不是不喜欢我穿皮衣吗？师兄说你穿裙子把你那性感的大腿盖住了，这就像一个长发飘飘的美女非要戴顶帽子一样大煞风景，再好看的帽子也无法替代美丽的秀发。邸颖笑笑，把裙子向上拉了拉，露出了大腿，腿上的确有了师兄的五个手指印，都青了。邸颖说我穿裙子就是让你看看你上次的手印。邸颖说这是你的罪证。

师兄在那里轻轻抚摸了一下，不好意思地笑笑又在那五个指印上揉了揉，说对不起。邸颖抓住了师兄的手，说你是不是想把手印揉掉消灭罪证？师兄连忙停了下来，不好意思再揉了。邸颖声音突然变了，充满了柔情，说摸呀，向上摸，再摸就摸着了。师兄停住了手，靠在那里说，我听你浪声浪语的这话怎么耳熟呀？邸颖哈哈笑了，说这是《新龙门客栈》张曼玉的经典台词，张曼玉对梁家辉要吹灯拔蜡时就这样说的。师兄说你好的不学，邸颖说我学的就是好的呀。师兄望望邸颖的大腿说，不好意思，我的手太重了。邸颖说你是不是心疼了？邸颖说着抓住了师兄的手在自己大腿那里揉，你该帮我揉，因为是你留下的。邸颖抓着师兄的手在大腿上揉着，然后牵引着师兄手向上……

啊！师兄惊叫了一声，却没能抽出自己的手。邸颖是有备而来，那里是一个陷阱。本来师兄在郊外为邸颖挖好了陷阱，想把邸颖引诱进去，没想到师兄一不留神把自己陷进去了。这是世界上最美丽最有诱惑力的陷阱，像沼泽一样湿润、温柔，让人沉醉，使人迷狂，不可自拔。邸颖呻吟着拉开了师兄的裤子拉链，像在人家菜园子里偷拔一根萝卜，匆忙而又慌乱。她把萝卜连根拔出，握在手中再也不舍得松开，然后她开始逃跑。她像一个巾帼英雄翻身骑上一匹奔驰的骏马，骑在了师兄的身上，然后她便毫不犹豫地将萝卜吞下……

完事后，师兄有些沮丧。邱颖却趴在师兄身上乐。邱颖问师兄知道这车的外号吗？邱颖说这车的外号叫"趴着乐"。邱颖说着哈哈大笑，邱颖在师兄身上趴着乐开了花。邱颖说这是你们老板告诉我的，不知道你们老板是否知道这所谓的"趴着乐"还有这一层含义，要是他知道了我和你在他的车上这样"趴着乐"有何感想。

师兄叹了口气说，方正先生在车的问题上处理得有瑕疵。

22

师兄从野外回来,显得没精神,很疲惫的样子。刚好碰到二师弟梁冰来找我们玩,他望望师兄说,哇,出事了,出事了,你肯定出事了。你看你的脸色有些青了,典型的纵欲过度。师兄叹了口气和二师弟握了握手说,梁公务员来了,来指导工作的吧。梁冰说我是无事不登三宝殿呀。

我望望师兄也嘿嘿笑了,说你肯定被邸颖办了,真是挡不住的桃花运。我这样说,师兄一下就想起了郊外的那棵桃树。姚丛新说郊外的桃花真开了,不知道桃花山的桃花开了没有。师兄在这时候想起了桃花山,肯定是又想起了自己的初恋,想起了和初恋的钟情去过的桃花山。我说师兄先别想桃花山了,先谈谈邸颖吧。

师兄谈起邸颖眼睛里有些放光。师兄说和邸颖在一起不知道从哪来的激情,同时还有一种罪恶感。在一个荒郊野外,在一丛枯黄的芦苇旁边,四下里荒无人烟,我和邸颖在车上肆无忌惮。那丛枯黄的芦苇能激发人的本能和欲望,让人一直回到原始;和钟情在一起就没有这种激情,有一种爱恋,也有一种爱护,有一种本能的温柔,有一种舍不得的感觉,有一种呵护,一切都是可控的,就像水库里的闸门,可以打开也可以关闭,这和邸颖不同,和邸颖就像决堤的水坝,一泻千里,无法控制,身不由己;和刘曦曦在一起又是另外一种感觉,总是小心翼翼的,这有点像下河游泳却带着鱼网，目的不太专一，只敢在离岸近的地方，不敢去河中间，因为你不知道是水深水浅。游泳又想捞鱼，可偏偏碰上了鳄鱼。

嘿嘿……我们都笑了，我说你自己是鳄鱼还说别人。

师兄说和钟情在一起就像上街吃饭要花自己的钱，总是盘算着，不忍心放开手脚，还怕透支；和邱颖在一起就像上街吃饭是人家请客，可以放开了造；和刘曦曦在一起就像吃一桌丰盛的宴席，却没说好谁买单，悬吊吊的，就像老鼠爱大米，爱得危险，因为眼前的大米你搞不清楚是不是诱饵？里面拌的有没有老鼠药？老鼠夹子藏在何处？问号一多，心里就不踏实了。

梁冰说，士隔三日当刮目相看呀，师兄由一个老处男一举成为了情场老手。你现在还想着钟情，其实钟情现在也在想着你。我瞪了一眼梁冰，说你别瞎说，师兄会当真的，钟情已经是弟媳妇了，这样瞎说不好。梁冰笑笑，说真的，钟情此刻想到的还真是师兄，只是她不好意思来找师兄，我这次来其实就是受她之托。

师兄冷笑一下，说我现在的女朋友是邱颖，她让你来找我干什么？师兄嘴上这样说，可脸上却有无法隐藏的喜色，看来初恋的杀伤力够大的，刚从邱颖的怀抱里出来，当人家一谈到钟情了情感就想出走。我和师兄都望着梁冰，等待着他的下文，钟情为什么让二师弟来找师兄呢？

梁冰说，林小牧出事了。

我说，梁公务员你也算国家干部了，说话要负责，你不能为了逗师兄高兴，就乱说话，林小牧毕竟是你的师兄，你还咒他出事。他能出什么事呀，他当律师都发财了，买了新车牛逼轰轰的，喜欢在周末来学校接钟情，把车就停在女生宿舍的门口。师兄听我这样说，骂了一句小人得志，买一辆车有什么了不起，我要买车早买了。

梁冰说，林小牧真出事了，被抓了。

啊！我拉了一下梁冰说，你瞎说什么，林小牧又不贪污行贿受贿，怎么会被抓？林小牧可是律师，一个律师被抓不知道犯了多大的事。师兄恨恨地说，林小牧那种人一看就是倒霉相，他干什么坏事了，是不是酒后开车轧死人了？那他完了，要判刑的，还终身吊销驾驶执照，律师也当不成了。

梁冰说，比开车轧死人还要严重。

师兄冷笑一下，说那就是强奸罪，看他个流氓相，肯定对女当事人耍流氓，人家不从然后施暴。那完了，情节严重者要判十年以上徒刑。我瞪了一眼师兄，说你别这么恶毒好不好，林小牧再坏也不会干这种事，他需要去强奸吗，身边不是还有钟情陪着嘛。我承认我这样说是有意戳师兄的心窝子，可是谁让他嘴上没边，逞口舌之快的。师弟虽然是师兄的情敌，那毕竟是人民内部矛盾，他一张嘴就把师弟往牢房里送太不厚道了。梁冰说，林小牧这次可能在劫难逃了，已经被逮捕了，现在关在看守所里，都是雄杰公司害的，罪名是"扰乱市场秩序罪"，涉嫌故意提供虚假证明文件。

我问这事和雄杰公司有什么关系？

梁冰说这事都是黄总害的，雄杰公司涉嫌欺诈发行股票，林小牧为雄杰公司出具《法律意见书》。

师兄说怪不得呢，早就听说雄杰公司发行了股票，融资了好几亿，一直没见挂牌上市，原来出了问题。师兄说着，仰着头翻着白眼，一字不差地开始背法条："扰乱市场秩序罪，故意提供虚假证明文件，……按《刑法》第二百二十九条，承担资产评估、验资、验证、会计、审计、法律服务等职责的中介组织的人员故意提供虚假证明文件，情节严重的，处五年以下有期徒刑或者拘役，并处罚金。"

梁冰望望我，有些无奈地摇摇头，悄声对我说，看来我这趟白来了，我是想来请师兄出山的，让师兄做林小牧的辩护律师，可是师兄他却幸灾乐祸。我回头看看师兄，见他还在摇头晃脑地背："前款规定的人员，索取他人财物或者非法收取他人财物，犯前款罪的，处五年以上十年以下有期徒刑，并处罚金。"

梁冰说师兄脑子里简直就是法律全书，张口就来。我说你瞧师兄像什么样子，简直就像个算命先生。梁冰说林小牧的命被师兄这样一算真是凶多吉少了。师兄嘴里念念有词地说："第一款规定的人员，严重不负责任，出具的证明文件有重大失实，造成严重后果的，处三年以下有期徒刑，并处罚金。"

梁冰拉了一下师兄，说你有完没完？师兄说完了，完了，如果罪名成立，林小牧这次最少三年，律师资格还会被取消。梁冰说，师兄我是来找你救林小牧的，想请你给林小牧辩护。师兄冷笑了一下，说，笑话，我会给林小牧辩护？想都别想，杀父之仇，夺妻之恨，让我给林小牧辩护，不可能。当初我就觉得黄总不是什么好东西，林小牧还说我杞人忧天，我就怕黄总黄鼠狼给鸡拜年没安好心，拉我们老板下水，没想到老板没拉下水，林小牧被拉下水了，成了替死鬼。梁冰说，老板虽然没有什么直接责任，但是老板在雄杰公司上市的审核中是投了赞成票的，这次新的发审委没有老板，可能还和雄杰公司涉嫌欺诈发行股票有关。

师兄问，那黄总呢，是不是也被抓起来了？

梁冰说，黄总和他的那个叫刘曦曦的小蜜早跑了，出国了。

啊！我不由望望师兄，原来刘曦曦出国了。师兄脸色十分难看，我向梁冰使了个眼色让他别提刘曦曦。梁冰却没有理解我的意思，说，我知道找师兄你辩护有问题，你虽然理论学得比较好，可是没有实践经验，辩护肯定不行。

师兄冷笑了一下瞪了梁冰一眼，说你别用激将法，我不吃那一套。师兄说着摔门而去。梁冰问我师兄怎么变了，软硬不吃了？我叹了口气说，你不知道，这刘曦曦也是师兄心中的痛。梁冰听我把师兄的事一说，直摇头，说这事太乱了。我说请师兄给林小牧辩护这事够呛，为什么非要师兄辩护呀，律师有的是。梁冰说，你不知道，这是林小牧要求的，林小牧在看守所传话让钟情找师兄，钟情不好意思，才打电话让我来做师兄的工作的。我摇摇头，说林小牧真是哪壶不开提哪壶呀。

律师最赚钱的业务是什么？不是诉讼代理，是为上市公司包装上市，负责对上市公司进行法律核定。这业务不但赚钱而且轻松，这有点像审核按揭贷款购房合同的律师，审核一份合同就等于审核千份，可是律师的代理费却是按份算的，一份也不能少。购房合同是房地产开发商出的，律师是开发商请的，而律师代理费却要每一个业主出，律师的审核在这里只剩下签字和盖章了。无论是对上市公司进行法律核定，还是为千百万个业主进行购房合同审核，这都是好业务，对律师事务所来说这种业务那是要千方百计拉到手的，只要拉到手了，就是一本万利。

雄杰公司上市当然也需要律师事务所的审核，这个好业务被师弟林小牧碰上了，林小牧和黄总一谈，黄总毫不犹豫地就将业务给了林小牧。林小牧本科时就考取了律师资格，考研期间就一直在律师事务所实习，在读研时就拿到了律师执业证书，并且成了一家律师事务所的兼职执业律师，研究生毕业后，林小牧和师兄姚从新一样都是有了三年执业经历的律师了。只不过师兄姚从新读了博士；师弟林小牧就厉害了，带着雄杰公司的业务成了一家律师事务所的合伙人。

林小牧的律师事务所和雄杰公司签订了协议，负责对雄杰公司进行法律核定。对上市公司进行法律核定是根据企业提供的数据进行的，如果企业的数据本身掺假，无论是律师还是会计师都是无法审核出来的，因为面对企业提供的数据和大量文件，律师和会计师没有其他参照系，你抱着企业提供的文件看一个月也不可能审核出什么问题的。律师的所谓审核其实就是让法律文本显得更规范，盖上律师事务所的红印，看起来更真实而已。

林小牧根据雄杰公司提供的财务报表及账目，迅速写了《法律意见书》。林小牧知道只要办妥雄杰公司的业务，马上就有一大笔代理费进账，关键是从此林小牧这个新的合伙人就在这个律师事务所立住了，这对林小牧来说比金钱更重要。林小牧在《法律意见书》上迅速签了自己的名字，并盖上了律师事务所的印章。后来，雄杰公司如愿成功上市，募集到几亿资金。林小牧万万没有想到雄杰公司为了达到上市的目的，竟然伪造虚假的财务报表和账目。当雄杰公司东窗事发后，林小牧的律师事务所被认为是为虎作伥，是雄杰公司的"帮凶"。公安人员把逮捕令摆在林小牧面前时，林小牧笑笑把警察看了又看，说是哪位师兄，不能开这种玩笑。警察说我不是你师兄也不会和你开玩笑，收拾一下和我们走吧。

林小牧被关进看守所时，才意识到大祸临头。林小牧在看守所里，林小牧决定自己为自己辩护，当他研究了自己的案子后，林小牧绝望了。检察机关指控他造假，在雄杰公司上报正式材料申请发行期间，为雄杰公司出具了虚假的《关于雄杰公司股票发行、上市的法律意见书》，一起被起诉的还有一家会计师事务所，罪名是出具虚假的《审计报告》和《盈利预测报告》。林小牧虽然觉得冤枉，可是为自己辩护总觉得百口难辩，字穷理屈。在这个时候，林小牧第一个想到的是自己的同学，想到的是师兄姚从新。师兄不但有理论水平，而且和自己一样都有几年的律师执业经历了，如果请师兄出山帮自己辩护，可能还有希望。

23

晚上，钟情自己来了。自从师弟毕业后，钟情就从我们眼前消失得一干二净，我们只能从邱颖的嘴里知道她一些似是而非的消息。这位往日的漂亮女生，穿了一身黑，看着比较憔悴，就像一个忧伤的小寡妇。钟情无助地站在我们宿舍的门前不肯进屋，楚楚动人的样子让人心疼。老实说钟情的这种样子是比较能打动人的，让人心生怜悯——这是怨恨的克星。师兄心中那蓄积了太多怨恨的堤坝一下就崩溃了。师兄望着钟情脸色苍白，不知所措。我说："钟情来了，请进！"钟情说："不了，我找师兄只说两句话。"

我轻轻推了师兄一下，说："去吧。"

师兄和钟情走在校园里，开始两个人谁都不说话，远远望去就像两个怄气的情侣。只是钟情的一身黑裙在春寒的夜晚显得单薄，走在风里瑟瑟发抖。其实师兄和钟情刚走出宿舍门，就被邱颖看到了，邱颖望着师兄和钟情的背影，冷笑着悄悄地跟了上去。钟情的黑裙在风中飘扬如孤独的旗帜，这使钟情冷得缩成了一团。师兄实在无法忍受钟情在风中飘扬的样子，将自己的外套脱下给钟情披上。钟情抬起头泪眼婆娑，说："你能做林小牧的辩护律师吗？"

"不能。"师兄回答得很干脆。

"为什么？他可是你的师弟呀。"

"你应该知道为什么。"

"那还是因为我？"

师兄不语。钟情突然停住脚步，问师兄："你还爱我吗？"

师兄愣了一下，站在那里不知是紧张还是冷，牙齿有些打架。钟情说："如果你还爱我，我们就重新和好。"

"什么？"师兄有些迷惑，师兄说："那林小牧怎么办？"

钟情回答："只要你替他辩护，把他救出来，我就重新和你好。"

师兄突然愤怒了，咬着牙说："你，你无耻，这是赤裸裸的交换。"

钟情冷笑了一下，说："我是无耻，我现在什么都可以不顾，只要能把林小牧救出来。"钟情抬头望着师兄一副视死如归的样子，这使师兄不敢看钟情的眼睛。钟情说："林小牧家庭条件不好，如果他被判了刑，取消了律师资格，那林小牧就完了。"

师兄长长地叹了口气，说："你这样说，我就放心了。"

"你这是什么意思？"

"你为了林小牧什么都肯牺牲，这说明你是真心爱他的。我一直认为你是被他的花言巧语骗了，所以我恨林小牧。既然你是真心爱他的，我还有什么好说的。"

"师兄——"钟情情深意长地喊了一声，"你是个好人，一定会有好报的。"

"我明天去看守所看看师弟，了解一下案情。"

"师兄，你同意给林小牧辩护了？"

师兄点点头。钟情激动地一下扑进了师兄的怀里，破涕为笑："哇，师兄你太棒了。"师兄被钟情突然的热情弄昏了头，抱着钟情还在人家脸上狠狠地亲了一下算是报酬。师兄的这种行为被不远处一直在跟踪的邸颖看得一清二楚，邸颖走到了师兄和钟情面前，笑着说你成功了。钟情在邱颖面前伸出食指和中指，比划了一个V字，说："邱颖，搞定，你输了。"

邱颖笑笑，说祝贺你，然后一甩长发离去。师兄望着离去的邱颖问钟情怎么回事？钟情说我和邱颖打了一个赌，我说你心肠好，重情，只要我亲自出马你肯定愿意给林小牧辩护；邱颖说你不可能给林小牧辩护，我们就……钟情的话没说完，师兄气急败坏地将披在钟情身上的衣服一把扯了下来。师兄一句话也没说，扬长而去。钟情远远地喊："你答应了的，你答应给林小牧辩护，不能说话不算话。"

师兄回过头来说："我答应给我师弟辩护，这和你没关系。"钟情站在风中，自言自语地说，师兄真奇怪，给你师弟辩护不就是给我的林小牧辩护吗，这有什么区别，真是傻博士。

师兄回到宿舍大发感慨，说这"80后"的思维和行为方式怎么就和我们不一样了呢。他们干什么都可以做秀，什么事都可以恶搞，我真受不了他们，是我们太老土了，还是他们太新潮，你根本跟不上他们的思路，师弟娶了钟情够他受的，师弟让人同情。我偷偷笑了一下，看来师兄这回真从钟情的阴影里走出来了。可是，师兄忘了，邱颖也是"80后"，邱颖也不是好对付的。

中午，我们正睡午觉被一个雷打醒了，这可是名副其实的春雷呀。我和师兄起身望着窗外，雨说来就来了。师兄说坐在床上望着大雨有一种安全感，所以师兄说他喜欢下大雨，越大越好。小时候一下雨就激动，希望下得大一点，最好沟满壕平的，这样鱼就跑出来了，窜进高粱地里，窜进院子里，那真是一件幸福的事。师兄说，他还喜欢看雨，特别喜欢看没带雨伞的人在雨中狂奔，简直是太有意思了。我说你就会幸灾乐祸，要是让你在大雨中在电闪雷鸣中奔跑，看你还觉得有没有意思。师兄说这怎么可能。我说这有什么不可能，谁都有忘了带雨伞的时候。

我们正望着窗外的雨聊天，这时隐隐约约地听到楼下有一个女生在喊叫。姚从新，你下来，姚从新你下来！

师兄肯定以为这是一种错觉，揉了揉耳朵，怀疑自己被女生折腾出病了。我说，楼下好像有女生喊你。师兄说，这是错觉。我跑到窗口往下看，然后向师兄挥手，说你快来看，你看谁在楼下。师兄来到窗边，往下一看目瞪口呆。在电闪雷鸣和瓢泼大雨中，邸颖站在博士楼和硕士楼之间，没有打伞，全身已经淋透，裙子紧紧包裹在身上，现出美丽的轮廓。邸颖仰望我们的窗口，当看到师兄后，在雨中高声大喊：

"姚从新，我爱你！姚从新，我爱你！"

邸颖的声音虽然被雨声和雷鸣声埋没，有些隐隐约约的，但是很多楼上的同学还是听到了。博士楼和硕士楼的窗户在雷雨中毫不犹豫地打开了，窗口露出一个个的脑袋。大家都向下看。有人喊道，哇，这谁呀！真酷。

"姚从新，我爱你！姚从新，我爱你！"

又有人喊，这是谁的女朋友呀，好可怜耶。

博士楼的窗口上露出了更多的脑袋，有同学跟着邸颖一起喊了起来。

"姚从新，我爱你。姚从新，我爱你。"

更多同学加入到喊声中，喊声已经盖过了雷声，在雷声的伴奏下汇成了一股洪流。那喊声已经不是"姚从新，我爱你"了，而是"姚从新，下去。姚从新，下去。"

我望望师兄道，你还愣着干啥，还不下去。

我操！

师兄骂了一句粗话，转身离开窗口，拿了把雨伞要下楼。我一把把雨伞从师兄手中夺下，说你拿着雨伞下去也太煞风景了。师兄丢下雨伞气急败坏地向楼下奔去。师兄怎么也没想到邸颖这个小蹄子会想出这么矫情的一招。邸颖这样做太过分了，作为女主角她是有准备的表演，可是作为男主角的师兄却是毫无准备的。这样师兄的出场就显得仓促而又狼狈。可是师兄又必须出场，否则观众就不干了；如果师兄拒绝演这场戏，那么观众就会起哄，就会骂人，骂十分难听的话，还会向师兄的窗户扔酒瓶子。师兄奔出宿舍搂，向邸颖扑去。师兄毫不犹豫地将邸颖抱在怀里，暴风雨中和她狂吻。事实证明师兄的表演不错，因为站在宿舍窗口的同学们都在热烈地鼓掌。师兄给大家演绎了现代版的《雷雨》。

师兄说我们上楼吧。邸颖说，不，我不上楼，让所有的同学都看到你抱的是我，将来你再抱别人，所有的人都会骂你，说你是花花公子。

师兄搂着邸颖站在那里，在众目睽睽之下邸颖仰着脸，满脸是水，不知道是雨水还是泪水。

师兄说，小姑奶奶，你有完没有。

邸颖说，没完。除非你答应我不再理钟情，除非你答应我不给林小牧辩护。

师兄说，我给林小牧辩护和你有什么关系？邸颖说这当然和我有关系，你给林小牧辩护就等于还没有忘了钟情，我可不愿意生活在钟情的阴影中。

行，行，咱先回宿舍。

邸颖胜利地俘虏着师兄回到了宿舍。宿舍已经来了一堆人。我对大家说，都回避一下吧，让人家换衣服。师兄对邸颖说，我这可没有女生的衣服。邸颖说，我把湿衣服脱了，钻你被窝里就行。大家听邸颖这样说，都偷偷地笑。邸颖把门一关说，有什么好笑的，少见多怪。

邸颖躺在师兄床上，师兄给邸颖盖好被子，说我去给你取衣服。邸颖说，不用，衣服什么时候干了，我什么时候走。师兄说这衣服今天就干不了，邸颖说那今天我就不走了。

第二天阳光明媚，空气也很清新。邱颖在师兄宿舍住了一夜，要不是她上午有课她还不知道赖到何时呢。我当晚只有在隔壁和同学挤。师兄把邱颖送走，回来就有些不行了，头痛、咳嗽，还有点发烧。师兄躺在床上，在额头上搭着毛巾，像个真正的病人。房间里人来人往的，大家借故都来看看，还在回味昨天的雷雨大风。有同学说，师哥你昨天上演现代版《雷雨》好感人耶，今天怎么就成这样了。我说，男人的抵抗力就是比不上女人，邱颖就没感冒嘛！有人说应该把邱颖叫来，昨天暴风骤雨，今天风和日丽，让她端水送药，来一段柔情戏。

师兄有力无气地说，千万别叫她，我受不了她。你们也别在这里风言风语了，我的感冒再受了你们的风寒就永远也不会好了。大家哈哈笑，说师兄还没有病入膏肓，接受系统还比较灵敏，还对我们的风言风语有感应。师兄痛苦地在床上直摇头，直摇头。我挺同情师兄的，说好啦，大家散吧，让男主角休息休息。

刚把大家轰走，我的手机就响了，是短信。短信是邱颖同宿舍的圆圆发的。

圆圆："听说昨天在博士楼上演了现代版《雷雨》？"

我："可惜你不是女主角。"

圆圆："我才不敢当女主角呢，现在我们宿舍在上演双雄会。"

我："是吗？"

圆圆："阿庆嫂和沙奶奶打起来了。"

我："好，打内战对我们师兄比较有利。"

圆圆："还说呢，你们师兄立场一点都不坚定。一会儿答应钟情要替林小牧辩护，一会儿又答应邱颖不给林小牧辩护。"

我："给不给林小牧辩护是师兄的事，关她们什么事。"

圆圆："你不知道，给不给林小牧辩护已经成了焦点，给林小牧辩护说明姚从新还没忘记老情人，邱颖还生活在钟情的阴影里。"

我："你们太以自我为中心了，为林小牧辩护是师兄帮师弟，这说明师兄不记前嫌，和她们有什么关系。"

圆圆："那你们也太以自己为中心了，不懂政治，给不给林小牧辩护已经不是师兄自己的事了，这关系到钟情和邱颖两个人，给林小牧辩护说明邱颖还没有得到姚从新。"

我："邱颖昨夜和姚从新在我们宿舍住在一起，她已经得到我们师兄了。"

圆圆："那算什么呀，得到了人不一定得到了心。"

哈哈——我看到短信哈哈大笑。师兄问我笑什么，我把手机递给师兄，让师兄自己看。师兄看了短信，骂了一句粗话说，明天我们就去看林小牧。我说邱颖会不会又闹出什么幺蛾子？师兄说，不怕，给不给林小牧辩护和钟情没关系，也和邱颖没关系，谁还能挡住了我救师弟，邱颖要闹就和她分手，无所谓。我叹了口气，为师兄感叹，师兄的变化太大了，一转眼师兄就从一个相当看重男女之情的处男，变成一个对女人无所谓的酷男。看来女人是最好的学校，会让一个男人迅速成长——把男女之情放在了兄弟之情之下。师兄为了钟情为了男女之情和师弟翻脸，现在师兄把那所谓的夺妻之恨放到了一边，兄弟之情成了他人生的燃料，推动着他向前。

24

第二天,我和师兄一起去看守所探望师弟。见到师弟让我们大吃一惊,师弟都苍老成我们的师叔了。本来是小白脸的师弟变成了一个蓬头垢面、胡子拉碴的犯人,目光中已经没有了往日的自信和精明,浑浊的眸子里透出的都是绝望,师弟的状态让人心痛。为了缓和气氛,使师弟放松,我有意打趣师弟,说你不错呀,居然到这来找感觉来了。师弟想笑却没有笑出来,说,师兄,我冤枉呀。

我说行了,进来的人都会喊冤枉的,别绝望得像个死刑犯。你是懂法律的人,应该很清楚自己的事,没什么了不起的。

师弟求助地望着我们说,师兄,帮帮我,你们不帮我,我就死定了。这时,师兄姚从新拿出了起草好的委托书递给师弟,师弟接过委托书看着看着,眼泪吧嗒、吧嗒地掉在了委托书上。师弟望着师兄,说我知道你会帮我的,你是老大,你不会和小弟一般见识的。师兄一句话都没说,把笔递给了师弟,师弟接过笔在委托书上签了自己的名字。我望望师兄又望望师弟有些感慨。这时的师兄还真有点兄长的样子,可靠、踏实,让人信赖。一直到我们告别师弟时,师兄都没怎么说话,话都让我说了,俗话说"相逢一笑泯恩仇",可是我费了九牛二虎之力也没能让师兄和师弟笑出来,看来我是一个没有幽默感的人。在我们和师弟告别时,师弟说,你们不想听听我的案情。我望望师兄,师兄说我既然成了你的辩护律师，我会调出你的卷宗了解案情的，你现在的叙述会影响我的判断。

在路上我对师兄说，你既然为师弟辩护了，干吗还虎着个脸，公事公办的样子。师兄说本来就是公事公办，我是林小牧的辩护律师，我自然会保护当事人的合法利益，给林小牧辩护并不是和林小牧同流合污。我说看林小牧样子，也许是冤枉的。师兄说在没有了解案情之前，我不想进行任何判断，也不想先听林小牧的陈述，林小牧那张嘴你又不是不知道。师兄赶回学校连夜开始翻阅厚厚的案卷，为了不打扰师兄，我像个猫似的在宿舍里连大气都不敢出。

雄杰公司为了上市，可谓是经过了多年的筹备，或者说黄总为谋求上市经过了多年的努力。最后雄杰公司向证监会提交了在国内A股市场发行股票的报告。在正式申报材料上报证监会后，为了上通下达，雄杰公司总裁黄少杰带领公关部经理刘曦曦及一班人马为公司上市可谓是费尽心血。在此期间，承销商根据证监会的审核意见对上报材料进行了多次修改，所需资料和手续与雄杰公司迅速沟通。最后黄少杰以及雄杰公司的所有董事分别在存在重大虚假内容的招股说明书上签字。经证监会核准后，雄杰公司股票公开发行，募集资金数亿。无论是黄总还是刘曦曦还是所有相关人员，都将因公司上市而大发其财。就在等待择吉日挂牌的时候，一个电话打到雄杰公司，说证监会指示雄杰公司股票暂停挂牌。雄杰公司在即将挂牌时，又从股市上消失了，除公司尚未撤销，资产、业务已全部剥离，等待他的只有最终清剿债务。

其实，雄杰公司的上市和绝大多数上市公司经历的一样，经过一系列的所谓运作、包装，"业绩"有了，手续齐备了，IPO成功了，只是雄杰公司的一切手续都是虚假的。该案经检察院批准，公安机关执行刑事侦查完毕后，由检察院向法院提起了公诉。从检察院提交的起诉书得知，除第一被告雄杰公司外，还有

7位自然人同案被诉。中介机构一个是某会计师事务所注册会计师，一个是师弟林小牧律师。林小牧因涉嫌出具证明文件重大失实罪，被公安机关执行逮捕。在被起诉的人员名单中，让师兄牵挂的刘曦曦不在起诉之列，这让师兄长长松了口气，关键人物雄杰公司总裁黄少杰外逃出国，公安机关已发出了国际通缉令。

作为一般投资者，最在意的是上市公司资产的盈利能力。雄杰公司在成立股份公司的过程中，恰恰出现了业绩造假这一问题。

黄总为了谋求公司上市可谓是费尽心血，中途也是一波三折。黄总最早的公司属于中外合资企业性质。那时的中外合资企业吃香，黄总加入了一个太平洋小国的国籍，也就是买了个护照，然后回国成立了一个中外合资公司，主营进口贸易，也就是倒腾彩电。由于国家对中外合资企业有税收等优惠政策，黄总的公司在短短的几年里就发了大财。随着国内彩电业的不断发展，国产品牌逐渐代替了洋品牌，黄总的彩电进出口贸易越来越不好做了。就在这时，国企改革拉开序幕，一个重要的手段，一个流行的说法叫国企改制"包装上市"，后被讽刺为"化妆上市""伪装上市"。那时的中国资本市场，发行股票还是审批制，谁有指标，谁就有了入门证，各个部委都有上市指标，指标都分配给了国有企业，目的是支持国营企业的发展。

黄总看到国营企业又吃香了，无论民营企业还是中外合资企业，你无论怎么捣腾也不如国营企业改制上市，只要上市发行股票了也就发财了，根本不需要搞什么经营。由于黄总的公司不具备参与国企改制上市资格，不能直接上市，也不能直接与国有企业合资成立股份公司包装上市。黄总为了谋求上市，以盘活国有企业为名，在自己家乡兼并了一家国营企业，也就是说在企业的国有性质不变情况下，黄总愿意注入资金，为国企脱困贡献自己的力量，也为家乡的发展做贡献。黄总的这些做法当然得到了当地政府的欢迎和大力支持,在接手那家叫红光厂的时候,当地媒体把黄总当成支持国企改革的先进人物来报道。其实黄总也就是想借一个国有企业的壳为将来包装上市做准备。黄总接手红光厂后什么也没干,只把红光厂改了个名字,叫红光有限责任公司。

这时,黄总从电视上看到本省从中央要来一个大项目,落户到了本省的一家大型国营企业,该项目还得到了国家领导人的重视,许多领导人都到企业视察。但是,在当时国有资本战略调整的大趋势下,项目从中央财政获得资金已不可能。为支持该项目,省里把上市指标配给该企业。但是,按当时发股规定,需要提供企业过去3年的盈利业绩,而该企业只有"项目"和上市"指标",却拿不出盈利业绩,为此,企业在政府的支持下决定寻找能够提供3年业绩的外部资产。

这时,黄总出现了,双方完全是一拍即合。两家所谓的国营企业合资成立了雄杰有限责任公司,在这个雄杰公司中黄总占了49%的股份,并任副董事长兼总裁。

这样,黄总算是找到了一棵大树,有了大树好乘凉呀。双方组团互相考察后,正式签署了合作协议,以募集设立方式,成立雄杰公司发行股票。如果政策不变,如果黄总的入围资产属实,业绩真实,今天的雄杰公司也许是很受追捧的股票。就在一切手续办得差不多时,证监会通知不再受理"募集成立"的预选材料,改为只接受发起成立公司发行股票预选材料,并提出国企改制后,必须运行一年才能包装上市。这样,在黄总的主持下的雄杰公司上市眼看就要流产了,如果上不了市黄总就要血本无归,因为黄总的确已经花了不少钱了。为了满足"国企改制后必须运行一年"才能包装上市的要求,黄总便倒推公司的注册时间,重新办理了公司营业执照。

即使发行股票的方式改为国企改制以发起成立运行一年后上市,哪怕成立时间上有点出入,只要出资真实,业绩真实,仅仅是成立时间上有点出入，也许能够掩人耳目，蒙混过去。但是，由于黄总的入围资产本身业绩不实，入围后又抽逃资产，最终造成欺诈上市。

当时黄总兼并的红光公司只是一个空壳，可是红光公司还是提供了所需要的审计、评估、法律各方面的材料，这些材料大部分是不真实的。当地政府大力支持红光公司，或者说大力支持占了49%股份的黄总包装雄杰公司上市，为红光公司土地使用权更名、资产划转等大开绿灯，当地税务部门还为红光公司补办了几千万元的完税凭证，而所有的法律手续都是倒签的。

雄杰公司为了上市，前后召开了5次中介机构协调会，公诉人称这是5次共谋造假的协调会，因为当时讨论的许多内容后来形成了造假事实。师弟林小牧曾参加了后来三次的协调会，因为黄总在中途撤换了不太配合的某律师事务所，从而使师弟林小牧和他的律师事务所加入。

红光公司的财务资料有一套假的和一套真的，真实的财务资料与假的混合在一起，只有公司财务才能将真账和假账分开。黄总将红光公司所谓90%的股权入围雄杰公司，并为这些资产推算出前3年相应的利润。按公诉人宣读的公安机关刑侦阶段获取的证据，财务造假主要包括：第一年红光公司向全国46家公司虚开增值税发票近四千份，虚增销售收入30亿元，虚增主营业务利润3亿多元。第二年红光公司向自己的销售公司虚开发票两千多份，虚增销售收入20亿元，虚增主营业务利润3亿元，这叫自产部分的收入。第三年虚开发票三千多份，虚增销售收入25亿元，虚增主营业务利润3亿元。为使账目平衡，在虚增销售收入后，黄总又虚构了10家公司，并使用假发票以购进原材料为名，为红光虚开发票两千份，金额20亿多元。为掩盖销售公司虚开发票、虚增销售收入的事实，红光公司采取涂改承兑汇票进行二次复印，伪造银行进账单、对账单等手段虚构了销售结算资金，共计涂改复印300份承兑汇票，金额为20亿元，用于制作假账。由此，红光公司共计虚增主营业务利润9亿元，占雄杰公司招股说明书中披露的主营业利润的85%。

师兄一夜未眠，看完了厚厚的卷宗后在那里发愣，我起床后问师兄研究的结果如何？师兄叹了口气说，师弟是替死鬼，他是冤枉的。我说那师弟没事了。师兄说有事，而且事还不小。我说你明明知道师弟是冤枉的，那你可要救救他。师兄说，这个案子太大了，社会影响极大，国家损失惨重，哪怕是师弟负极小一点责任，也够他受的。

师兄问我，你还记得我曾经给你讲过的我爹在姚家湾开煤矿发财的故事吗？我说你那"新淘煤记"是"新淘金记"的翻版，是粗陋的模仿。师兄说我承认是模仿了"新淘金记"编出来的故事，但是那的确是我对中国证券市场的理解。在雄杰公司涉嫌欺诈发行股票案中，黄总忽悠来忽悠去，一个重要的目的就是改变自己的"身份"，由一个"外姓"人变成一个"姚姓"人；然后改变自己的历史，由一个外姓的"普通"人，变成一个"姚姓"人，伪造一个采煤簸箕；再然后向着大家确定的一个所谓大煤矿进军，为了开采这个大煤矿向社会募集资金。

我们从师兄的所谓"新淘煤记"中可以看出，在雄杰公司涉嫌欺诈发行股票案中，黄总首先把自己的企业改成姓"公"，变成一个国有企业，这是改变自己的身份；然后在一个冠冕堂皇的借口下骗取人们的信任，他兼并红光厂是为了国企脱困，为国企改革做贡献，他谋求上市是为了给国家项目募集资金；第三步就是在造假修改自己的业绩，这也是为了国企的发展，为此得到了政府的支持。

在骗取人们的信任方面黄总可谓是有一整套方案。为了万无一失地在证券会审核通过，黄总可谓是机关算尽，他花几十万购买了发审委的委员名单，然后想方设法把发审委员搞定。他的公关方式也十分巧妙，就拿我们的方正先生来说吧，黄总知道直接收买我们方正先生那是不可能的，反而会坏事。他让方正先生给他们公司员工讲座，然后给方正先生讲课费，这一方面和方正先生联络了个人感情，另一方面在方正先生面前也显示了黄总的远见，让方正先生对未来雄杰公司的发展增强信心；他又和我们学校合作，为学校修围墙，从而显示自己公司的实力；他撤换律师事务所让师弟林小牧成为他的律师中介，不但是利用了林小牧刚毕业想在律师事务所立住脚跟的心理，还有就是通过林小牧影响方正先生。雄杰公司所有的法律手续都是自己弟子签了名的，方正先生还有什么好怀疑的呢。就连我们他也想到了，希望我们在方正先生面前说好话，至少不说坏话，所以在方正先生去讲座时，每人给陪同费。黄总很清楚方正先生这一票的重要性，方正先生不仅仅是自己一票，在审核会上方正先生的态度可以影响其他发审委委员。

可见，从政府的领导人，到证券会，到发审委，到方正先生，到师弟林小牧这小小的律师，到我们，都成了黄总的棋子。

在整个案子中，政府行为在雄杰公司上市过程中起到某种主导行为。无论是地方政府还是证监会，在支持国家发展重点产业项目及支持地方经济建设上，动机与目的并不坏，但效果值得思考，完全被人利用了。中国的股票发行方式一直不断受到抨击，也在不断探求改革。历来所揭露的和未揭露的欺诈发行股票行为，都多少与原有制度有关，尽快改革发行方式，不仅可以使蓄意圈钱的人难以成行，更重要的是可能避免好人受害，好人变坏。

中国证券市场的今后发展是可以期待的，但是，过去的遗留问题特别是全流通问题怎么办？难道真要推倒重来？

25

关于师弟林小牧的案子,方正先生的态度让我们惊讶。方正先生认为林小牧应该承担法律责任,受到法律的制裁。方正先生说,林小牧为了挣钱和黄总同流合污共同造假,使我对雄杰公司的判断失误。由于我在审核会上发言公开支持雄杰公司,使雄杰公司顺利过关,当证券会得知雄杰公司欺诈上市时,我成了第一个被质询的对象,致使在新一届发审委中我的资格被取消。

我们听方正先生这样说大吃一惊,原来方正先生的发审委资格是这样被取消的。看来方正先生早就知道了证券会在调查雄杰公司欺诈发行股票之事,并且受到了质询。在证券会将案子移送司法机关前,方正先生就知道了林小牧逃不了干系,可是方正先生什么也没说,听之任之,干脆自己去驾校学开车,追求新的生活去了,还找了邱颖陪练。

师兄说,林小牧是替死鬼,冤。方正先生却说,林小牧不冤,为了黄总的代理费什么都不顾了,连自己导师都骗。师兄说就目前的情况看,林小牧可能不了解情况。方正先生说他不了解就在法律意见书上签字?他不了解情况就在我面前替黄总说话,还拍胸脯说黄总的公司是最好的公司?方正先生谈到这个问题有些激动,我拉了拉师兄示意他别说了,没必要惹老板生气。没想到师兄却告诉了方正先生,他已经成了林小牧的代理律师,准备出庭给林小牧辩护。方正先生听师兄这样说,冷笑了一下,说好呀，这下热闹了，咱们法庭上见。师兄没听懂方正先生的话，认为方正先生也是出庭为林小牧辩护的，还埋怨林小牧请了导师就不应该再请师兄了。方正先生又一次冷笑了，说我怎么会为林小牧辩护。然后方正先生就起身送我们出门，看来是不愿意再谈林小牧的事了。

在门前方正先生又关照师兄，他不反对师兄给林小牧辩护，但愿通过师兄的辩护能证明林小牧的清白；但是一切要"以事实为根据，以法律为准绳"。方正先生还是那句话，咱们在法庭见。

我和师兄探讨了半天也没有搞清楚方正先生"我们在法庭上见"的含义，我们在法庭见，这说明老板要出庭，老板又不是为师弟辩护，出庭干什么？难道是为其他犯罪嫌疑人辩护？这不可能，就目前所起诉的犯罪嫌疑人，无论是法人还是自然人，老板都不可能成为他们的辩护律师。老板出庭意味着什么？他出庭的身份又是什么呢？他难道是去旁听，如果老板去旁听，他根本不应该说出"我们在法庭上见"那么严肃那么有分量的话。

我和师兄刚回到宿舍，钟情就来了。钟情的表情又悲伤了，而且脸上还挂着泪痕。钟情还是站在门口不进来，问师兄是不是决定不为林小牧辩护了。师兄说没有呀。钟情不信，认为师兄在骗她，说方正先生不同意师兄给林小牧辩护，师兄就不辩护了。师兄有点解释不清楚，望望我。我告诉钟情我们刚从老板家回来，老板没有反对师兄给林小牧辩护，还希望师兄真能证明林小牧的清白。钟情听我这样说，有点半信半疑的，要请师兄出去吃饭。师兄不愿意，钟情就说连饭都不愿意去吃，证明他的确不给林小牧辩护了。师兄被钟情逼得够呛，只好让钟情在门前等，说自己换件衣服。师兄换衣服是假，拉我入伙是真，我肯定不愿意去当电灯泡的，让师兄自己去。师兄有点怕，我对师兄说，没什么好怕的，钟情一个女孩子家，请你去吃饭还能干什么，不可能是鸿门宴，最多是喝"花酒"。师兄说喝喝花酒他不怕，他既然能做到和钟情"上床不乱"，就能做到"坐怀不乱"。

我哈哈笑了，说师兄牛，有定力，去吧，去吧。师兄开门就和钟情走了。

在酒楼两个人刚点好菜，邸颖就突然出现了，这让师兄十分尴尬。邸颖冷笑着问师兄，只顾着和老情人吃饭了，知不知道老婆还没吃饭。邸颖用"老婆"这个称呼指代她和师兄的关系，这在钟情面前显然是很恶毒的。言外之意是让钟情知道她和师兄的关系比老情人还要进一步，更亲密。钟情当然不吃邸颖的那一套，还嘲笑邸颖，问邸颖什么时候和师兄领的结婚证。邸颖说没有领结婚证，是事实婚姻。钟情说事实婚姻现在法律不承认。邸颖说法律不承认没关系，只要我和姚从新承认就行了；如果姚从新也不承认，那我肚子里的孩子承认就行了。师兄一听这话不对，让邸颖不要乱说话，你一个姑娘家，怎么能这样说自己。邸颖说这是事实，我怀孕了，你承认不承认，你要是不承认我就把孩子生下来然后去做亲子鉴定。师兄有些急了，说不可能呀，你前天在我们宿舍住了一夜，今天就怀孕了，这也忒快了吧，这没有科学道理。邸颖说你只记得前天，你怎么不记得在野外那一次，在那桃花盛开的地方，在车上，你只记得趴着乐了，怎么没想想后果。

师兄听邸颖这样说，脸一下就白了，起身就和邸颖向外走，把钟情一个人晾在那里。钟情在师兄身后喊，姚从新你怎么能这样，你答应了给林小牧辩护，就不能变卦。师兄回过头说，这和你没关系。

在回学校的路上邸颖劝师兄不要给林小牧辩护，师兄暴跳如雷。说你们两个女生怎么拿这事较劲。我给我师弟辩护关你们什么事呀。邸颖说当然关我事，是钟情让你给林小牧辩护的，你看钟情的面子给林小牧辩护，就证明你没忘记老情人。我们同学都知道这事了，我在同学们面前很没有面子。师兄说你只顾自己的面子，你替我师弟林小牧想过没，他可能被判刑的。邸颖说其实不让你给林小牧辩护也不是我一个人的意思，方正先生也不希望你给林小牧辩护。

不可能，师兄告诉邸颖他下午还在方正先生家，方正先生并没有反对给林小牧辩护。邸颖说那是方正先生不好把话说白了，方正先生恨不能林小牧去坐牢，因为林小牧害了他。师兄认为邸颖的说法言过其实了，师弟怎么会害老板呢。邸颖说林小牧在方正先生面前不知道说过黄总多少好话，这增加了方正先生对雄杰公司的信心，事实上雄杰公司在审核中差点就没过关，是方正先生做了另一个发审委委员的工作，就是这一票让雄杰公司过关的。在证券会调查雄杰公司的时候，所有投赞成票的发审委委员都被质询了，那个经方正先生做工作投票的委员，将他投票的原因告诉了证券会，方正先生为此遭到了谴责。

师兄一直认为林小牧是替死鬼，那么大一个案子，让一个小律师负责，这也太可笑了，这是不公平的。黄总涉嫌欺诈发行股票是他以冠冕堂皇的理由，骗取了政府的信任，在政府支持下的欺诈行为，黄总卷款潜逃，现在抓不到真正的主犯，让一些中介人负责，这太不严肃了，这有悖法律精神。师兄没想到师弟林小牧在雄杰公司欺诈发行股票的过程中起到了这么重要的作用。

邸颖说方正先生也差点被起诉。邸颖告诉师兄，有人怀疑方正先生有受贿嫌疑，调查了很长时间，连方正先生给雄杰公司搞讲座的事都进行调查了，好在你们当初把一切法律手续都完善了，否则那讲课费就说不清楚了，凭讲课费这20多万方正先生就将被起诉。到现在方正先生都不敢把车开回家，让我先开着。方正先生认为就怪林小牧，林小牧曾拍胸脯保证雄杰公司，认为这样的公司不能上市就没有公司能上市了，这是为国家的重点项目融资，也不是黄总自己的事，黄总这么辛苦的让雄杰公司包装上市，说到底还是为了国有企业的发展，并且说他了解一切情况，他既然敢签法律文书，就敢负责，如果有问题他甘愿接受法律制裁。

方正先生听信了林小牧意见，最后决定投雄杰公司的赞成票。方正先生不但投了赞成票还说服了其他发审委委员投了，最后使黄总欺诈发行股票成功。方正先生认为林小牧肯定被黄总收买了，应该负法律责任，罪有应得。方正先生当然不希望你给他辩护！你给林小牧做无罪辩护，法庭肯定不会采纳，你辩护的结果不但不能救林小牧，说不定还影响你作为律师的名声。

师兄听邸颖这么说真可谓吓出了一身冷汗。师兄也不得不对邸颖另眼相看了，因为邸颖知道的比自己还要多。师兄整天号称要保卫导师，自己是方正先生的贴身卫士，没想到真正的贴身卫士是邸颖。师兄坏坏地问了邸颖一句，你和方正先生真没有什么事？邸颖打了一下师兄，说师兄是王八蛋，方正先生可没少在我面前说你好话，在我们俩的事情上，方正先生也起到了很大的作用。

师兄酸溜溜地对邸颖说，人家都说女孩子的嘴边留不住话，没想到你知道了这么多都没有告诉我，还真能保密。邸颖说不保密行吗，要是我告诉你们了，你们肯定会去问方正先生，说不定还会通知林小牧。林小牧要是畏罪潜逃了，那我就惨了。方正先生答应让我免试读他的研究生，如果我嘴不紧，他怪罪下来，我的研究生就读不成了，考研多累呀。师兄问邸颖还知道什么，都说出来。邸颖神秘地告诉师兄，只要师兄不给林小牧辩护也就没什么了，如果师兄给林小牧辩护，那会把自己置于尴尬的地位。师兄不明白怎么给林小牧辩护了就会把自己置于尴尬的地位了？师兄就套邸颖的话，师兄酸酸地喊了一声："老婆——你还有什么不能告诉老公的，你难道希望老公尴尬吗？"

师兄的这一手还真管用，邸颖"嗷"地一声就扑进了师兄的怀里。邱颖十分感动，说师兄还是第一次这么温柔，比和她做爱的时候还温柔。邱颖忍不住告诉了师兄一个大秘密。邱颖告诉师兄方正先生要出庭作证，指证林小牧和雄杰公司同流合污，涉嫌欺诈上市。

啊！师兄听到这个消息立刻手脚冰凉。师兄万万也没想到方正先生会出庭作证，指证自己的弟子犯罪，这也太戏剧化了。师兄当然不相信这是真的，邱颖告诉师兄，关键是方正先生就认为林小牧是黄总的帮凶，而且自己的确受到了林小牧的影响，为了证明自己的无辜，方正先生出庭作证，说自己受了林小牧的骗，这是完全可能的。师兄结合方正先生那句"我们在法庭见"的话，就不得不信了。如果是这样，林小牧不坐牢才怪了。师兄丢下邱颖就往宿舍赶，头也不回，任凭邱颖在后面叫唤。

师兄急着要把这个消息告诉我，然后商量对策。

我们认为就林小牧目前的状况要想证明他无罪恐怕够呛，无罪辩护将不被法庭采纳，那么林小牧就会被判刑。只有退而求其次，不进行无罪辩护的努力，如果林小牧有罪，那么是"故意"犯罪还是"过失"犯罪，这是问题的关键。如果是故意犯罪，那么林小牧将被判至少三年的有期徒刑，将不会被缓期执行，如此林小牧的律师资格也将被取消，这辈子就不能再干律师了，这对林小牧来说比判刑更可怕；如果是过失犯罪，也有可能判刑，但是可能会缓期执行，那么林小牧的律师资格还可能保住。

林小牧是不是故意犯罪，方正先生的证词将起到关键作用。要让法庭不采纳方正先生的证词，又不能因为方正先生的证词虚假从而推翻方正先生的证词，如果这样就不能证明方正先生的清白了。既要救师弟，又要证明老板的清白，这是一组矛盾，这让人左右为难呀。更重要的是，如果我们真和自己的老板因为师弟的案子闹翻了，那可就得不偿失了，也就是说，在法庭上我们绝不能让方正先生下不了台。我和师兄一夜没睡，决定第二天再去看守所探望林小牧，告诉林小牧我们对案情的分析，了解林小牧和老板到底说了什么，或者说林小牧到底有什么证据在老板手中。

当师弟听说方正先生将出庭作证指控他是故意犯罪时，林小牧哭了。林小牧哭着说，是我对不起方正先生，害得方正先生毁了一世清誉，我罪该万死。师兄让师弟冷静一下，回忆一下当时在方正先生面前到底说了什么，特别是有什么证据在方正先生手里。师弟说具体证据没有，的确是在方正先生面前拍了胸脯，说了不少黄总的好话，可是我并不知道黄总欺诈上市呀。在签我的法律认定书时，我还专门到黄总委托的会计师事务所了解过了，所有的数据都经过了审核，会计师事务所也盖了章，会计师也签了字呀。

师兄说会计师也在起诉之列，你和会计师都是被告。

我们问师弟，你作为一个普通的法律代理，一名律师，你为什么要在发审委委员面前给自己的当事人说那么多好话呢？为什么在雄杰公司上市的问题上那么卖力？你是不是有受贿行为？我们希望你把一切都告诉我们，否则谁也救不了你。师弟告诉我们，他绝对不存在受贿问题，绝不会拿黄总的任何不合法的好处，作为律师这一点他很清楚，他不会犯这个低级错误。师弟说，我在方正先生面前说好话，其实就是为了能收到我的律师代理费，如果雄杰公司不能上市，我拿不到一分钱的代理费，合同是这样签的。这是我的第一个案子，完成了这个案子我不但在律师事务所站住了脚，而且还有一笔可观的收入，我刚刚毕业，钱对我很重要。

我们不由感叹黄总的狡猾，不另花一分钱，就找到了一个最合适的公关渠道。黄总不但请了律师，还请了一个说客，真是一举两得呀。

师兄认为关于方正先生的证词，我们要掌握三点：一、在法律上，一对一的证据在各执一词的情况下不能被采用，所以无论师弟当时给方正先生说了什么，都坚决不能承认，除非方正先生和师弟的谈话都录了音，这一点一般不可能，因为方正先生和师弟只是师生关系，不是什么利害关系人，谈话不会被录音；二、方正先生也无证据证明林小牧和黄总同流合污，在法律文书上签字，从而构成故意犯罪；三、当年证券市场不完善，企业为了上市难免搞包装，这是每一个上市公司都干的；四、方正先生出庭作证是为了洗清自己，证明自己的无辜，听信了弟子的谗言，我们不去证明方正先生的证词是真是假，我们只说明师弟对黄总的欺诈行为不知情。根据"谁主张谁举证"的原则，如果公诉人认为林小牧对黄总的欺诈行为是知情的，那么他们就要拿出证据。师弟是不知情者那当然就构不成故意犯罪了，师弟不是故意，老板当然也就是清白的。

　　在回学校的路上，我们对师弟的案子心中算是有了点谱。在车上师兄突然接到了钟情的短信，师兄看看短信哈哈笑了。我问师兄笑什么？师兄骂了一句邸颖，说邸颖告诉我她怀孕了，吓我一跳，我正为此事发愁呢，没想到是骗我的。我说你从哪来的情报？师兄把短信给我看，我一看也笑了，说钟情和邸颖算是死敌了。钟情通过短信告诉师兄，邸颖不可能怀孕，听圆圆说，邸颖一周前才来的月经。钟情还说，邸颖说自己怀孕完全是别有用心，想让师兄分神，使师兄不能全心全意为林小牧辩护。林小牧如果判了刑，邸颖就可以看我的笑话了，这简直是狼子野心。

　　我把手机递给师兄，说这两个女生算是干上了。

　　师兄说了句没一个好东西，就把短信删了。我说你把短信删了干什么？师兄说留着是祸害。

26

法庭公开审理了师弟林小牧的案子。

检察机关起诉林小牧故意犯罪，居然列举了多条罪状，每一条都仿佛有证据，让人不容置疑。比方：为了证明林小牧是故意犯罪，公诉人指控林小牧参加了雄杰公司的中介机构协调会。公诉人称雄杰公司的中介机构协调会是共谋造假的协调会，因为当时讨论的许多内容后来形成了造假事实。

对此，师兄姚从新进行了当庭反驳。姚从新指出，当时的协调会主要讨论了红光公司入围资产的划转时间、入围资产过去一年所形成的利润归属，确定资产变更基准日，补办税款，对划转的资产建账等问题，这在当时都是合法的，不存在共谋造假的问题。一个国营企业手里有好项目，有上市指标，只要找到一个合作伙伴，发行股票是不成问题的，没有必要在开始时就想着要造假上市。

姚从新辩护时提到，关于几次中介协调会，会议纪要的效力应该高于任何的证言。但从会议纪要上看不出有丝毫的共谋造假的痕迹，不是造假会议。这种业务协调会，哪个上市公司都会召开的。确实有人根据这些问题造假，但不是集体造假。在会议上，没有人说明我的资产是假的，空的，不实的，况且账本中有真的，也有假的，你根本分不出哪是真哪是假。姚从新谈到这个问题时用了一句文学用语，叫："假亦真来真亦假。"这引起了旁听者的笑声。

姚从新认为，参加会议的人，可能有人知道，有人不知道，有人是故意欺骗，有人是上当受骗。我的当事人林小牧只参加了后来的三次协调会，根本不知道也没有理由知道红光公司的入围资金造假，所以我的当事人是上当受骗者。

姚从新指出，公诉人做出的指控表面看缜密而又细致，这说明公诉人为此案进行了大量的细心的工作，但是遗憾的是，公诉人根据刑法第229条之规定，指控我的当事人涉嫌故意提供虚假证明文件的罪名是不成立的，因为要满足刑法229条的规定必须符合两个法律要件，一是故意行为，二是情节严重。也就是行为人"明知"所提供的证明文件与事实不符并且缺乏科学根据，从而构成"故意"，我的当事人根本就不知道红光公司的入围资金造假，并且在会计事务所已经提出了审计报告的情况下，才在自己的法律核定书上签字的。既然不是"明知"当然就不存在故意，行为不存在故意，当然也就无"情节严重"之说。

师兄姚从新的辩护当然是十分有说服力的，不过我也有点担心，师兄的辩护完全是一种无罪辩护，无罪辩护很难被法庭采纳，因为林小牧的行为毕竟为雄杰公司的上市提供了法律审核，这种法律审核毕竟为雄杰公司上市铺平了道路，完成了程序，雄杰公司欺诈上市后毕竟给国家造成了重大损失，损害了千百万股民的利益。你林小牧虽然不构成故意，但肯定是有过失的。国家为什么要规定企业上市必须经律师事务所法律审核呢，那就是让你把关，这是防火墙，你的审核有问题，你的审核失察，给国家造成重大损失，你想推脱得一干二净是不可能的。

师兄进行无罪辩护，要是真能成功地被法庭采纳，那可是林小牧的造化。从第一天的庭审来看，师兄的辩护效果是非常好的，这使林小牧看到了希望。

可是，第二天庭审一开始，意想不到的事情发生了。公诉人一改前一天的主攻方向,对林小牧的签字日期进行了指控。也就是说林小牧出具《法律意见书》的时间和他在法律文书上签字的时间是不符合的,林小牧在法律文书上的签字也是倒签的,在签字时签了去年的时间。

我的心一下就提了起来,作为律师你倒签法律文书,这不是弄虚作假是什么?在法律意见书上签字应该是你林小牧自愿的吧,总没有人逼着你签吧。你林小牧总不能说自己梦回去年,在梦中签的吧。你明知倒签是弄虚作假还要签这个字,你当然就构成故意犯罪了。如此以来,林小牧一下子陷入了被动,在这之前,我们曾多次商讨过案情,但基本上从没有把"时间倒签"当主要问题来考虑。我看到林小牧的脸上开始冒汗,姚从新愣在那里,半天不说话,可见师兄也被打哑了。

这时,我见钟情悄悄向我移来,她本来一个人独自坐在后排的角落里。钟情来到我身边在我耳边说,林小牧是不是真要被判刑了?我故作轻松地说,判就判呗,反正也不让你坐牢,你可以到牢房看他。钟情问是不是还要到牢房送饭呀?我"哈"地就笑了,钟情想到哪去了。钟情说你真不厚道,人家都急死了你还笑。我说你听谁说的要到牢房送饭呀?钟情说电视剧上不都是这样的嘛。我说那是古代,现在的监狱不需要你去送饭。钟情突然哭了,说我也不会做饭呀,我真倒霉,好不容易找个老公还被判刑了。我安慰钟情说,这没什么呀,你大不了和他分手再找一个。我这样说主要是看看钟情的反应,这个时候最能考验人了,我想看看钟情对师弟林小牧是否真心。钟情说就是林小牧真被判刑了我也会等他,最多三年、五年的,我不会和他分手的,我是真心爱他。钟情说这话的时候有一种视死如归的样子。要不是在法庭上我都要为钟情鼓掌了,我感叹道,感动,好感动呀,真是坚贞不屈。我说要是林小牧犯强奸罪被判刑你也等他吗?钟情瞪了我一眼,说有我在林小牧身边,他想犯强奸罪,有这个能力吗！钟情说完捂着嘴笑了。

我承认我这样问是逗她玩的，算是使坏，看到林小牧这样了还有美女爱他，心态复杂有说不出的滋味。不过，钟情这么"酷"的回答让我不得不伸出大拇指：牛！我在心里为林小牧高兴，师弟算是爱对人了，看来钟情还真不是那种水性杨花的女孩，这种女孩真的不多了。

就在我和钟情谈话期间，师兄姚从新再次站起来了。钟情激动地鼓了下掌。钟情的掌声很突兀，迎来了不少人的目光，这引起了坐在被告席上的林小牧的注意，我看到林小牧表情很复杂地望望师兄又望望钟情。师兄在钟情的掌声鼓励下突然来了精神。我看到姚从新一改往日的沉稳，很矫情地向钟情点了点头，还说了声谢谢。师兄的样子有点做秀的成分了，他有点忘乎所以，忘了自己是在法庭的辩护席上，可能以为自己是在舞台上表演，要么就当成参加大学生辩论赛了。我自言自语地嘀咕了一句："看来钟情药对师兄还起作用。"

钟情问我，你说什么？我笑笑说"钟情药"对师兄还起作用。钟情得意地笑了，说那是，否则我来干什么，就是为姚从新加油的，他是最棒的。我说师兄那么棒，你为什么舍他求师弟？钟情说师兄是好人，太大公无私了，这种人属于整个社会，不属于哪个个人的。

我说师兄有那么高尚吗，我怎么没看出来？钟情说姚从新就是那种类型的人，这种人是我们社会需要的，但是不是我需要的。谁嫁给他谁倒霉，找老公不能找这样的，哈哈，邱颖要嫁给他算倒霉了。我说钟情你真自私，钟情说自私并不违法吧，自私有什么不好，毕竟大多数的人都是自私的，大多数的人把自己的事情办好，不给社会增加负担，这就是给社会做贡献。

也许这就是"80后"吧，有自己的价值观，有自己的生活目标。

师兄接下来针对时间倒签之事进行了辩护。师兄认为,依据"虚假日期"指控林小牧有"故意"也是不妥的。一、律师出具的意见书是根据政府颁发的该公司的营业执照时间而签发的,责任应该在工商局。二、林小牧被指控的罪名其内涵应该是出具意见书的内容与事实不符,时间只是一个枝节问题。如果法律意见书只是时间虚假而内容真实,则指控罪名不成立。三、本案的问题关键是财务虚假。林小牧的意见书是根据虚假财务资料形成的,律师无法对财务材料进行核对,审核财务的材料是会计师的事。

师兄的这三条理由的确让人心服口服。我见林小牧笑了,只是这笑还没有展开就在嘴角凝固了,因为林小牧看到师兄得意地望着钟情笑,而钟情居然给了师兄几个飞吻,在几个飞吻之后钟情的手势变成了一个V字,在自己面前灿烂地伸开了。钟情的这种行为引来了法官的警告,法官旁敲侧击地要求旁听者注意自己的行为,不要扰乱法庭纪律,破坏法庭的严肃性。钟情被警告后伸了下舌头,老实多了。

在庭审的最后一天,公诉人为了证明林小牧的"故意"犯罪,拿出了撒手锏,传证人出庭。出庭作证的不是别人,正是方正先生。关于方正先生出庭作证我和师兄、师弟预先都知道了,在方正先生出现在法庭上时,我们都没有表示太多的惊讶。我们很平静地望着方正先生缓缓走向证人席,就像平常走向课堂的讲台。钟情不知道方正先生出庭作证的性质,还以为出庭作证是为了证明林小牧无罪的,开始还很激动,拉拉我的衣服还感叹,说林小牧有这么好的师兄、导师救他,他肯定不会坐牢,我真是白操心了。当方正先生开始回答公诉人的问话时,钟情傻眼了。

公诉人:"你和犯罪嫌疑人是什么关系?"

方正先生:"师生。"

公诉人:"你在雄杰公司涉嫌欺诈发行股票案中是什么

身份？"

方正先生："我当时是证券会发审委委员，我被雄杰公司欺骗，为雄杰公司上市发行股票投了赞成票。"

公诉人："本案犯罪嫌疑人林小牧在雄杰公司涉嫌欺诈发行股票案中是什么身份？"

方正先生："他是代理律师。"

公诉人："你作为我们的证人，想当庭说明什么？"

方正先生："我想说明的是林小牧是知道雄杰公司欺诈发行股票的内情的。"

方正先生此言一出，法庭一派哗然。可能连旁听的媒体都没想到方正先生出庭作证是为了证明弟子有罪。钟情愣在那里，自言自语重复着一句话：没搞错吧，没搞错吧！

公诉人："你用什么证明林小牧知道雄杰公司欺诈发行股票的内情？"

方正先生："林小牧是雄杰公司的代理律师，我是发审委委员，林小牧曾多次来我家为雄杰公司作说客。我曾经多次问林小牧：'你了解雄杰公司的情况吗？'林小牧回答：'我完全了解情况。'既然林小牧说完全了解情况，那就说林小牧完全了解雄杰公司欺诈发行股票的内情。"

公诉人问林小牧是不是说过这种话，林小牧回答没有说过这句话。林小牧此话一出法庭又哗然。

师兄立刻就站了起来。姚从新指出，一般情况下，学生和导师在一起会说很多话，即便是说过"完全了解情况"的话，也不一定指的就是对雄杰公司欺诈发行股票的了解，否则我的当事人就不会在法律意见书上签字，因为他是个律师，他知道签了字是要负法律责任的。在学生和老师的日常交往中，老师会经常问及，你"明白了"吗？学生回答"明白了"。无论是问还是答往往不是具体所指。我认为证人在这里记忆出现了偏差，除非有录音,否则根据一对一的证据,在各执一词的情况下不能被采用的原则,方正先生的证据不能被采纳。我认为,无论是林小牧还是方正先生在本案中都是受蒙蔽的,都是受骗者。

接下来,审判长让被告做最后的"个人陈述"。林小牧心情沉痛地说,我只希望法庭在听过我律师的辩护之后,对我做出公正的判决。我要说的是我对不起我的导师方正先生,由于我受到了雄杰公司的蒙蔽,使我在方正先生面前谈到雄杰公司的时候语言失当,这种过失影响了方正先生的判断,使方正先生对雄杰公司的判断失当,给雄杰公司投了赞成票。这不但给国家造成了损失,而且也使方正先生的名誉受到了影响,使人们对方正先生的信任度下降。在这里我向方正先生道歉。林小牧说着深深地向方正先生鞠了一躬。

最后,审判长宣布判决结果。被告人林小牧犯出具证明文件重大失实罪,判处有期徒刑6个月,缓期一年执行,并处罚金人民币5万元。

审判长宣布判决结果后,姚从新笑了。林小牧有些虚脱地坐在那里一动不动。钟情激动地冲上去拥抱了姚从新。钟情泪流满面地说,师兄谢谢你,你是最棒的。林小牧望着钟情和师兄的拥抱表情复杂。就在林小牧要被带走时,一个戏剧性的画面出现了,邸颖不知道从哪里钻了出来,邸颖走向林小牧,和林小牧拥抱在一起。有人小声议论:看看,无论是被告还是辩护律师,他们的女朋友都很漂亮。只有我在一边偷偷地乐,邸颖完全是来捣蛋的。她看到钟情拥抱了自己的男朋友,她就拥抱钟情的男朋友,一点亏都不能吃。钟情的拥抱是为了感谢,邸颖的拥抱是为了赌气。

后来,我们看到方正先生和邸颖上了同一辆车,走了。方正先生没有和我们任何人打招呼,邸颖拥抱了林小牧后,林小牧就被带下去了,钟情都没来得及和林小牧说话。

27

林小牧出来后，我们好好地聚了一次。这次聚会是林小牧通知的，说不能带家属，不能有外人，只有我们兄弟四个。梁冰提前到了，梁冰说这次可要好好宰林小牧一次。林小牧来到我们宿舍后，我们都欢呼，喊：热烈庆祝林小牧同志出狱！林小牧像个英雄似的，和我们握手，说同志们辛苦了，同志们辛苦了。梁冰说真羡慕你呀，有了一次特殊经历，将来可以牛逼地说，我连牢都坐了，还怕什么？喝酒说大话的时候相当有话题。林小牧笑笑说，要不梁冰你也去试试，你肯定比我们有条件，只要你搞一下腐败，受点贿，马上就可以体验。梁冰说我就不体验了，准备好好地为人民服务吧。

这时，师兄回来了，师兄一回来林小牧马上变成了另外一个人，老实的样子让人心疼。师兄说，林小牧我又不是公诉人，我是你的辩护律师，你怎么一见我就这么老实了，刚才我在门外还听到你神气活现的呀。林小牧不好意思了，说师兄，惭愧、惭愧。在喝酒的时候，林小牧连敬了师兄三杯，然后大骂黄总不是东西。师兄叹了口气，说如果中国证券市场不彻底改革，还会有黄总之流千方百计地欺诈上市，还会有不少林小牧受害。林小牧说黄总不但害了我，害了我们老板，黄总还害了刘曦曦。

林小牧一提起刘曦曦，我发现师兄的表情不对了。我知道刘曦曦是师兄心中的痛，师兄现在最关心的是刘曦曦的下落。我有心让师兄多了解一下刘曦曦的情况，就说刘曦曦受什么害呀，她不是和黄总一起出国了吗？林小牧说刘曦曦是出国了，但是没有和黄总一起走。雄杰公司上市后募集的资金被黄总卷走了大半，黄总跑到了一个太平洋的岛国，他曾经加入了那个岛国的国籍。师兄说既然知道黄总在哪里，为什么不把他抓回？林小牧说抓个屁，那个国家根本和我们还没有外交关系，和台湾有外交关系，你怎么抓？我说，操，派一个连的特种部队就搞定了。梁冰说，你不懂政治，这是不可能的。师兄说这下就麻烦了，这被卷走的款就很难追回了。

我说抓黄总的事就先放放吧，还是先找刘曦曦吧。林小牧问我什么意思，怎么对刘曦曦感兴趣了。我告诉林小牧我对刘曦曦感兴趣不是为了自己。林小牧问我为了谁？我望望师兄，见师兄向我摇头，我就对林小牧说，你就别管这么多了，先说说刘曦曦的下落吧。林小牧说在雄杰公司上市后，黄总给了刘曦曦一笔钱说是奖金，在雄杰公司欺诈发行股票暴露后，黄总跑了，刘曦曦也不得不出国了，她去了美国，听说在华盛顿大学读书。很显然黄总给刘曦曦的这笔钱是不合法的，这不是害刘曦曦吗，她只能走。

师兄说刘曦曦并不在被起诉之列呀。林小牧说在雄杰公司欺诈发行股票案中，刘曦曦毕竟只是个小人物，由于黄总跑了，她也不在国内，无法找她犯罪的证据，只有另案处理。那钱刘曦曦肯定拿了，账上都有的。

唉——我为师兄叹了口气。怪不得刘曦曦要消失呢，她拿了那笔钱自己也怕了。她那么坚决地离开师兄其实是怕连累师兄呀。刘曦曦这样做让师兄就更不放心了，因为刘曦曦还怀着师兄的孩子，这也是师兄后来和邱颖分手，想方设法要出国的原因。师兄曾经私下对我说，自从钟情离开他之后，他对爱情基本不抱什么希望了，可是刘曦曦怀着我的孩子，孩子不能没有爸爸，孩子永远也不会背叛我。

可见，初恋的失败让男孩变成男人。

男孩一开始把爱情看得太神圣了，这种神圣的爱情一旦受到伤害，它将使一个男孩成熟起来，同时使这个男人变得悲观和世俗。初恋的情人将永远埋藏在心底。

再也不会有恋人了，只会有情人，有女人；再也不会有爱情了，只会有性爱，有配偶。

对于师兄来说，钟情是他初恋的象征，这种象征已经和一个具体的人没有关系了。在师兄的眼里，现实中的钟情已经是师弟林小牧的女朋友，心中的钟情永远属于自己。可是，一个最大的问题是钟情在现实生活中还存在着，还会在自己面前出现。心中的钟情和现实的钟情会经常碰面，每一次不期而遇都会给师兄带来痛苦；心中的钟情和现实的钟情还会重合，这种叠加会使师兄一时分不清哪个才是自己要珍爱的人，这样无论是心中的钟情还是现实中的钟情都是师兄十分在乎的，都是他要好好守候的对象，不允许任何人亵渎。

可是，师弟在那次四人聚会中却彻底亵渎了师兄的初恋，这使师兄和师弟彻底决裂了。关于这次聚会事后二师弟梁冰曾这样评价，林小牧和师兄是两种人，他们只会越来越远。

那天，在酒饱饭足之后，林小牧突然从包里拿出了五万块钱。林小牧说师兄把这个收下，这是师弟的一点意思。师兄望望钱笑了，说这是什么钱？林小牧说这不是钱，这是一点意思。梁冰把钱拿到手里看了又看，说，这不是钱，这难道是假钞？林小牧笑笑，假钞肯定不是，要是假钞就是师兄再能辩护也救不了我了，那是要真坐牢的。我们都笑了。师兄说这钱要是我的代理费我就收了，就算是我的劳动所得，要是别的什么钱我就不能收。林小牧说那就算是代理费吧。师兄拿了两沓，说你这个案子代理费这么多就够了，其他的收回去吧。师兄又说，我一般都不愿意代理刑诉案子，代理费太少了，还是民事案子好，按"标的"的5%—10%算。一个几千万"标的"的案子一下就发财了，你这个案子收代理费最多两万。

林小牧不住地点头，说是、是，我这个案子的确让师兄辛苦了，这是用金钱无法衡量的。不过，我还有一个礼物送给师兄。林小牧恳切地说，你不但为我保住了律师资格，更为我洗了脑，我要重新开始。这世界上还有比金钱更重要的东西，还有比女人更重要的东西，那就是我们的兄弟情义。

我们起哄，说林小牧别说没用的了，什么礼物呀，拿出来我们看看，我们相当好奇。

林小牧有些难为情地表示，这个礼物拿不出手。梁冰说拿不出手的礼物还好意思送人，真逗。

林小牧说我曾经干了一件对不起师兄的事，这件事一直压在我的心上，我不该夺师兄所爱，给师兄造成了极大的痛苦。我知道师兄一直都在爱着钟情，这次师兄能为我辩护，也是看在钟情的面子上，所以我决定把钟情还给师兄，保证从此不再和钟情来往。

我和梁冰都被林小牧的话惊呆了。我们没想到林小牧会说出这样的话。我们看到师兄的脸红了，然后由红变白，由白变绿。师兄猛地拍了一下桌子，"啪"的一声吓了林小牧一跳。师兄指着林小牧鼻子骂：林小牧你他妈的混蛋。

师兄愤怒地站起身来，端起酒杯把一杯酒泼在林小牧脸上，师兄说，我真后悔为你辩护，你应该去坐牢，你他妈的真不是东西。

师兄骂过了，扬长而去。

28

师兄在林小牧那里知道了刘曦曦的下落后,开始闹腾着要出国,师兄号称出国完全是为了开阔视野,为了自己的研究。其实我知道师兄出国是想找刘曦曦。

学校每年和国外大学都有交流项目,博士可以出去当访问学者,然后回来再写博士论文。师兄如果能争取到这个项目出国,他就可以在不耽误读博的情况下去找刘曦曦。只是博士出国的交流项目和硕士的不同,硕士看考试成绩,博士是要看科研成果的。我告诉师兄这事是有难度的,而且今年一点也没听到风声,是不是已经定了?师兄说要是定了就没办法了。他就去法学院问了一下,法学院的老师说还没定呢,一般在暑假前定。

师兄兴高采烈地回来告诉我,说这事没定,还有希望。我让师兄不要高兴得太早,这件事要是没有导师的推荐连门儿都没有,你敢保证方正先生会帮你吗?师兄一听这话便不言语了。林小牧案宣判后,师兄根本就没有和方正先生好好沟通过,方正先生对这件事到底怎么看呢?在宣判后我们反正没有从方正先生脸上看到笑容,他谁也没打招呼就和邱颖走了。谁也不敢保证方正先生会帮助师兄,再说,最近师兄又在和邱颖闹分手,邱颖现在是方正先生身边的红人,说不定在方正先生面前说了不少师兄的坏话,师兄现在要出国,难度是可想而知的。

晚上,师兄硬拉着我去了方正先生家。方正先生显得还是很热情地请我们到他的书房坐,表面上看这和以往没有什么两样,可是我总觉得没有过去的感觉好了。作为旁观者我看到师兄和方正先生都在努力地笑着,两人都有点小心翼翼地绕开林小牧案所产生的暗礁。最后师兄不得不直截了当地谈到了自己的来意,方正先生叹了口气说,这恐怕有困难。这个名额每年竞争得都很厉害,每个导师都想让自己弟子去。去年是我的博士你们的师哥刘师培去的,今年该轮到陈仲舟的弟子了,还有院长苏葆帧的弟子呢!

师兄说,这个交流项目是择优选派又不是轮流排队,应该论成绩。方正先生问,你这个成绩指的是什么,是考试成绩?若论考试成绩谁也不比谁差多少,博士平常又没有什么太多的考试成绩,这成绩怎么论,没有参照物呀。师兄说,当然主要看研究能力了。方正先生说,若论研究能力那就说不清了,这不是个硬指标。

师兄说就是因为没有硬指标才好,说你行你就行不行也行,在法学院还不是你说了算,连院长都听你的,只要你说话,院长肯定没问题。

方正先生笑笑说,这些话只能我们私下讲,要找到能摆在桌面上说的才能服众,你最近有论文发表吗?师兄说恐怕没有。方正先生又笑笑,说什么叫恐怕没有,你自己有没有论文发表应该是很肯定的。师兄说恐怕没有是指今天之前,今天之后一两个月之后就不一定了。方正先生说,好,只要你有论文在核心期刊上发表,这事我去给你争取。

师兄说这也太紧了。方正先生说,你不是认为你有研究能力吗,那咱就试试。现在离暑假还有三个多月,一个月写出来,赶在开会定这事的时候发表。师兄说我一个月写出来没问题,可是编辑部我不认识人,我不能保证能发表。方正先生说只要你一个月内能写出来,我就能把论文发表出来。论文能过我这一关,哪个编辑部都没问题。他们约稿还约不来呢。

师兄天真地笑笑说,是不是稍微差一点也没问题吧?方正先生笑着说,听你说这话味道不对呀,好像你的论文只能通过导师开后门才能发表似的。导师这样说我们都笑了,从表面上看大家的谈话很融洽。

师兄从方正先生家回来后很振奋,师兄认为自己在一个月内写一篇论文没问题,在股票市场上泡了那么久,可谓是有理论也有实践,早就想写一篇关于中国证券市场的论文了。我没有去打击师兄的热情,从方正先生的态度来看,老板已经把师兄否定了,这是踢皮球。任何一件事只要进入踢皮球状态,肯定是办不成的。师兄基本上没有听出方正先生的弦外之音,方正先生说论文只要过了他那一关,发表就没问题,关键是论文能过方正先生那一关吗?方正先生让师兄一个月写一篇论文然后两个月内在核心期刊上发表,这基本上是不可能的,师兄这是盲目的自信,简直是被林小牧案的胜利冲昏了头。

师兄突然像变了一个人,天天泡图书馆,成了一个真正搞科研的博士。隔壁陈仲舟的弟子对师兄大惑不解,和师兄开玩笑,说怎么你不泡妞了,改泡图书馆了,现在准备博士论文太早了吧!师兄说这不是为了博士论文,我必须在一个月内完成一篇学术论文,并且达到在核心期刊发表之水平,我要争取那个出国交流名额,不玩命恐怕不行了。陈仲舟的弟子说,那你是我大师哥的竞争对手,他也想要这个名额。师兄说那就公平竞争吧。

师兄回到宿舍我把门关起来说,你怎么能把争取出国的事告诉陈仲舟的弟子呢,这不是给自己找麻烦嘛。师兄说要公平竞争就要明明白白。我对师兄的坦率哭笑不得,对一般人来说,这算是一个重大秘密了,可是师兄居然张口就说出去了,真拿他没办法。

为了在一个月内完成论文,师兄整天都是早出晚归的。邱颖开始还来找师兄，几次扑空之后就不见来了。我问师兄邱颖怎么不来骚扰你了？师兄说已经把她稳住了。我问师兄采取的什么办法？师兄说用一条短信。我问什么短信这么有用？师兄给我看。师兄的短信是：亲爱的，当你接到我的这条短信时，我已经登上了飞机。我又接了一个案子，要出去大约两个星期，不要告诉方正先生。

我看了笑，说这倒是可以管两个星期。手机短信不知道是谁发明的，太绝妙了。不用见面，可以不干扰他人，不需要特殊的时间，无论你是在开会、上课，还是在图书馆看书，可以随发随停，直接对话。可以一人对一人，可以一人对几个人，也可以转发无数人。见面不好意思说的，电话中说不出口的，都可以通过短信表达。这些对话都是文字的，互发的短信是最精彩的民间文学，可以给短信发明者颁发诺贝尔文学奖。

在师兄写论文的那些日子里，师兄往往在睡之前编好几条短信，就像写游记似的，备用。如果邱颖给师兄发短信，师兄就把准备好的短信发回去，这样省得在图书馆思路被打断。

师兄让我配合一下，说邱颖要是来了就告诉她他出差了。我说你这样干是不是真想和邱颖分手呀。师兄说我和邱颖不合适。什么地方不合适师兄也没说，我也没问。我知道恋爱双方的不合适是一种说不清楚的理由，也是一个致命的理由，这有点像夫妻双方感情不合，什么叫感情不合？恐怕夫妻双方谁也说不清楚，但是感情不合不但是夫妻双方离婚最合法的理由，也是最冠冕堂皇的理由。师兄觉得和邱颖不合适，那就是不合适，谁劝都没用了。师兄每天在图书馆关门后才回来，一般要在12点之后才能上床。师兄一躺下刚进入梦乡，邱颖的短信就来了。我让师兄关机算了，师兄说不能关，一关机就关不上门了。她说出差期间必须24小时开机。我答应她24小时开机，否则她就告诉方正先生我私自离校。如果她告诉了方正先生，这事不就穿帮了嘛。

邱颖这是在撒娇，如果是两个相爱的人，这种撒娇是甜蜜的，可是师兄却说和邱颖不合适。我同情师兄也同情邱颖，我建议师兄干脆和邱颖摊牌算了，师兄说现在摊牌不行，等论文写完再说，否则就没法写论文了。也是，师兄要和邱颖分手不花点时间和精力恐怕不行。

一个星期之后，邱颖突然连着三天没有给师兄发短信，这使师兄不踏实。我说师兄简直是在犯贱，有短信烦，没短信也烦。师兄说邱颖没短信就说明我的行踪已经暴露了。我说你累不累呀，你本来也没干什么坏事，干吗非要骗人家？师兄说开始只想安心准备论文不想见她，也没多想，更没想到骗她的后果。我说你是不是在校园内被她碰到了？师兄说他在图书馆碰到过一次钟情，还专门告诉钟情保密。我笑了，说师兄太傻了，钟情怎么可能保住密。她和邱颖是死敌，在宿舍里肯定死磕。你告诉邱颖接了个案子出差了，邱颖还不知道在宿舍怎么显摆呢，这不是气钟情嘛，钟情你的男朋友被判了缓期执行，在这期间肯定不能接案子；我的男朋友又接案子了。你在图书馆被钟情看到了，钟情可能不告诉邱颖，但是为了看邱颖的笑话，肯定会告诉宿舍的其他女生，告诉了其他女生邱颖迟早会知道。师兄叹了口气说，不管她了，爱怎么着就怎么着吧。

话音未落，师兄的手机就响了。我嘿嘿笑着说，来了，不用烦了。师兄看看短信说不是邱颖的。我问是谁的？师兄有些羞涩地不回答。我见师兄的表情一把将手机抢了过来。短信内容为："暗恋你的日子已经太久了，我不得不在今天向你表白。我爱你，我真的爱你。希望得到你的回答！"署名像是一个网名，叫："长发为谁飘"。

哇噻，师兄你又走桃花运了。我见师兄一瞬间脸上便充满了柔情蜜意。这世界上有的是煽情而又虚假的表白，缺少的就是这么感人的古典的暗恋故事！这个暗恋者是谁呢？不是邱颖不是钟情更不是刘曦曦。我让师兄回忆一下自己交往的女生，可能会是谁？师兄只是无助地不断摇头。我让师兄别像一个受害人似的，这是好事呀，这也太感人了，无论如何你都应该回复人家。师兄摇摇头，说我不知道怎么回复。我说我帮你回复，我见师兄没反对，迅速在师兄的手机上按着键。

我的回复是："你是谁？如果你真的是为我开放的那朵玫瑰，请你在阳光明媚的花园里等待着我的采摘。"

不久，短信就回来了："我等得花儿都谢了。"

我哈哈笑着把手机递给师兄，我说你看怎么办吧？师兄看看把手机扔在了床上，说我现在还没有做好准备进行另外一次恋爱，我要等到和邱颖分手之后，和刘曦曦把事情说清楚了才能考虑今后的生活。我说如果是那样那个叫"长发为谁飘"的女生真就等得花儿都谢了。

由于我们没再回短信。在接下来的两天里，那个叫"长发为谁飘"的短信一条比一条炙热，密集得就像流星雨，义无反顾，前仆后继。这使师兄有些惊慌失措，手机成了烫手的山芋。由于长发为谁飘的真挚和真情，师兄有些尴尬地把手机递给了我，他自己已经没有处理的能力了。

我对师兄说，这玩笑开大了，我不该给长发为谁飘回短信。我有些开玩笑的回复打开了长发为谁飘情感的闸门，这使长发为谁飘澎湃的激情在美丽的月光下呼啸而出，简直是势不可挡。师兄说都怪你回了她的短信，你看怎么办吧。我说干脆换一个手机卡，眼不见不烦。师兄说这倒是一个办法。

我和师兄正说着话，就听到有人敲门。我喊了一声请进，半天却没有动静，敲门声又响了。我又喊请进，敲门的人不推门却继续敲，只是敲门声显得十分温柔，还怯生生的，一听就知道是女生的行为。我走过去也温柔地拉开了门，一个女生背对着门站着，长发披肩的，也不回头，只给一个背影。

我问这是谁呀,真是真人不露相呀。女生还是不回头,用手指指自己的头发。我看看女生的头发,是有些特别,刚洗的,了油,还烫过,在发梢上做了无数个小卷,就像一个个的问号。

我哈哈笑了,这不就是"长发为谁飘"嘛。我喊师兄过来,师兄到门口,说这谁呀,站在门口不进来。我指指她的头发,说你看这头发就知道是谁了,看发梢尽是问号,是你的长发为谁飘呀。师兄见状一下就躲在了我的身后,像个遇到了危险的少女。

我说长发为谁飘你既然来了就请进,既然你已经找到了为谁飘的人,还犹豫什么,飘进来吧。我可以打开宿舍里的电风扇,风一吹你的头发就更飘逸了。也许我的话起了作用,长发为谁飘慢慢地转过身来,我见了大吃一惊。

哇噻,怎么是你。

长发为谁飘不是别人,原来是邱颖。我知道师兄要倒霉了,悄悄从门缝溜了出去。

29

　　接下来邱颖对师兄进行了严刑拷打，邱颖成了真正的野蛮女友，这导致了师兄和邱颖摊牌。师兄在邱颖的拳打脚踢下顾头不顾尾，师兄最后被邱颖打急了，愤怒地喊道，你怎么像个泼妇。邱颖说你现在才知道，我本来就是泼妇，我不是好欺负的，你这个骗子，不要脸的骗子，无耻的骗子，卑鄙的骗子。当邱颖将师兄的眼镜打掉在地下时，师兄一把将邱颖推倒在床上。师兄说你够了，我不是故意骗的。邱颖冷笑了一下说，你不是故意骗，难道还有过失骗，滚你的故意和过失去吧，你少给我来这一套，我没有法官那么傻会相信你的过失罪之说。邱颖这样说显然是指桑骂槐，要和师兄算他给林小牧辩护之账。

　　师兄叹了口气说我不想和你扯那么远，我骗你说要出差了是为了安心写论文。邱颖认为师兄完全不可理喻，写论文就写论文呗，谁也没有不让你写论文。师兄说我没说你不让我写论文，你不让我写我也会写，这种事谁能管得了，我是想抓紧时间写论文，要在一个月内写一篇能够发表在核心期刊上的论文，所以我谁也不想见，也没时间见。这论文很重要，关系到我能不能出国的问题。邱颖说你以为我不知道你要出国呀，你想出国躲着我，没门儿。师兄说你别胡搅蛮缠，这和你没关系，我出国要找一个人。邱颖冷笑着说，这是什么样的女人呀，这么大的诱惑，居然让你不远万里地寻找。师兄说，连我都不知道是男是女。邱颖听师兄这样说还以为师兄要出国见网友，就十分伤心地说，难道我还比不上一个你没见过的网友吗？你舍近求远，一点都不顾我的感受？师兄说我没有那么无聊，出国去见网友。邸颖实在是不明白了，说姚从新我求求你，你能不能不绕圈子了，要死也让我死个明白。

邸颖哭了，邸颖一哭就比较恳切了。邸颖楚楚动人地望着师兄说，我求求你，如果你真想和我分手，你就明说，我虽然爱你却不会缠着你的。我只求曾经拥有，不求天长地久，既然上帝不让我们永远在一起，我认命。师兄面对邸颖的泪眼，心一下就软了。师兄说，你想听听我的故事吗？邸颖安静地点点头。师兄就坐在邸颖面前，将他和刘曦曦的故事娓娓向邸颖道来。当师兄说到我出国是为了寻找自己的孩子时，再也控制不住自己的感情了，眼泪夺眶而出。师兄哽咽着说，邸颖，我真的对不起你，我一定要找到自己的孩子。

在那个有月亮的夜晚，师兄和邸颖在我们宿舍最后抱头痛哭，哭声连我这个串门人在隔壁都听到了。我给同学们解释说，夫妻两个吵架都是这样，打打闹闹，哭哭笑笑，不管他们。不久，我们听到邸颖离开了宿舍。

在邸颖临走时她告诉师兄，本来方正先生是绝不支持你出国的，让你写论文只是一个借口。现在看来我只能帮你说服方正先生了。姚从新，你是一个负责任的男人，你应该去寻找自己的孩子，刘曦曦一个人在国外多难呀，我衷心地祝你们幸福。邸颖说着拉开门走了，一路哭着回了自己的宿舍。

正如邸颖说的那样，方正先生坚决不支持师兄出国。当方正先生看了师兄的论文后毫不犹豫地将其枪毙了。当时，方正先生拿出师兄的论文，师兄见那论文已经用红笔划得一塌糊涂了。方正先生毫不客气地对师兄的论文进行了批评。方正先生认为师兄炒股炒得走火入魔了，都忘了自己的专业了。方正先生说，你是经济法的博士，不是经济学的博士。如果这篇论文是一个研究经济学的博士写的，应该还算有点价值，如果是出自一个经济法的博士之手就有些不伦不类了。

师兄将论文拿回来给我看，让我给他评评理。师兄说关键是我的论文有没有价值，这和我的专业没有关系，我写的又不是博士毕业论文，为什么不能有感而发，我探讨中国证券市场的问题没有错呀。

毫无疑问，我被师兄说服了。既然不是博士毕业论文，跨学科研究是完全可以的，关键是师兄的论文有没有价值。我决定花一天的时间认真看看师兄的论文，我这样认真地看师兄的论文除了想通过自己的判断了解论文的价值外，还有就是想通过方正先生对师兄论文的态度，看看方正先生有没有"林小牧案后遗症"，了解一下方正先生的心胸。我想知道我的导师到底是一个什么样的人，他是不是真正的完美导师。

师兄的论文对中国证券市场进行了深层的理性分析。师兄认为中国股市根本的问题就是曲解了股份制，股份制在中国股市已经异化为"垄断圈钱"，产生这个问题的原因就是国有股问题。正是不流通的国有股异化了中国股市，这几年市场表现出来的许多不正常现象几乎都可由此找到答案。改革开放使我们的国家打开大门走向世界，看到凡是生活富裕的国家都有资本市场，这就像一个家中养了一头奶牛，奶牛给家庭带来了许多的好处。既然我们也想富裕，那么我们也养一头奶牛，这就是设立中国股票市场的原始动力。就在这最关键的时刻，出现了奶牛是姓"资"还是姓"社"的争论，历史最终选择了我国的股票市场姓"社"。其表现形式就是国家占绝对控股地位，所持股份暂不上市流通，只让社会公众股流通的股票市场，就是我们现在的畸形的股票市场。

师兄把证券市场比作一头奶牛，此比喻可谓是幽默而又新鲜，生动而又活泼，让人喷饭。如果证券市场是奶牛，那应该是吃进去的是草，挤出来的是奶；可是，中国证券市场是被异化的奶牛，这头奶牛不吃草，专吃钞票，吃股民的钞票，吃进去的是钞票挤出来的是奶，用这些奶供养已经要倒闭的某些国有企业。国有股不流通一直是中国股票市场隐含的最大利空因素，因为这头奶牛只吃股民的钞票，股民出于对此问题的恐惧，使得二级市场的机构投资者与普通投资者都不敢长期投资，只有短期投机。

师兄认为，大概管理层认为国有股上市流通会丧失控股权，造成国有资产流失，所以就形成了一个国有股暂不上市的不成文惯例。由于对国有股不流通的危害性认识不深，现在还仍然不断地扩大这种错误，还在发行含大量不流通的国有股的股票，在市场存量问题没有得到良好解决的情况下，不断制造更多的增量问题，这样下去中国资本市场要付出巨大的代价，要出大事，这牵扯到几千万股民的利益，将直接影响到国家稳定。

师兄这样看国有股不流通问题，的确是用心良苦，忧国忧民。

接下来师兄就以他爹在姚家湾发财的故事为例，对中国股市被异化的原因进行了研究。师兄将他爹发财的故事当成了一个模型，将极为复杂的证券市场进行了简单化处理，然后进行了自然科学似的分析。

师兄认为问题就出在一开始他爹与他三舅合作开办股份制公司上。他爹与他三舅名义上是按股份制来设立股份公司的，以拥有股份的多少来决定各自权益的多少，但双方的初始出资额却并没有按股份的比例出资。如果他爹有专利技术或特殊技能等无形资产，这样似乎还可以解释，因为这些无形资产也是有价值的，都可以换算成相应的货币；但实际上他爹什么也没有，没有无形资产，只是身份特殊，其实很普通。他三舅自愿溢价认购股票，是因为他爹获得了上市"许可证"，这个"许可证"他三舅没有资格获得,而这个"许可证"的价值是无法估量的,值大钱。这样看来他们之间开办的公司就不是什么股份制的公司,是彻头彻尾的"权钱制"公司。

最要命的是管理层并没有意识到自己所发的许可证(权力)值这么多钱。他爹利用这许可证和他三舅开办了明为股份制实为"权钱合作制"的公司;而外乡人由于各个方面知识的欠缺,在他三舅的蛊惑下,在远大的理想感召下,出于对管理层的绝对信任,糊里糊涂地就上了他爹的圈套。他爹在随后的权钱合作制公司的运作过程中的所作所为,用垄断圈钱来描述其行为是最为合适的。出资与权益之间被扭曲,他爹有一块看不见的隐形利益,正所谓是"黄金有价权无价"。

师兄在这里把国有上市公司比作他爹,把证券市场、一级市场上的申购主力、二级市场上的庄家比作他三舅,把普通投资者比作受欺负的外乡人,可谓是意味深长。这样一分析我们就完全可以明白了,为什么发行股票上市对我们的国有企业有这样大的吸引力,不惜伪装造假削尖了脑袋;因为上市发行股票不仅仅意味着融到一笔大资金,还可以轻易获得巨大的无形价值,在这样的巨额利润的示范与诱惑下,谁不想上市圈钱?一些别有用心的人,比方黄总之流就会钻空子,圈了钱卷了就跑,留下一个烂摊子。

通过师兄的分析我们看到,这种钱权公司虽然名为股份制公司,但股东却各怀心思,根本想不到一起去。首先他爹的股票是不流通的,谈不上什么市场价格,所以他爹最关心的就是属于自己的净资产值,而随后的一切行为动机都是为了自己的净资产值的增加。在这个过程中十分巧妙地运用股与钱的概念的换位,轻而易举地就将外乡人的钱财划归到自己的名下。其具体过程是这样的:先分股票,双方再投入资金,而后再用股票来重新分配资金,这个时候充分运用了股份制的原理。

而那些外乡人最关心的却是自己的股票在交易市场的价格，因为自己的股票是从这里买的，本来也想关心股份公司的情况却被告知没有权力，因为他爹不流通的股票占的比例大，绝对控股。外乡人投了很多钱却没有权力过问公司的经营。所谓的配股，其实是外乡人被迫与他爹进行的又一次的不情愿的"钱权交易"。每一次配股都是他爹对外乡人金钱的掠夺。他爹偷换概念的地方很巧妙，在需要股份制的时候用股票来说话，在分配利益的时候又只计算金钱。

造成这种现象的主要原因是当时的政策制定者没有正确认识与理解股份制、股票和市场经济，根深蒂固的计划经济思维方式还在作怪。其实股份制合作最关键的就是资本的合作，先确定合作方的资本，再由资本额的比例关系来确定各方所占有的股份，而合作方的出资资本并不一定是货币资本，其他一切可以计算为货币的都可计为资本，但必须征得合作方的同意，这样才是公平的股份制合作的开始，公平的合作开始就已经达成了"同股同权"，当然可以共同上市流通。

师兄认为可能当时我们太想搞股份制了，但又不得不回避意识形态的问题，我们对"资本"这个词太过敏感了，有意无意地回避着"资本"问题，上来就越过"资本"问题，先谈论股票，合作方大家先分股票，他爹分得70%的股，他三舅分得30%的股，而后再按股份出钱。此时又发现股票可以和钱币一样标明面值，他爹按股票的面值出资，而此时若他三舅和外乡人也按面值出资，已经习惯了向国家财政要钱，向国家银行借钱不用还的他爹是不舒服的，也是不同意的，因为这显示不出来他特殊的身份所显示的价值，这时就出现了一个"权钱交易"。他爹就用国家免费给予的股票市场资源的"占有权"来迫使他三舅和外乡人溢价出钱，这样他爹的股票也就无法直接上市流通了。即我们将正常的"先钱后股"的原则异变为"先股后钱"，一开始便犯了原则性的错误,而自此一错再错。所以我们国家的股票市场就由此变成了他爹的垄断圈钱市场,而股票二级市场就变成了彻头彻尾的投机赌场。

由于我们的股票市场是畸形的市场,大股东手中的股票不能流通,自然对市值的变化漠不关心,对流通股股东的利益自然是更不关心了,所以募集资金的回报率也相当低,市场上多的是募资时唱的高回报项目,募资后却不投入或回报率奇低的案例。

就是这样,我们现在只要一发股票就会被一抢而空,其主要原由是改革开放二十多年,已经积累了许多的社会财富,民间有上万亿的储蓄,而中国老百姓的投资渠道太狭窄,这就出现了一道人造景观。企业打破头争着要发新股搞上市,一个空壳居然也价值几千万元;股民就疯狂地抢购股票,证券市场搞得热火朝天,惊心动魄,就连牛气冲天的美国股市也自叹不如。只是苦了股民了,一买就亏,亏了还买,股票应该涨呀,因为国民经济正以两位数的速度增长,搞不明白怎么中国股市总是跌跌不休。

师兄通过分析认为,只要股票全流通了也就不存在目前处于分割状态的股票市场了。如果全流通了,他爹与他三舅都可以在股票市场向第三者卖出股票了,他爹卖出了股票其权益也就会相应减少。现在他爹不能卖出股票,他爹手中的股票和外乡人手中的股票虽然是一个公司的股票,但价值不同,股票不平等,同股不同权。他爹手中的股票从某种意义上说更有价值,所以他三舅要卖股票,本来一股值一元钱,现在要溢价了,一股 10 元钱,外乡人再从他三舅的证券公司手中买价位就更高了。

这时,如果他爹的股票也上市流通的话,矛盾与问题马上就会暴露出来,首先是对外乡人股票的供给增加,他三舅拥有的股票就不会是稀缺资源,就不可以搞垄断高价了,外乡人可以向他爹求购,他爹短期获得暴利当然乐得同意,这样他三舅的风险加大,必然在溢价认购的时候小心谨慎,若他爹的股票可以流通,则他爹的特权就相应消失，他三舅就会为溢价多少的合理性产生疑问，必然再和他爹谈判。

由于他爹的股票是不流通的，根本就没有市场行为，却标榜着股份制经济在欺世盗名，此问题就这样被长期掩盖了起来，而在掩盖的过程中他爹受利益的驱动，聪明才智发挥得淋漓尽致，当受到外乡人的疑问时，就用他三舅来抵挡，用国外股票市场的市盈率、溢价、市场行为、股份制等来搪塞，遇到管理层的疑问时就用股份制来回答，还哭诉着国有股股票不流通所受到的委屈，无法进行股权运作，所以没有资金可参与配股，弄得国有资产在流失。管理层也弄得十分糊涂，我们搞最先进、最科学的股份制，设立股份制公司却搞得股东都在赔钱，而且是在国家经济大发展、形势大好的时期，更令人费解了。管理层左右不是也未看明白，只能拿他三舅来开刀，用一级市场发行和不发行新股来平衡他爹与外乡人之间的矛盾。也许他爹并不是如此聪明有意玩弄伎俩，在管理层设定的这样的市场规则下，他爹理解的股份制就只能是这个样子了——免费圈钱。

经过师兄的分析最后得出结论，在国有股未彻底上市流通以前，我们的市场就不能叫真正意义的股票市场。股份公司从来就没有真正上市，没有实行股份制，没有实行市场经济，我们根本没有建立真正的股票市场。

股票市场一直有经济的晴雨表之称，日本在七八十年代经济快速发展，日本股市同时也长期上涨给投资者带来巨大的利益。近几年美国经济强劲，相应的美国股市也连创新高，投资者投资股票收益惊人，反过来又对经济有极大的好处。这些都是股市是经济晴雨表的表征。但在我们中国股市很难体会出来，股票市场大的走势实际上就只与政府管理层的政策有关，与经济发展关系不大。我们的国民经济在过去20年里获得了世界罕见的高速发展，这是有目共睹的；但我们从股票市场的走势和市场投资者的实际感受却体会不出来。在我们这样的游戏规则里，我们想随着经济的发展而投资股票却只有被圈钱的份了，股票就只有下跌的路可走。

　　看到这里我简直是拍案叫绝了。我放下师兄的论文一个人在宿舍里来回踱步，我被师兄的观点折服了，师兄对中国证券市场的研究已经到了让人叹服的地步。当我像一个决策者似的在宿舍踱步时，二师弟梁冰突然来了。我激动地拥抱了梁冰，梁冰却说了一句莫明其妙的话，梁冰说师兄你都知道了？我望望梁冰问什么我知道了，我知道什么了？梁冰说那你怎么这么激动？我说我看了大师兄的论文激动。梁冰哦了一声，说我还以为你知道了我的事呢！我问梁冰你出什么事了？梁冰笑笑说没什么，不过我看得出来梁冰笑得有些勉强。我知道二师弟梁冰工作上可能又遇到什么事了，他回学校肯定是来散心的。

30

　　二师弟梁冰给我递了一根烟，我是不抽烟的人，也接了。我知道梁冰是来倾诉的，不点烟怎么行。梁冰一开口就让我吓一跳。梁冰问我，你对乳房怎么看？从师兄所关心的中国证券市场一下到二师弟要谈的"乳房"，我简直是无法绕过这个弯，这个弯绕得也忒大了。我笑着问师弟，难道你最近在这方面有收获？

　　二师弟梁冰说，我认为乳房在男人心中的地位虽然不是至高无上的，但却是不可缺少的，它是男人生活中的两个支点，左乳象征着亲情，右乳象征着爱情。这两个支点对男人来说缺一不可，否则男人的生活就无法把握，再强大的男人也会跌跤，跌进黑暗的万丈深渊……

　　梁冰说这番话让人大跌眼镜，这对梁冰来说是史无前例的。梁冰一直是一个开朗的人，很阳光，有时候还没心没肺，不过很少在我们面前谈论女人，更不用说谈论这么专业的乳房问题了。梁冰谈论乳房时目光炯炯有神，一点也不嬉皮笑脸，不亵渎，显得很神圣的样子，简直头头是道。我问梁冰最近是不是调到妇联去了？梁冰说没有呀！我又问梁冰最近是不是想改专业了？梁冰说没有呀！我说你没换工作，也没改专业，一个未婚青年怎么大谈起乳房来了。

　　二师弟梁冰眼圈红着突然不说话了，低垂着头。我不解地望着他，发现他眼眶中有泪。我说师弟你怎么了，说说，别这样。

二师弟一开口,让人手脚冰凉。二师弟说:紫欣她……确诊了是乳腺癌,右乳。

紫欣是梁冰的女朋友,好了很久了,学西班牙语,搞比较文学的。梁冰学的是法律,他一心要找一个学外语的女孩,他说学外语的女孩洋气。梁冰追紫欣可费了劲了,从大四一直追到读研究生才好上。要不是紫欣反对,梁冰是想当律师的,在紫欣的坚持下两个人一起考上了公务员。就在他们要结婚的时候紫欣突然查出是乳腺癌。紫欣这么年轻怎么会得这样的病呢?他妈的这癌症让人说不清楚。

梁冰说,不幸中的万幸是发现得早,只要动了手术,应该就没问题。

在要做手术的那天晚上,梁冰托着女朋友的右乳坐到天亮。梁冰说,我舍不得它。

紫欣说,如果你舍不得它,咱就留着,这手术我不做了,我把一个完美的自己给你,然后去死。梁冰说,为什么要用死亡来换取你的完美?为什么不能既完美又长生?梁冰哭了。

我想二师弟梁冰是不幸的。一般情况下男人都会拥有自己女人的美丽双乳,虽然这种拥有到后来会被孩子夺走,美丽的双乳在孩子的蹂躏下会慢慢下垂,失去弹性;但是,当父亲的也没办法,往往只有叹气,不和孩子一般见识。

关键是梁冰一开始就失去了,这就是不幸。你无法想象当梁冰和自己的女友同床共枕时,在漫漫长夜,梁冰一伸手什么也没抓到,这时的梁冰会惊醒,然后会做噩梦。梁冰毕竟还没结婚,他还没玩够。

为了安慰二师弟,我套用了一句俗话。我说:"乳房不是万能的,只要你俩真心相爱。"二师弟说:"可是,没有乳房又是万万不能的呀。"

在送二师弟走的时候,我将师兄的事告诉了梁冰,并且表明了自己对师兄论文的看法。梁冰当即表态，他也想看看师兄的论文，如果真像我说的那么好，他会一起和我去找方正先生。二师弟这样说我很高兴，他虽然正为自己失去了乳房而伤心，却还想着帮助师兄。我说等我全部看完了就发给你。

师兄的论文让我看明白了许多问题，我感到有些吃惊，我们的股票市场真的是从一个"美丽的错误"开始的吗？市场中许多问题都可追溯到不流通的国有股身上。但面对庞大的不流通的国有股，似乎我们的股票市场前途很黯淡，那么有没有什么解决办法呢？

发现问题并不是师兄的目的，解决问题才是师兄的最终目的。师兄认为解决问题的关键就是解决国有股的流通问题。但是，又不能将国有股直接流通上市，这样庞大的不流通的国有股若直接上市，对二级市场而言简直是灭顶之灾，会造成股票价格的暴跌，而且可能会引发社会不稳定，破坏我们改革开放二十年的成果，这是社会各个方面都不愿看到的。

为了解决国有股不流通的问题，师兄进行了反推。师兄认为既然我们以前的错误是"先股后钱"，那么现在就用正确的"先钱后股"的原则。用股份制的原理来重新确定他爹与他三舅的股份关系，由于他三舅的股票已经上市流通了不可能再有所改变，所以由他三舅来做基准，重新计算他爹的不流通的股票，这样他爹与他三舅的合作就是平等的股份制的合作关系了，他们就达成了同股同权，也就解决了他爹股票上市流通的根本问题，他爹的股票与他三舅的股票就可以共同上市流通了。

当时，在他三舅和他爹成立公司的时候，他三舅缴纳了210万元，获得了30%的股份，他爹算出有70万元，却获得70%的股份，这在当时是"先股后钱"溢价后造成的。

现在，我们按股份制的原理，就算照顾他爹是姚姓本家，资产评估确认为70万元，两个人共同出资设立股份公司。依据他三舅的投资为基准来计算,他三舅投了210万,占30%,那么一股就相当于7万元。他爹出资70万元,拥有的股票就应该是10股。

原来公司总股本为100股,现在就只有40股了。在这40股中他爹占10股,其比例为25%,他三舅以及社会公众股占75%。这样,具体财务数字都有了巨大变化。

这样一来国家是不是无法控股呢?师兄认为国家控股是没有问题的。因为他三舅和社会公众股的股权十分分散,国有股只要不卖出,就不会失去控股权。如果将来觉得所占股份少了还可以再买入股票,觉得所占股份多了就卖出股票,这才是市场经济。这样,他爹公司的投资价值凸现,变成了一家颇具投资价值的公司,而这一切仅仅是在财务报表上做了正确合理的调整,并不牵扯资金的投入。

师兄用他爹发家的故事进行反推,十分巧妙地解决了中国证券市场的一个老大难问题,这实在让人感慨。我们经常引用国有这个概念,但我们不能将国有的概念虚化,所谓国有资产就是人民的资产,只不过是由政府代人民管理的。股份化的国有资产的价值就只能由股票市场的价格来确定,若市场认为他爹公司投资价值大,那么资产升值的机会就很大,反之则不然。国有资产是否增值或减值完全由市场说了算,由市场去认同它价值的多少。从目前的股票市场总体上看国有资产是增值的,不存在国有资产流失的问题。

师兄十分明确地指出,我们要真正解决国有股的历史遗留问题,必须要先解决了"流通"问题,而后才考虑"变现"问题。实际上我们国家股票市场上的国有股问题,根源就在"流通"问题上,因为我们一开始就有明显的两种性质的股票:"不流通的国有股法人股"和"流通的社会公众股",由于明显的不平等造成的性质差别,所以解决国有股的流通问题,还要从初始平等开始。

师兄的这个方法的确是一个令人兴奋的方法,理论上可以解决我们市场十年来一直困扰的问题。这对股票市场是一种利好的方法,政府若操作得好是一个多赢的局面,让人拍案叫绝。由于目前存在的"股权结构"这一怪现象,一些没有持有股份公司股票的人却打着维护国有资产的旗号,在股份公司的董事会、监事会中决策股份公司的未来发展,出了问题却与己无关,责、权、利的关系混乱,浪费着宝贵的社会资源。上市公司近几年问题层出不穷的根源问题就是我们现在的股权关系的扭曲。

师兄认为,解决了股票全流通问题后,我们就还原了股票市场的本来面目,这样我们的股票市场才像真正的股票市场,我们才可以利用股票市场的资源配置功能,分配机能,信用机制和利益激励。国家进行的国民经济的结构调整,很重要的一环就是建立现代企业制度,只有在真正意义上的市场经济下,利用股票市场的功能来促进国有企业建立现代企业制度。

解决了全流通问题后,就能真正发挥股份制企业内部的约束机制、激励机制、淘汰机制等,这样有利于社会资源的合理配置。到那时,股价将进一步分化,会出现百元的股票与几毛钱的股票共存的现象,没有前途的企业将会被市场自然淘汰,真正有生命力的企业会积聚更多的社会财力,为我国的经济发展提供充足的动力。

解决了股票全流通问题,还为我们设立二板市场扫清了道路,为高科技风险投资的战略退出开辟了道路,这样我们国家的风险投资才可获得大发展,科技创新就有了无穷的新动力。

解决了股票全流通问题,国有企业的改革也就可以提供新的思路,我们可以采用"国有民营"的方法,国家只进行股权控制,而企业的经营则由富有经验的私有资本的持有人来负责经营,发挥私营经济的创造力与灵活性来做到国有资产的再增值。

对于流通的国有股的管理，可以考虑向香港学习，设立类似盈富基金的方式，由基金经理具体操作。由基金经理按他们的专业知识决定退出与进入的行业。

解决中国股市的全流通问题是师兄论文最精彩的部分。师兄用了十分文学化的排比句，深刻地论述了中国证券市场在解决了全流通问题后的光辉前景。这个光辉前景的确让人激动，让人期待。

师兄采用了反推的方法，还原股票市场的本来面目，从而使中国证券市场有了建立真正市场经济机制的可能。有了市场机制只有好企业才可能上市融资，有发展前途的企业才会被市场接受。中国证券市场就可以取消额度管理，取消审批制，采用核准制，只要符合条件就可获得上市资格。发行新股由交易所去实施，让上市公司、承销商和市场投资者自己去选择接受什么样的股票。让市场去选择优质企业、优质资产，这有利于国有企业的改革改制，这样也会促进股票市场大发展。

最后，师兄充满激情地写道："天下兴亡匹夫有责！"中国股票市场终将成为在世界上有影响力的大型资本市场，中国股市的未来充满希望！

虽然我对证券专业不是十分感兴趣，但是通过师兄的论文我充分地了解了中国证券市场。我觉得师兄解决国有股流通问题的方法应该是可行的。当然，现实是复杂的，还有大量的实际工作要做，但是，师兄对股市的探讨是有价值的。毫无疑问，我完全被师兄的论述打动了，为他而叹服。如果方正先生因为师兄的论文写的不是法学内容，只是经济学的内容而否定之，那么方正先生是狭隘的，在这个问题上我毫不犹豫地站在师兄一边。为了证明我的判断，我把师兄的论文发给了二师弟梁冰，我想等梁冰看完后，我们一起去找方正先生。我们想说服方正先生，希望他能将师兄的论文推荐给核心学术期刊发表。

31

　　两天后,二师弟梁冰给我打来了电话,告诉我他已经看完了师兄的论文。我兴高采烈地问:怎么样,不错吧?梁冰说好是好,但是……我被二师弟弄糊涂了,既然好还"但是"什么呀!梁冰没有明说但是的内容,突然问我,你平常上网吗?我说废话,肯定上网呀。梁冰又问,你上网一般都看些什么内容?我说什么都看。梁冰问你看不看网上一些有识之士对中国股市的讨论?我说这方面的内容我看得比较少,我平常关注的是知识产权方面的,这和我的专业有关。梁冰说你还是先上网看看吧,然后我们再讨论师兄的论文。二师弟告诉我关于中国股市的讨论内容网上有很多,平面媒体发表的文章在网上也都有链接,一搜索多得很。

　　我明白了,梁冰是想让我了解一下学界和大众对中国证券市场理论探讨的现状,然后结合师兄的论文进行判断,只有这样才能对师兄的论文有一个正确的认识。为了缩小范围我搜索一个关键词"全流通",因为这也是师兄论文的关键词。没想到关于中国股市的全流通问题已经引起了全社会的关注,无论是一般网友还是专业人士,对全流通问题的讨论都十分热烈,可谓是忧国忧民,激情澎湃。可见,中国资本市场的未来和发展关系到千家万户的利益,这是政府和普通老百姓都要面对的问题,全流通问题已经到了必须解决的时候。

关于全流通问题，网上讨论的内容之深刻，探讨范围之广泛，研究成果之丰硕，都让人惊叹，充分展示了中华民族的民间智慧。这时，我发现师兄论文的观点只是一个派别，主要代表了普通股民的利益，坚决反对师兄这个观点的人有很多，讨论还在继续。师兄论文所论述的观点已经在网上十分流行，并得到了很多网民大力支持。这时，一个疑问在我心中产生了，师兄的论文还能算是独创吗？师兄的观点受到了网民的启发，特别是受到了一篇"关于《新淘金记》对话"的直接影响，只不过师兄的论文更系统化更书面化罢了，这样看来师兄的论文只不过是对网上一种观点的综述。我这个非专业人士看到师兄的论文后当然是十分激动的，如果业内人士看了只会说师兄是粗陋的模仿，甚至有人会说是抄袭。

如果是这样，师兄的论文是不可能在专业性、学术性极强的核心期刊发表的。如果发表了也不会引起大家的注意，因为不是什么新鲜玩意了。这时，我基本明白了二师弟梁冰"但是"后面的言外之意了。看来，就师兄的这篇论文我是不可能去找方正先生了，从而我也理解了方正先生对师兄论文的看法。但是，我怎么和师兄解释呢，前几天我对师兄的论文大加赞赏，还信誓旦旦地向师兄承诺要和二师弟一起去找方正先生，几天过去了我的态度突然变了，这会让师兄误解的。

看来只有一条路了，那就是让师兄修改论文。既然方正先生说师兄的论文是经济学的不是法学的，那么师兄完全可以把论文修改成一篇证券法的法学论文。关于中国证券市场的经济学问题师兄已经提出来了，也有解决方案，虽然这些问题的提出和解决方案并非师兄独创，但可以通过注释方法进行说明，然后对证券法学问题进行论述，这方面的问题还有很大的研究空间。

现在《证券法》修改正在进行。《证券法》是一部证券市场的基本法，"股权分置"问题也就是全流通问题必须在向流通股股东倾斜的基础上得到解决,而《证券法》修订的一项基本出发点就是保障投资者利益,体现"同股同权、同股同利、同股同价"的原则。师兄从这里着手完全可以就《证券法》的修改对解决"股权分置"问题的解决,提出自己的看法。还有,关于保护投资者利益的问题,《证券法》强调了证券市场违规行为的行政责任和刑事责任,但是在民事赔偿方面缺乏操作性,投资者因虚假信息披露造成投资损失后很难通过民事诉讼获得赔偿,师兄可以认真研究一下违法的民事赔偿问题,研究一下《证券法》如何避免对行政机关的依赖,如何进行法律认定。

后来,我和师兄就他的论文谈了我的建议和看法,师兄基本上接受了,但师兄为难地说,这样修改时间还来得及吗?我说来不及也要这样改呀,只有就这些问题进行法学研究你的论文才能立住。我曾小心翼翼地问师兄,既然你论文的观点在网上已经很普遍了,核心期刊的编辑们肯定看到过这种观点,那么你的论文就没有新意了,论文一旦失去新意其价值将大打折扣,方正先生的意见是对的,你的论文被他推荐了也可能被退回。我只能说师兄的论义没有新意,没敢说师兄的论文有抄袭嫌疑。

也许师兄听出了我的言外之意,显得十分沮丧,说网上的这个观点一直是他赞成的,但是网上的观点是零星的,没有全面、系统地就这个问题进行过论述,由于方正先生要论文的时间太急,其他选题我怕时间来不及了,只有就这个问题进行学术上的论述。师兄最后叹口气说,一个月写一篇论文并且在核心期刊上发表的确很难。

就在师兄准备着重新写论文的时候,方正先生的态度突然来了个180度的大转弯,这种转变后来我才知道和邱颖有直接关系。方正先生把师兄叫到家里叹着气说,在现阶段让你迅速完成一篇论文并且在核心期刊上发表确实难为你了,不过我还是很支持你出国的。现在的学生不但知识结构陈旧,思想观念更陈旧,这和我们的教育方式有关系。我们的学生从小学就开始教他去"信",到了博士"信"的就太多了,你全"信"人家的了,你还怎么创新,还能研究出什么来?方正先生说应该教学生"不信",只有不信才会敢于怀疑前人,才能创新。在这一点上国外教育方式可以借鉴,这也是我支持你出国最重要的原因。

师兄说,论文我肯定愿意改,只是在暑假前就发表不了。师兄和方正先生说这些的言外之意是:论文发表不了,出国的事怎么办?

方正先生从抽屉里拿出一篇稿子,说这是我已经完成的一篇论文,你拿去润润色,署上你的名字,打印出来寄给《法学》编辑部吧。

师兄吃惊地望望方正先生,说这可是你的论文,我怎么能署名发表呢?

方正先生说,这只是个技术处理,论文当然还是我的,让你拿去发表一下,主要是为了争取出国这个名额。只要你这次出去了,我这篇论文不仅在学术内而且在学术外也发挥作用了,这篇论文的价值可就大了。方正先生说着自己笑笑,咱们只有不拘小节了。

师兄望着方正先生说,这可不是你的风格,你的心意我领了,可是我不能这样把你的论文署名发表,这可是你的研究成果呀。

方正先生对师兄来说,我有这篇论文不多,没这篇论文不少。这篇论文对我个人意义不大,但对你却十分有意义。你发表了这篇论文,那么这次出国肯定没问题,任何同学都无法和你竞争了。你出国交流学习一年对你今后的研究大有裨益,那么对我们的学界也是一种贡献。

老师!师兄有些深切地唤了一声。师兄有些动情地说,我真不知该说什么了,你对我的希望那么高,我担心会让你失望。方正先生说，你的悟性都在你以往的师哥之上，你还有年龄优势，假以时日你将前途无量。不过你要记住，这篇论文还是我的，我只不过拿给你用用。这有点像武林比武，弟子功力不够，师傅在背后发功，比完武了师傅把功一收，那功力还是师傅的，弟子的功力还要弟子苦练。

老师，你让我怎么感谢你呢！师兄又是一声呼唤，也不知说什么好了，百感交集的。我想师兄当时的体内肯定有一股暖暖的热流，这热流冲上心头，给师兄一种幸福感。在师兄告别方正先生时，方正先生又嘱咐道，这件事谁也不要告诉，传出去你就出不了国了。师兄说，你放心吧，我肯定不会告诉任何人的。

师兄说到做到，这件事连我也没告诉。方正先生把自己的论文拿出来给师兄发表，这件事我是后来才知道的。当时，师兄只告诉我他又写了一篇论文，我让师兄给我看，师兄说来不及了，已经寄出去了。我本来想说寄出去了总有底稿吧，话到嘴边又咽下去了，师兄这是对我有意见了，谁让我指出他上一篇论文的问题的。

由于是方正先生的论文，师兄寄出去不久就接到了《法学》编辑部的回复，他们在用稿通知中高度评价了论文，并告诉师兄下期发表。师兄看着用稿通知却一点也高兴不起来，也没有告诉任何人。师兄甚至希望论文的影响小一点，同学们最好别看到了。师兄已经打定了主意，在将来的简历中绝不会提及这篇论文，师兄也不会把它收入自己将来的论文集。师兄只能把这篇论文放在心中的最私密处，永远也不会发表，这将是师兄和方正先生的秘密。

在暑假快要来临的时候，法学院出国访问学者的名单确定了下来。师兄凭着方正先生的那篇论文，或者说按照方正先生的说法，师兄借助方正先生的功力在比武中胜利了。我听到这消息后在第一时间告诉了师兄。我回到宿舍，喊着让师兄请客，说是双喜临门。不但发表了论文，而且还拿到了出国做访问学者的名额。

师兄说你别喊得人人都知道，走，我请你喝酒去。

我说怕什么，这是光明正大的事，也是让人高兴的事。师兄说是、是，我是怕人多了没那么多钱请客呀。我说，你真抠门儿，真是越有钱越小气。师兄说现在我不比当初了，没钱了。我问师兄你的钱呢？师兄说都在股市上呢。我说你请客那论文的稿费都用不完，不需要你抛售了股票来请客吧。师兄苦笑着拉着我往宿舍外走，说稿费这不是还没收到嘛。

我和师兄喝着酒谈论着方正先生，我说方正先生对弟子真是没啥说的呀，这次要不是方正先生帮你，你想出国门儿都没有。师兄感慨地说，是呀，我真不知道怎么感谢方正先生。虽然我知道方正先生为了师兄出国帮了大忙，但是我不知道具体的内幕，更不知道师兄发表的论文是方正先生的，而师兄发表的这篇论文起到了决定性的作用。

法学院为了决定今年的访问学者开了几次会都没定下来，最后闹得有点僵，最后分成了两派，而这两派都是法学院的实力派。在法学院方正先生和陈仲舟都是学术权威，法学院院长和方正先生近些，但是主管法学院学术交流的是常务副院长黄希，而黄希又和陈仲舟是师兄弟，黄希的话是十分有分量的。

法学院就此问题主要有三种意见，第一种意见是：学术交流要全面，要做到每个专业都应该有学生派出。持这种观点的人言外之意是，过去其他专业的学生都派出过，这次该轮到知识产权专业了；第二种意见是：学术交流不是轮流坐庄，应该派出最优秀的学生，这样才能达到交流的目的，持这种观点的人是想继续派自己的弟子出国。第三种意见也就是中间派，认为既要照顾到交流的全面性，又要保证派出的学生能代表法学院的学术水平，能给法学院争光。

最后，院长苏葆帧拍板了，苏葆帧认为既然叫学术交流就应该派最优秀的，不能搞轮流坐庄。要想给法学院争光而不是丢脸，就应该以学生的学术水平为主要标准。你这个专业有优秀的就派，没有就不派，优秀的学生多就多派，少就少派。

这样，苏葆帧院长就法学院派访问学者之事确定了一个原则，这个原则当然是冠冕堂皇的，是让人没法反对的。苏葆帧院长说既然大家都同意这个原则，我们就此事形成一个决议，将来派出访问学者就根据这个原则，这样才能做到公平、公正。为了保持我们政策的连续性，要推翻这个原则必须召开办公会，并有三分之二的人通过。于是，这个原则就在办公会上确定了下来。

确定了原则就要商定一个实施办法，那就是如何衡量一个学生的学术水平？由于学生在校期间基本上没有专著，发表的学术论文也是有限的，博士不是本科生又不能看考试成绩，要是根据考试成绩派访问学者，那传出去还不笑掉大牙。这样学生的考试成绩只是参考，最重要的要看学生有没有研究能力，衡量一个学生有没有研究能力，就要看学生有没有论文发表，而且应该是在专业的核心期刊上发表论文，这个要求是高了点，但是既然是博士生的学术交流就要高标准严要求，如果选不出来，那就宁缺勿滥，宁可不派。

有了实施办法剩下的就是程序问题了。办公会又规定，访问学者的人选每年由学生提出申请，由学生的导师亲自推荐，在暑假前的最后一个星期开会确定人选。论文必须在暑假前的最后一个星期前提供，也就是说只要你在办公会研究确定前提供论文就是有效的，过时算下一个学年的成果。

根据这个原则和实施办法以及确定的程序，最后只锁定了两同学，一个是师兄另一个是陈仲舟的弟子秦业，因为其他同学根本就没有提出申请，因为大家都认为今年肯定是秦业，没想到半路杀出了个姚从新。师兄PK秦业，方正先生和陈仲舟都不好说话了。本来办公会开得十分热烈，大家都是搞法学的，谈到原则有立法学的教授呀，谈到办法和程序有诉讼法学的教授，大家都有一整套理论，可是谈到具体人了就不知道说什么了，没法确定两个人谁的学术水平更高，因为当时谁也不知道师兄已经有论文发表了。主管法学院学术交流的常务副院长黄希提出，干脆我们来个缓期执行，今年还是轮流到知识产权专业，让秦业去算了。

没想到，这时苏葆帧院长从自己手提包里拿出一本杂志。苏葆帧说，这是寄给我的最新一期的《法学》杂志，姚从新同学发表了一篇非常优秀的论文。大家知道《法学》是我国最重要的法学核心期刊之一，其影响居同类期刊前列，在全国法学期刊中销量第一，影响很大。在座的很多老师在这个刊物上都发表过论文，这也是我们晋升职称时要参考的依据。

大家轮流翻了翻杂志都点头称是，有的还赞叹。陈仲舟和黄希看了面面相觑，即便是这样黄希还是提出了反对意见，认为推荐姚从新同学不合适，因为去年方正先生的弟子才刚派出去了一个。苏葆帧说，我们已经确定了今后派访问学者出国交流的原则，我们就要执行这个原则，派有学术潜力的学生，不搞轮流坐庄。黄希只有不说话了。苏葆帧说，这样，咱们也充分发扬民主，举手表决。同意派姚从新同学的举手。苏葆帧率先举起了手。其他老师也纷纷举起了手。黄希也无奈地举起了手。苏葆帧说，好，全票通过。将来能不能派出国就看各位弟子自己的能力了。

方正先生为了让师兄出国可谓是煞费苦心。他首先说服了院长，然后在法学院办公会上确定了一个原则、一个办法、一个程序等，绕了这么大个圈子终于达到了目的。在师兄请我喝酒时，师兄对我说，我们有这么好一个导师，你可要好好保护着，我走了保卫导师的重任可就落在你的肩上了，可别让老板出事。我说，你放心走吧，不但有我，老板还有其他弟子呢，导师是你的也是我们的，我们有一个共同的目标。

32

师兄终于达到了自己的目的,他要出国了。可是,在接下来的日子师兄却是在极其焦虑中度过的。因为师兄无法从股市上全身而退,师兄被深度套牢了。师兄这一次完全是满仓被套牢的,他已经没有了任何资金。按师兄自己的话说,连自己卖儿卖女的钱都被套住了。师兄所说的卖儿卖女的钱指的是刘曦曦临走时给他寄的那5万块钱。那张5万元的汇款单压在他桌子的玻璃板底下,师兄一直不舍得取。师兄看着那汇款单就想起自己的孩子,如果把钱取了汇款单没有了,师兄的心也会空了。汇款单是刘曦曦还存在于这个世界上的唯一证据,也就是自己还有一个孩子存在于这个世界上的唯一证据。后来,邮局又来了催领单。我告诉师兄你再不尽快把汇款领了,这笔钱会退回去的。退回去了而刘曦曦又不在国内,这笔钱就没有着落了,这相当于你的孩子就没有着落了。

即便如此,师兄都还拗着不取那钱,迫使师兄最后去邮局取钱的是中国股市。在2005年的4月29日中国证券监督管理委员会发出了《关于上市公司股权分置改革试点有关问题的通知》,人们称其为《股改通知》。这个通知让师兄振奋也让师兄兴奋,因为所谓的股改就是解决全流通问题。通知要求在"股改"时要尊重市场规律,有利于市场的稳定和发展,切实保护投资者特别是公众投资者的合法权益,按照市场稳定发展、规则公平统一、方案协商选择、流通股东表决、实施分步有序的操作原则进行。通知还还规定了具体的股改程序。

师兄拿着报纸激动地对我说，股改后的中国股市就像打开了笼子的鸟，就像搬去了头上的大山，就像砸开了手上的铁锁链，可以按照市场规律自由地健康地迅速地发展了。师兄指着《股改通知》的第三条第4款对我说，你看"临时股东大会就董事会提交的股权分置改革方案做出决议，必须经参加表决的股东所持表决权的三分之二以上通过，并经参加表决的流通股股东所持表决权的三分之二以上通过。"流通股股东可以直接参加股改方案的表决了，如果股改方案未经流通股股东通过，股改方案将被否决。师兄激动地说，这一条的意义重大呀，这意味着流通股股东和非流通股股东的公平博弈，你非流通股股东要谋求上市流通，你就要向流通股股东进行补偿，两种股票以流通股为基准进行对价，这样大家就可以讨价还价了，双方达成共识后，非流通股将来就可以上市流通了，对流通股不会构成大的冲击。这就像水库开闸放水，把上游和下游的水位拉平。

师兄最后说，这种方式完全是我论文里探讨的方式。师兄这样说我暗下好笑，心想你论文的观点在网上早有了，我不指明你是抄袭的是给你面子，你还要把股改方式这关系到国计民生的大智慧往自己身上揽，这也太滑稽了。我一句话也没说，只是疑惑地望望师兄。师兄也许理解了我的言外之意，又补充了一句，说这种股改方式当然不是哪一个人想出来的，是大家集体的智慧，是业内人士，广大股民，广大网友共同探讨的结果。

我向师兄笑了一下，问个消息是利好还是利空？师兄说当然是利好了，我将毫不犹豫地进场。我说是呀，你可以通过这一轮一举扭亏为盈。师兄说是呀，我一直在等待着这个机会的到来。

当天，师兄就入场了。当天的开盘股指是1166.34点，收盘股指是1159.15点，就当天的股指看，师兄所说的利好消息并没有让大盘有所反应，大盘还是不温不火的阴跌。师兄认为大盘对利好没反应的原因是大家对这个利好认识不足，还有一个消化过程。股改这虽然是件好事，什么时候真正开始？具体试点从什么股票开始？操作方式怎样的？股改的效果又如何？市场观望气氛严重。师兄认为真正等开始涨了的时候再入市就来不及了。为此，师兄那天在1160点时入市了。

当然，股市并没有因为像师兄这样的小股民入市就开始上涨，并不为一个股改试点通知所动，相反股指继续阴跌。长期以来中国股市由于股权分置问题已经失去了金融市场应有的融资作用，积重难返，不知道什么时候才结束这漫长的熊市。就在证券会的《股改通知》发布十天之后的2005年5月9日，中国证券会公布了首批四家股改试点企业，这意味着股改试点工作进入实质操作阶段。媒体为此发表了热情洋溢的评论，认为5月9日将是一个永远被记入中国证券史册的划时代日子，这一天，是个股市冰火两重天的开始，今后会有更多"奇迹"让大家目瞪口呆，从此上市公司将真正重视自己的经营业绩并呵护股价，真正意义上拉开了个股大规模重组的序幕。

媒体热情洋溢的评论或者说煽动，也没有让股市火起来。开盘的时候的确有点动静最高曾经到达1160.62点，这个点位和十天前师兄入市时是一样的，但是意义不同的是1160点在十天前是跌到的位置，十天后的1160点是涨上去的位置。师兄在1160点又入市了，这次师兄将自己所有的资金全部都投进去了，这其中包括刘曦曦给他的钱。

这笔钱是我劝他去取的，但是我只劝他去取，并没有让他把所谓"卖儿卖女"的钱拿来炒股。当邮局再一次发来催领单时，我告诉师兄如果你实在不舍得这汇款单，或者说实在不愿意失去这个证据，你可以复印，用彩色复印机复印，保证和原汇款单没有什么两样。师兄被我说动了，把汇款单复印了继续压在玻璃板底下，钱却取了出来。这样，汇款单就成了真正的纪念品。师兄把款取出来后投进了股市。师兄还打趣，说是为自己的孩子挣点奶粉钱，说不定把学费也能挣出来。

师兄在5月9号要把那5万块钱也投入到股市上时，我曾经劝过他。我说怎么着也应该留一点，你这样不顾一切地投入，要是股票还跌呢？师兄涨红着脸说我不了解中国股市的历史。师兄充满激情地说，你知道现在是几月份吗？是五月，是红色的五月，今天这个日子又是5月9日，再过十天就是中国股市的纪念日，5·19行情。管理层在这个时候搞股改，就是希望中国股市再出现5·19行情，中国的股市是政策市，政府想让股市涨，股市肯定要涨，这是中国国情，是中国特色的证券市场，我要毫不犹豫地全线押上。

师兄这时像一个赌徒，他在某种信念的支撑下，或者在某种日子的召唤下，押上，全部押上。可是，当天的收盘又跌了，从最高的1160点跌到了1130点，一下跌了30点。如果在牛市跌30点或者涨30点都没什么，关键是经历几年的熊市后，在所谓的利好的情况下又猛跌30点，这的确是让人无法接受的。

不过，师兄好像并没有受到多少打击，因为师兄心中还有5·19这个日子，这个中国股市曾经有过的辉煌和神话。师兄盼望的5月19日终于来了，只要天不塌下来，这个日子迟早要来的，只是这个日子来了什么也没发生，红色的5·19并没有重演，开盘1101.75点，收盘1103.47点，没有跌就算好的了。从这个点位可以看出，在师兄等待5·19这个日子的时候，大盘还是在一路下跌。一直到6月初，大盘跌破千点，然后在1100之下徘徊。

什么是冰火两重天，这就是冰火两重天。一边是如火如荼的股改，一边是冷若冰霜的股市。到了6月下旬，第二批股权分置改革试点也正式启动了。这次共选定了20家上市公司，涵盖大型中央企业、地方国企、民营企业和中小板企业等不同类型和层面的企业，长江电力、宝钢股份等大盘蓝筹榜上有名。可是，股市就是不买账，根本不改在谷底徘徊的状态。

在暑假的最后一个星期，当师兄的论文已经发表，得知自己出国的事情已经确定时，师兄的嘴上开始长满了燎泡。我闹着师兄请客，没想到师兄只把我拉到一个小酒馆喝了一瓶二锅头，点了一个花生米，切了一斤猪头肉。我说师兄这可是你人生的"利好"呀，你应该好好庆祝一下，怎么就这样打发了？

师兄说什么利好不利好的，现在决策层正在进行股改，这是利好吧？可是股市却跌跌不休。这利好中却包含着利空呀，长远来看，股改对中国证券市场当然是利好，但是短期看，股改后将有大量非流通股开始流通，这么多的流通盘是需要资金消化的，所以利好中又包含着利空。这就是悲亦喜来喜亦悲呀，利好亦利空，利空亦利好。就拿我来说，出国这是我的利好吧，可是，我被股市套牢了，在出国之前必须割肉，这又是利空，所以我只能请你吃猪头肉喝二锅头。我这次出国必然要割肉，这不仅仅是钱的问题，这意味着我在股票市场上的彻底失败。

师兄喝着二锅头和我大谈哲学问题，谈辩证法，就是不舍得多点一个菜。后来我才知道师兄的确是没钱了，他开始过苦日子了，一天吃一顿饭，还不吃肉。师兄像一个贫困生似的目光中全是贫困，股市不但蒸发了师兄的财产，还像是一个绞肉机榨取了师兄身上的肉。师兄的体重迅速下降，走在路上都亭亭玉立得像时装模特了。

到了8月，证监会、国资委等五部委联合颁布《关于上市公司股权分置改革的指导意见》，宣布改革试点工作已经顺利完成，股权分置改革将全面铺开。中国人开始用自己的智慧解决证券市场长期遗留的问题。

为了防止非流通股股份流通后出现大量抛售，给市场造成压力，管理层对股改后出现的新流通股进行了"限售"。按照证监会的规定,自改革方案实施之日起,在12个月内不得上市交易或者转让;持有上市公司股份总数5%以上的原非流通股股东,在前项规定期满后,通过证券交易所挂牌交易出售原非流通股股份,出售数量占该公司股份总数的比例在12个月内不得超过5%,在24个月内不得超过10%。

在股改中为了适应多种不同情况,采取了多种的对价方案。比方"送股",就是非流通股股东向流通股股东支付股份;比方"送现金",非流通股股东向流通股股东支付现金;还有"缩股",非流通股股东根据比例减少其持有的公司股份,公司相应减少注册资本并注销对应股份;还有"公积金",以公积金转增,或者公积金转增结合送股;采用"权证",非流通股股东向流通股股东派发"认沽"或者"认购"权证,持有权证可以在约定的期间以约定的价格卖出或者买入一定数量的股份;采用"权利",类似于权证,但是不可上市交易;还可以"回购",定向回购非流通股或者无限额回购流通股;也可以"资产重组",非流通股股东向上市公司注入优质资产;还有"债务重组",非流通股股东以股份或者其他方式为公司偿还债务;采用"股抵债"方式,占用上市公司资金的非流通股股东以股权作价抵偿欠上市公司的债务;实在不行干脆"收购上市公司使其下市",收购公众持有的股份使其不符合上市条件而下市,从而回避掉股改问题。

从这些股改中的各种对价方案可以看出中国人的传统智慧。中国人在改革中那种举重若轻、四两拨千斤的方式让人赞叹。有国外媒体曾经说,中国的股改可能引发社会动乱,其力度将超过曾经发生的学生运动,因为这是关系到几千万股民的切身利益,搞不好会罢工、会游行、会静坐抗议。但是,这一切都没发生,天没有塌下来,股市也没有崩盘,股改顺利有序地进行着。

只是,师兄这个中国最好的股民却无法享受到股改的成果了，师兄要出国只有割肉。在师兄要割肉的那几天师兄整天吵着心口痛。师兄在8月19号全部抛出了自己的股票，当天上证开盘指数为1146.46点，收盘1150.18点，师兄在1147点抛出。师兄在抛出前最后一次看了看中午的电视股评。一个专家评论道：股改速度加快，新老划段的时机将会提前，大盘面临的扩容压力增大，后市大盘中长期的发展反倒面临较大的压力；因此，建议投资者在短期所介入的股票一定要精心选择，波段操作。

师兄狠狠地将电视关了，下午将股票全部抛出了，从此，师兄结束了自己的焦虑。

师兄要走了，我送他到了机场。临登机的时候，师兄紧紧地握着我的手说，我临走忠告你一句话，一不要吸毒，二不要炒股，这两件事都会让人上瘾，都会让人破产，让人家破人亡，千万不要相信股市能赚钱呀。我握住师兄的手哈哈笑了，不知道说什么。师兄离开的时候是中国股市黎明前的最黑暗的时候。一个最关心最热爱中国证券市场的股民走了。

当师兄乘上飞机腾空而起之时，我默默地祝福师兄在国外能找到刘曦曦，找到自己的孩子，过一段心平气和的日子。师兄没有迎来中国股市的黎明，如果他不是因为出国用钱，如果他再坚持半年，随着股改的不断进行，G打头的股票越来越多，这种股改后带有G标志的开始活跃，开始领涨。从2006年的元月初开始，股市终于站在了1200点之上，从此中国股市迎来了真正的牛市，它一路狂飙突进，在2006年一年的时间，股指最高涨到了2847.61点。可惜，一切都不允许有"如果"，我们只能为师兄遗憾。

截至2006年底，上海证券交易所公布了第64批股改公司名单，有21家上市公司。这样，沪市完成股改或者进入股改程序的公司共795家，占全部应股改公司总数的97.8%，完成股改或者进入股改程序的总市值占全部应股改公司总市值的97.86%；

上证50指数样本股公司完成股改或进入股改程序的公司共43家，占应股改上证50指数样本股公司的95.6%；上证180指数样本股公司中完成股改或进入股改程序的公司共172家，占应股改上证180指数样本股公司的98.3%。可以说中国证券市场基本上完成了股改，完成了一次凤凰涅槃。

33

　　师兄出国后，方正先生的生活发生了戏剧性的变化，方正先生和师母吴笛离婚了。在方正先生和吴笛离婚前我们没有得到任何消息，吴笛是和方正先生友好协商，和平分手的。在这之前吴笛从来都没找过我们，也没见她和方正先生吵闹，说离就离了。这正应了那句话，要吵架就不会离婚，要离婚的根本不会吵架。

　　方正先生和吴笛离婚，取而代之的是邱颖，这似乎在我们预料之外，又在情理之中。自从邱颖成为方正先生的驾校同学或者说驾驶老师之后，方正先生和邱颖的关系就被那辆"帕萨特"或者"趴着乐"紧紧地联系在了一起。邱颖与其说是方正先生的驾驶老师，不如说是方正先生的司机了。在后来的日子里方正先生基本上不开车了，有什么事都是邱颖接送的。没有邱颖方正先生基本上就寸步难行了，也就是说方正先生离不开邱颖同学了。

　　当方正先生从邱颖那里得知师兄出国是为了找前女朋友刘曦曦，找他的孩子时，方正先生最初是十分生气的。方正先生对邱颖说，姚从新失去你这么好的女孩会后悔的。邱颖哭着说，除了你还有谁知道我的好？可是，你知道了我的好有什么用呢，你又不能娶我。方正先生完全没有料到邱颖会这样说话，这种"80后"的坦率对方正先生来说太有杀伤力了。方正先生说，邱颖同学，你别开玩笑了，可惜我早生了十年，要是我再年轻十岁，我毫不犹豫娶你。邱颖说，我从来没有觉得你的年龄大，在我看来你比你的弟子姚从新还要年轻,只可惜你是有家室的人。方正先生摇摇头说,吴笛不是障碍,我和吴笛早就面和心不和了。

当邸颖问方正先生原因时,方正先生说婚姻最重要的是信任,吴笛根本不信任我,其实我早就发现她经常跟踪我们。这样的妻子你说我还能和她生活在一起吗!前不久我无意中发现了一张光盘,那光盘的内容你猜是什么?

是什么呀?邸颖问。是吴笛给我们录的像,这简直是太荒唐了。

真的,邸颖听到这个消息显然比较兴奋。邸颖自言自语地说,我们在一起没干过什么事呀,连手都没有牵过,那光盘上能有什么呢?方正先生说,的确没什么,但是这说明吴笛是一个有心机的人,她这样做就是为自己找后路,她这是为将来我们离婚找证据。《婚姻法》规定,在婚姻存续期间一方当事人如果违反了忠诚义务,是要承担法律责任的,受害方有权获得经济补偿。方正先生叹了口气说,其实,她没必要这么煞费苦心,只要她愿意分手,我什么都可以不要,净身出户。

邸颖说你这样做何苦呢,难道是为了我?

方正先生不知道怎么回答了,老板没有正面回答邸颖的问题,只是静静地望着对方。方正先生见邸颖同学正睁着明亮的大眼睛注视着自己,目光中有一种期待。方正先生说,我这样做是为了自由,为了继续寻找自己的幸福。

邸颖又问,你找到了吗?

方正先生望着邸颖微微点了一下头。

这时,邸颖突然扑进了方正先生的怀里,说要是我能给你幸福,那本身就是我的幸福。方正先生搂着邸颖,在她的额头上吻了一下,说你知道我有点离不开你了,你愿意陪我这个老头子吗?邸颖搂着方正先生的脖子说,今后不准你说自己是老头子,你是我的帅哥。方正先生开心地哈哈笑了,笑得十分年轻。

就这样邱颖和方正先生成了一对忘年交。

接下来方正先生全力支持师兄出国就不难理解了。方正先生让师兄出国一举两得，这不但满足了师兄的要求，也使自己崭新的爱情生活没有了障碍和阴影。最关键的是也了却了邱颖的一桩心愿。邱颖曾经就师兄的出国问题求过方正先生，邱颖说让姚从新出国吧，让他去寻找自己的幸福，这样我也就安心了。方正先生十分干脆地就答应了，还表扬邱颖是一个善良的女孩。

为了让师兄有论文发表，为出国争取条件，方正先生想出了一个办法，那就是把自己的论文给了师兄，让师兄署名发表。只是，这件事情在师兄出国后莫明其妙地败露了。那天早晨是个星期四，我去听方正先生的课，在法学院大厅里我看到许多学生正围着张贴栏看，我还看到了常务副院长黄希。在张贴栏内有两篇论文被复印后贴在墙上，一份复印了《法学》的封面，论文署名姚从新；另一份复印了方正先生的论文集封面，论文署名方正，而两篇论文从标题到内容都完全一样。

复印者用毛笔写了一句话："这同样一篇论文，却出现了不同的作者，是弟子抄袭导师的还是导师剽窃弟子的呢？发表论文的时间在出版论文集的时间之前，毫无疑问是导师剽窃了弟子的论文。难道这就是著名教授？难道这就是我们爱戴的导师？难道这就是被他的弟子们称之为的所谓的完美导师？将弟子的成果收进自己的论文集，他真会搞科研，成果就是这样出来的！！！"

看到这我的头都要炸了，那论文我看过，的确是师兄发表在《法学》上的论文，师兄由于发表了这篇论文才被派出国的。如今，这篇论文居然出现在了方正先生的论文集里，这太让人匪夷所思了。我看到黄希冷笑着离开了。

同学们正围着公告栏看，议论纷纷。这时，秦业不知道从什么地方冒了出来，他幸灾乐祸地拉着我问，方正先生是你的老板，姚从新是你的师兄，这到底是怎么回事？我一甩胳膊，说你问我，我问谁去。我气得脸都绿了。

这时，我看到方正先生也来了，同学们望着方正先生表情怪怪的。方正先生走过来问我，你在气急败坏地看什么？我面对方正先生无言以对，我望望张贴栏上的论文，示意方正先生自己看。方正先生看到公告栏的内容，脸一下就拉了下来。方正先生脸色阴沉地在那里站了半天，然后上去将复印的论文撕了下来。方正先生对同学们说，这是个误会，这完全是误会。

秦业说，方正教授你能给同学们一个解释吗，这怎么就是个误会了。方正先生说这是一句话两句话说不清楚的。

同学们围在那里望着方正先生，不语，脸上却露出不信任的表情。这时，收发室大爷突然喊了一嗓子，方正，你的信。

方正先生突然暴跳如雷，冲着收发室大爷发火。方正先生说，方正是你叫的吗？收发室大爷底气还很壮，反问，那我叫你什么？方正先生说，你应该叫我方老师。收发室大爷说，你的名字又不是叫方老师，我为什么叫你方老师。

收发室大爷的话一下引得同学们哄堂大笑，方正先生有点"秀才遇到兵有理说不清"的感觉。方正先生走过去从收发室大爷手里接过信，收发室大爷嘟囔着，偷自己弟子论文的人还配当老师？方正先生恨恨地瞪了收发室大爷一眼，不知如何回答，气咻咻地向教室走去。这时，我听到有同学小声议论，说今天有方正先生的课，我们去看看热闹。

教室里鸦雀无声，同学们眼睁睁望着方正先生，只是那目光和表情明显的不信任。和方正先生熟悉的同学目光都是回避的，不愿和方正先生对视，把目光投向别处，装作什么事都没发生的样子。有些同学是好奇的，有些同学是幸灾乐祸的，有些同学表情中居然有了一种淡淡的轻慢。方正先生站在讲台上望望同学们，脸上毫无表情，半天没开口。这时，从第一排的位子上站起了秦业，他望望方正先生冷笑了一下，背着书包离开教室以示抗议。在秦业的带领下,有几个同学也站起来向教室外走去。方正先生望着离去的学生,苦笑了一下,摇了摇头说,还有要离开的吗?在事情没有弄清楚之前,你们谁不信任我都可以离开。

我望着方正先生,为他的沉着、冷静赞叹,换个人试试。在这件事情上,我相信方正先生不会剽窃师兄的论文。这倒不是方正先生是我的导师,我盲目地信任他,是因为我对师兄突然发表在《法学》上的论文心存疑虑。《法学》是什么刊物,那可是最核心的学术期刊,师兄本来正在写那篇"证券学"的论文,我还提出意见让师兄改,向法学上靠,这还没多少日子呀,师兄突然就新写了一篇论文,而且能在《法学》上发表。我和师兄同学多年,谁肚子里有多少墨水大家都清楚,师兄不是天才,他迅速发表的那篇论文的确让人匪夷所思。

下课后,我问方正先生,这论文到底是怎么回事?方正先生叹了口气说,我的确无法解释,只有等姚从新回来了,你去问问他吧。

法学院曾经就方正先生的论文集收录了弟子的论文之事质询过老板。方正先生还是那句话,这个问题只能等姚从新回来才能说清楚。在他回来之前,我无法就此事做出解释。

黄希当时在办公会上十分严厉地指出,无论是导师剽窃弟子的还是弟子抄袭导师的,这都是丑闻,都是学术腐败。这件事情已经被媒体报道了,网上也有了,影响极坏。学校领导已经有了明确指示,这件事关系到学校的名誉,绝不能轻言放过。如果是弟子抄袭导师的,那就开除弟子的学籍;如果是导师剽窃弟子的,那就开除导师的公职。

就这样,师兄在2006年的寒假后被招回了国,师兄出国将近有八个月,在八个月的时间内师兄不但没能找到刘曦曦,连刘曦曦的消息都没打听到。师兄对自己被召回国的原因看来完全是不知情的,在他回来后还急不可耐地问我怎么回事,我说恐怕只有你才知道怎么回事。我告诉师兄,方正先生出了一本新的论文集,居然把你发表在《法学》上的论文收了进去,这件事被发现后已经在学校公开了,连媒体都惊动了。

师兄问我方正先生的态度,我说方正先生没有做任何解释,他说只有等你回来才能说清楚。学校领导已经开会做出了决定,无论是导师剽窃弟子还是弟子抄袭导师,都要做出严肃处理。师兄问会怎么处理?我说同学们都知道了,抄袭论文者,开除学籍!

完了!师兄一屁股坐在地上,心里肯定瓦凉瓦凉的。

34

在师兄回来后的当天晚上，我陪他一起去了方正先生家。开门的已经不是吴笛了，是邸颖。师兄望着邸颖愣了一下，不过并没有来得及表示什么。师兄和我直奔方正先生的书房，见方正先生正靠在沙发上等我们，面前的茶几上摆着自己的论文集和那本《法学》杂志。师兄见了方正先生显得百感交集，说对不起老师，是我毁了你的名誉。方正先生说，这件事的责任在我，我当初就不该让你通过这种方式出国，事后我也没把这件事放在心上，吴笛帮我编论文集时将这篇论文也收了进去，我根本没在意，没想到闹出这么大的乱子。

当我知道了事情的前因后果之后，我只能苦笑了。无论是方正先生还是师兄都犯了一个低级错误，让人连指责他们的心情都没有了。这件事可大可小，如果没有人抓住不放，解释清楚了也就算了，可是，对方绝不会善罢甘休的。

师兄不回国方正先生的确没办法解释这件事，如果方正先生一口咬定论文是自己的，在姚从新还没回国的情况下，方正先生这样说有出卖弟子的嫌疑，这只能让对方看笑话，狗咬狗一嘴毛；如果方正先生承认论文是自己拿给弟子发表的，这就意味着导师和弟子合谋造假，如果有人再问方正教授对弟子为什么这样好，难道只是为了弟子前途或者学业？这其中的故事就更暧昧了，因为了解情况的同学都知道，邸颖原来是姚从新的女朋友，现在成为方正先生的女朋友了,这种事情若再经过口口相传不知道还会编出什么桃色新闻来,这是方正先生更不愿意看到的;如果让方正先生直接承认自己剽窃弟子的论文,那就意味着自己学术生涯的结束,就意味着身败名裂。

最后只有一条路了,方正先生只能把姚从新从国外弄回来,让姚从新自己来澄清这件事,至少,姚从新回来后大家可以商量对策,最后再做决定。

当时,师兄在方正先生家的书房里就表态了,说这件事由我而起,我负全部责任。我去说清楚就是了,我承认自己的错误,为了出国是弟子抄袭了导师的论文。

师兄能敢于承担自己的责任当然是我们大家最愿意看到的结果,但是师兄一旦承认自己抄袭了导师的论文,后果是严重的,那将面临着开除学籍的处分。方正先生摇了摇头说,你不能承认自己抄袭了我的论文,由于我是当事人,你又是我的弟子,在处理这件事的问题上我是没有话语权的,到时候我没法替你说话,你会被开除的。这几天我也想好了,干脆我去承认剽窃了你的论文吧,我就说自己老糊涂了,曾经指导过你的这篇论文,太熟悉了,后来在编论文集时就记成自己的论文了。这样解释虽然牵强但也算个说法。

那怎么能行。师兄十分坚定地说,开除就开除,没有了博士学位,我还有硕士学位呢,总不能把我的硕士学位也剥夺了吧,那是不可能的,连法律都不能"诉及以往",别说一个校规了。

方正先生说,我老了,无所谓了,也该享享清福了,我什么也不想干了,彻底享受生活,趁着还能走得动去周游世界了。你还年轻,被开除了学籍你还有什么前途,在这么多的弟子中只有你是搞学术的料,你被开除了,没有了博士学位,将来怎么搞学术呀。

师兄听了方正先生的话显然有些激动了。师兄说,不能搞学术，我还可以搞别的，三百六十行，行行出状元。老师，你不能为了我一个毁坏自己的名誉。如果你承认了自己剽窃了弟子的论文，无论是故意的还是无意的，这一旦公布出去，不但是你的名誉问题，还有你毕业的和未毕业的弟子呢，他们的脸往哪放。你毁坏了自己的名誉就意味着让所有的弟子蒙羞，邵景文是前车之鉴呀。

师兄说着望望我，我把脸扭到一边去了，我的心情十分复杂。方正先生的办法肯定是不可行的，方正先生平常把自己的名誉看得比生命还要重要，为了一个弟子就肯做出牺牲？这是让人怀疑的。不过，方正先生在这个时候能想到这一层就已经很让人感动了。还有师兄，在关键时候的确没有拉稀摆带也是让人敬重的。

在告别方正先生回来的路上，我对师兄说，这几天法学院和学校的领导肯定会找你谈话，你想好了，承认了自己的抄袭，肯定会被开除学籍的。你完全可以不承认是自己抄袭，到时候方正先生就会承认是自己的剽窃，反正他再等几年就要退休了，无所谓了，他还等着你传他衣钵呢！你被开除了怎么办？

我这样和师兄说是想试试师兄的真实想法，人都是自私的，不要到了事情真来的时候师兄犯糊涂；还有，我这样说话多少有点酸溜溜的，方正先生这么看重师兄，想让师兄传他的衣钵，而我这个弟子方正先生就没看在眼里。好在，我自己根本就没想搞什么学术，也就释然了。

师兄说，师弟，你就别说了，这件事我知道自己该怎么做。我们都这么多年同学了，你还不了解我吗。

在接下来的几天里，学校居然没有任何人来找师兄谈话，这让我百思不解，既然把师兄从国外召回来了，怎么不找师兄谈话呢。我无事到法学院闲逛，想打听一下消息。我碰到了教学秘书，我说姚从新从国外回来了，怎么没人找他？教学秘书说，这件事情已经有了定论,没必要再找他了。我问最后的结论是什么?教学秘书说,方正先生承认了自己的论文是剽窃弟子的。

什么?这不可能。我有些气急败坏地说,我老板不是这样的人。教学秘书也说,我也不相信方正先生剽窃弟子的论文,可是,这是他自己承认的。这不,正开会呢,研究对方正先生的处理意见。

我连忙倚在会议室门上侧耳倾听,果然听见正讨论方正先生的问题。我拔腿就往宿舍跑,我要赶紧找到师兄,这时候必须让师兄出面了。看来,方正先生不是说着玩的,也不是在弟子面前摆个姿态,他是说到做到,真去承认自己剽窃了。怪不得没人找师兄谈话呢,方正先生都承认了自己的剽窃,那还找师兄干什么?

师兄正在宿舍打游戏,我拉着师兄就走。师兄问我干啥?我说快走吧,方正先生已经承认了自己的剽窃,现在学校正开会研究处理方正先生的意见呢,你还不赶快去说明情况,会上一旦做出决定就晚了。

啊!师兄慌了手脚,拉开抽屉拿出了一堆材料就和我一起向法学院跑。

这时,法学院的会议正在进行。虽然是在法学院的会议室开会,其实是由学校领导主持的。学校领导正听取法学院常务副院长黄希的汇报。黄希将师兄发表在《法学》上的论文和方正先生的论文集摆在桌面上。黄希说,方正剽窃学生论文的证据都在这里,方正本人也承认了,我想这件事也没有什么好汇报的了,作为法学院的领导之一,我也有责任。我认为这样的老师已经不配上讲台,没有资格再带研究生。我个人建议将方正清除出人民教师队伍。

参加会议的领导们对黄希的提议开始讨论,会议室里议论纷纷的。副校长问苏葆帧的意见,苏葆帧在那里若有所思的,脑子里一片空白。副校长又说，如果刚才黄副院长说的是事实，根据校规方正同志的确不能再上讲台了，我想听听苏院长的意见？苏葆帧回过神来，说刚才黄副院长的意见我基本赞同，不过我实在想不通方正怎么会干出这样的蠢事。

黄希说，无论我们是否相信，事实摆在我们面前。我们也不愿意在本校在法学院发生这样的事。副校长说，既然是这样，那么我们就对方正的处分决定进行表决吧。这时，突然有人敲门。教学秘书打开门见是师兄，就问，你找谁？姚从新说，我找校领导。教学秘书说，我们正在开会呢。姚从新说，我知道在开会，不在开会我就不来了。我是姚从新，关于方正先生的所谓剽窃事件我是当事人，我想向校领导说明情况。

苏葆帧站起身来走到门口。苏葆帧问，姚从新，你要说明什么情况？姚从新问，我能进去吗，也许我没有资格进去，但是这牵扯到我导师的名誉，我必须进去说明情况。苏葆帧回过头来对与会者说，姚从新同学也许能给我们提供有用的证据。副校长说，让姚从新同学进来吧。

黄希也起身迎上了师兄。黄希说，姚从新同学，你来得正是时候，你可以详细谈谈方正剽窃你学术论文的经过。不要有思想负担，各位校领导和老师都会给你做主的。姚从新喘了口气说，各位老师，你们弄错了，方正先生没有剽窃我的论文，是我抄袭了方正先生的论文。姚从新此话一出，大家都愣了。

姚从新打开了手中的资料，那是方正先生论文的手稿。师兄姚从新说，这是论文的手稿，我一直保存着。我在《法学》上发表的论文就是根据这份手稿整理打印寄出的。副校长说，你为什么剽窃导师的论文呢？师兄姚从新说，我们法学院每年都派出博士研究生出国进行交流，这个名额有限，竞争得很厉害。要想被派出国就必须有论文发表，我本来想写一篇论文发表的，但是时间也来不及了，我只有出此下策。

黄希瞪着师兄严厉地说，姚从新你要想清楚，抄袭导师的论文拿去发表后果是严重的，老师很生气。你可要实事求是，你这样往身上揽是要被开除学籍的。黄希的言外之意是弟子在为导师承担责任。黄希的目标是方正先生，他当然不希望师兄出来当替死鬼了。

师兄说，我知道自己犯了什么错误，我也知道我将受到什么处罚，但是，一个人犯了错误要勇于承担责任。我知道导师是为了我的前途，是为了救我，才自己承认剽窃了弟子的论文；可是，我自己犯下的错误应该自己承担，我不能让自己的导师蒙受不白之冤。师兄将手中的资料往桌上一摊，说所有的证据都在这里，你们可以进行研究，我说的都是事实。你们想想像方正先生这样德高望重的学者、教授，能剽窃一个弟子的论文吗！师兄说着转身就走了，师兄走之前非常诚恳地说，我为自己的行为愿意接受学校的任何处分。

35

当师兄像个英雄似的从会议室出来时,我给师兄了一个拥抱。我说师兄你是个爷们儿,师弟佩服你。师兄说,我什么时候不是爷们儿了?我笑笑不语,和师兄这样喜欢较劲的人说话真累。我说师兄,我请你喝酒。师兄说酒就不喝了,你陪我走走吧。

我和师兄来到湖边,湖边很热闹,在湖中的冰上还有不少同学在滑冰。师兄望着滑冰者幸福地笑了,说,哇!还能滑冰呀。师兄说着就跑去租冰鞋。师兄说,你请我滑冰吧!我说请你滑冰没问题,但是你会滑冰吗?师兄说一学就会。

师兄穿着冰刀奋不顾身地冲了进去,师兄站着滑了没多远就重重地摔倒了,师兄爬起来又开始向前滑,不久又重重地摔倒了。于是,我看到师兄在冰上像一个不会走路的人,不断地摔倒不断地爬起来,我看到师兄表情坚定、目光凶狠,像是在惩罚自己。我有些担心地走过去,说师兄不会滑就别滑了,一把老骨头的摔坏了怎么办?师兄说,谁也不是天生就会滑冰,摔多了就会了。

后来,师兄还是被开除学籍了。鉴于师兄认识错误比较深刻,勇于承担责任,学校为了表示对师兄的友好,在处分的通知中,用了比较客气的字眼,叫"劝其退学"。就这样,师兄在学校的劝告下被迫离开了学校。

那天，我送师兄离校，走在校园里，见林荫道上的桃花要开了。在那些桃树的秃枝上零零星星点缀着一些红，就像用画笔点上去的。我见四处无人，伸手折了一束桃枝递给师兄。我说，师兄你要走了也没啥送的，送桃枝一束，路上好辟邪。

师兄接过桃枝用力扔向远处的风中。师兄说我命犯桃花，你还敢送我桃花……

师兄在校门口停下了，师兄说就送到这吧。师兄一个人走出了校门。校门口有男生女生进进出出的像一群小鸟十分热闹。师兄站在校门口望着进出的学生，表情复杂。师兄走出校门，在车水马龙的路上向校门回望，泪流满面。我一直目送着师兄，看着他穿过马路，消失在人海中。